A COLMEIA

MARGARET O'DONNELL

TRADUÇÃO
Bia Nunes de Sousa

VESTÍGIO

Título original: *The Beehive*

Esta edição é publicada mediante acordo com Valancourt LLC através de Piergiorgio Nicolazzini Literary Agency (PNLA) em conjunto com LVB & Co. Agência e Consultoria Literária.

DIREÇÃO EDITORIAL
Arnaud Vin

EDIÇÃO E PREPARAÇÃO DE TEXTO
Samira Vilela

ADAPTAÇÃO DE CAPA
Diogo Droschi
(Sobre ilustração de Henry Petrides)

DIAGRAMAÇÃO
Waldênia Alvarenga

Dados Internacionais de Catalogação na Publicação (CIP)
Câmara Brasileira do Livro, SP, Brasil

O'Donnell, Margaret, 1932-2019
A colmeia / Margaret O'Donnell ; tradução Bia Nunes de Sousa. -- 1. ed. -- São Paulo : Vestígio Editora, 2025.

Título original: The Beehive.
ISBN 978-65-6002-116-7

1. Ficção inglesa I. Título.

25-270443 CDD-823

Índices para catálogo sistemático:
1. Ficção : Literatura inglesa 823

Eliane de Freitas Leite - Bibliotecária - CRB 8/8415

A **VESTÍGIO** É UMA EDITORA DO **GRUPO AUTÊNTICA**

São Paulo
Av. Paulista, 2.073 . Conjunto Nacional
Horsa I . Salas 404-406 . Bela Vista
01311-940 . São Paulo . SP
Tel.: (55 11) 3034 4468

Belo Horizonte
Rua Carlos Turner, 420
Silveira . 31140-520
Belo Horizonte . MG
Tel.: (55 31) 3465 4500

www.editoravestigio.com.br
SAC: atendimentoleitor@grupoautentica.com.br

Um

– Tem certeza de que ninguém a seguiu? – insistiu Sarah.

– Claro que tenho. Se algum guarda tivesse me visto, teria me levado presa na hora.

– Pelo amor de Deus, Steph, tenha juízo. Eles sabem que a nossa organização existe agora, e não a prenderiam se achassem que você poderia trazê-los até nós.

A mente de Stephanie repassou com urgência o curto caminho entre o albergue e o prédio abandonado onde elas estavam.

– Não, ninguém me seguiu. Tenho certeza.

Sarah relaxou um pouco, perguntando-se se as outras teriam notado o quanto seus nervos estavam à flor da pele. Achou que dar início à concretização dos planos abrandaria parte da tensão dentro dela, mas não; aumentava mais a cada dia desde o primeiro movimento que havia comprometido a ela, e a todas as outras, com o Levante. Não era mais o exercício teórico com o qual tinham se entretido durante tanto tempo; agora era algo independente, com movimento e curso próprio, que ou as faria atingir seus objetivos ou destruiria a todas. Fitou o pequeno grupo ao redor, que aguardava em silêncio que ela começasse, e se perguntou como as mulheres reagiriam caso soubessem dos seus medos e dúvidas. Para elas, Sarah era a mente lúcida e calma que criara e planejara tudo nos mínimos detalhes; uma mente na qual não havia lugar para temores e incertezas. Ela afastou esses pensamentos e, com sobriedade, tomou para si o papel que lhe havia sido designado. Virou-se primeiro para Joan, sabendo que a eficiência daquela mulher a acalmaria.

– Conseguimos distribuir tudo?

Joan ajeitou os óculos no nariz sem nem perceber o gesto e desdobrou uma folha de papel, preparando-se para apresentar seu breve relatório.

A tensão de Sarah se dissipou um pouco mais, pois os trejeitos de Joan antecipavam que a operação tinha sido um sucesso antes mesmo que a outra falasse qualquer coisa. Sarah havia passado tanto tempo planejando e trabalhando em conjunto com aquelas mulheres que até seus gestos automáticos comunicavam tanto quanto palavras.

– Fizemos a tiragem completa de cinquenta mil dentro do prazo e sem incidentes. Nossos planos para recolher os jornais da gráfica funcionaram perfeitamente, e as mensageiras receberam a cota para distribuição pouco depois das nove e meia. A distribuição começou à meia-noite e foi finalizada às cinco e meia. – Joan olhou de relance para as mulheres atentas. – Como sabem, essa parte da operação era a que mais nos preocupava, por causa da quantidade de mulheres envolvidas e da dificuldade de coordenar todas elas. A coisa toda correu tranquilamente, com exceção de um incidente isolado, e todos os jornais foram distribuídos como planejado.

Joan se recostou e aguardou as inevitáveis perguntas de Sarah, cuja mente estava a mil. Àquela altura, elas não podiam se dar ao luxo de ter nenhum incidente, por mais isolado que fosse.

– Que "incidente" foi esse, Joan? – Sarah perguntou.

– Foi na área oito. Recebemos informações incorretas sobre a movimentação dos guardas. A mensageira estava do lado de fora dos portões quando eles a avistaram, mas ela deu sorte, pois já tinha conseguido terminar a distribuição.

– Pegaram ela? – Duas mulheres perguntaram ao mesmo tempo.

– Sim. – A voz de Joan estava cuidadosamente impassível. – Ela teve sorte de não ter nada incriminador em mãos, mas o guarda estava sozinho e entediado. Bateu bastante nela.

A voz de Sarah rompeu o silêncio e trouxe as mulheres de volta de seus pensamentos.

– Quem ficou responsável por mapear a área oito?

– Fui eu. – Eli sustentou o olhar das outras, segura e confiante. – Tudo foi pesquisado minuciosamente e todas as informações foram vistas e revistas. Se o relatório da operação está correto, então a escala dos guardas foi alterada durante a noite. – Ela se sentou de novo. Era uma mulher grande, atlética, agressiva.

– É possível que eles soubessem que estávamos monitorando os guardas? – Sarah sondou.

– Bom, acho que sim, mas é muito improvável. – Eli estava relutante em admitir que poderia ter havido qualquer falha em seu trabalho. – E, claro, se os guardas tivessem recebido qualquer alerta, aquele lá não teria se arriscado a fazer o que fez. Teria prendido a mensageira.

Era uma boa justificativa, e Sarah estava disposta a aceitá-la.

– Mas mesmo que não tenha suspeitado de nada na hora, ele deve ter se dado conta mais tarde de que ela era a responsável pelos jornais – uma voz comentou.

Sarah controlou a impaciência. O comentário era de Stephanie, e Sarah se sentia especialmente responsável pela jovem, que não tinha o menor pendor para toda aquela coisa de espionagem. Manteve o tom casual.

– Ele não teria como tomar nenhuma atitude sem que isso o comprometesse. – Olhou para as companheiras, percebendo os próprios medos espelhados no rosto de cada uma. Retomou a reunião. – Acho que podemos considerar que não haverá repercussão desse incidente. Joan, tudo a postos para a próxima edição?

– Sim. Já temos o papel. Precisamos só revisar um ou dois artigos que você queria que entrassem.

– Ann, como está a contagem para a greve?

– Até o momento, podemos garantir o fechamento total de oitenta e um por cento das repartições públicas, com severas paralisações nas demais. Cinquenta e três por cento dos escritórios não conseguirão funcionar, e haverá considerável paralisação em outros vinte e sete por cento. Sessenta e dois por cento do comércio vão fechar; todos os serviços domésticos ficarão severamente prejudicados. Conseguiremos cortar toda a comunicação ultramarina e de longa distância, mas não as transmissões automáticas.

Sarah disfarçou um sorriso. Ann era incrível, seu mundo quase que inteiramente povoado por estatísticas. Ela recitava os números de cor, calculando a probabilidade de sobreviver, ou não, às próximas semanas. Seria interessante, Sarah pensou com um humor bastante sombrio, saber quais probabilidades Ann enxergava para ela.

– Você precisa de ajuda? Mais mulheres? – perguntou.

Ann gesticulou que não.

– Ainda temos o problema das estações de TV e rádio. Não temos aliadas suficientes em nenhuma delas para causar algum impacto.

– Ainda acho que devemos acrescentar esses lugares à lista de bombardeios. – Eli estava sentada na ponta da cadeira, desafiando Sarah a rejeitar sua sugestão. Sarah escondeu a impaciência. Eli era importante para a operação e era preciso ter cuidado ao lidar com ela. Enxergava os problemas sempre preto no branco, assim como as soluções. Soluções, aliás, que invariavelmente também eram violentas. Era consumida pelo ódio, que a envolvia de um jeito quase palpável.

– Preferiria não destruir as estações, se possível – Sarah respondeu. – O ideal é que permaneçam funcionando. Se não conseguirmos o controle internamente, teremos de achar um jeito de causar interferência. Creio, Eli, que conseguirá, com as mulheres que tem em seu setor, desenvolver um aparelho para isso. Se conseguirmos bloquear o sinal quando necessário e depois entrarmos com a nossa transmissão, será muito mais efetivo. – Sarah virou-se para Eli, determinada a ignorar a agressão. – Cuide disso, ok? Você tem apenas duas semanas.

Se não conseguir chegar a uma solução, acrescentaremos à sua lista de bombardeios. – A mulherona ainda estava assimilando seu desagrado com a concessão quando Sarah continuou: – Como está o progresso com os suprimentos?

O foco de Eli se desviou.

– Temos explosivos suficientes. As faxineiras no Depósito de Artilharia tiveram cinco anos para trazer de lá o que estava obsoleto. O problema é o material para os detonadores, mas já está quase resolvido. Estaremos prontas a tempo, mas ainda acho que deveríamos tentar entrar no estoque de munições.

Sarah ignorou o novo desafio e aceitou a declaração de Eli de que estavam prontas. Sabia que podia confiar nela para organizar tudo nessa área. O problema seria contê-la depois que a operação estivesse em curso. Um embate entre as duas seria inevitável, e Sarah se questionava se teria forças para isso. Tais dúvidas, porém, eram inúteis. O que quer que acontecesse, ela sabia que precisaria encontrar forças para conter Eli e sua necessidade de destruição.

– E como vão as instalações médicas? – Sarah recorreu à docilidade de Stephanie.

A jovem se remexeu no caixote de madeira e deu de ombros.

– Precárias. Não teremos medicamentos nem anestésicos suficientes, e nossas habilidades médicas são limitadas. Só rezo para que consigamos dar conta.

Sarah tentou tranquilizá-la.

– Se nossos planos derem certo, não precisaremos de nenhum serviço médico, e você ficará sentada lá o dia inteiro sem ter o que fazer. Se não, sei que vai dar conta. Você se subestima, Steph. – Sarah deixou de mencionar, de propósito, que não haveria remédios nem habilidades médicas capazes de ajudá-las se o plano não desse certo. Elas seriam dizimadas.

Olhou para as mulheres ao seu redor. O ar frio e estagnado daquele porão abandonado as consumia por dentro, drenando-lhes a cor da face e fazendo-as parecer tão cinzentas quanto seus cabelos e suas roupas amorfas. A luz da pequena lâmpada lançava sombras duras, que acentuavam seus ossos, aumentando a ilusão de serem mortas-vivas. Ela pensou na força dessas mulheres que cresciam e se desenvolviam por detrás das máscaras, que desempenhavam o papel de zumbis acéfalas, mas sem nunca confundir a máscara com a realidade. Sarah sentiu uma descarga de sua antiga convicção. Aquelas mulheres eram fortes, assim como todas as outras que haviam se juntado para colocar seu plano em ação. A luta para encontrar a própria identidade, e depois para mantê-la escondida e protegida por trás de sua fachada anônima, dava-lhes força para seguir o plano mesmo até o final mais amargo, se assim fosse. Não que fosse um compromisso cego, inflamado. Todas elas haviam considerado a situação com tranquilidade e chegado à mesma conclusão. Gorston plantara a semente da própria ruína quando criou a Seleção. O que mais teria conseguido reunir, de forma tão efetiva, algumas das melhores mentes do país inteiro? Parecia adequado, Sarah pensou, que uma das mais cruéis leis de Gorston fosse o que enfim o destruiria.

– Está ficando tarde – disse Sarah. – É melhor voltarmos. Acho que não devemos arriscar nos encontrarmos de novo até o domingo antes do Levante, a menos que surja alguma emergência. Nesse caso, entraremos em contato umas com as outras como de costume. Joan, podemos nos encontrar na segunda-feira para fechar a próxima edição do jornal.

As mulheres já estavam recolhendo as cadeiras quebradas e caixas de madeira que serviam de assento, espalhando-as ao léu entre os entulhos, em meio à sujeira do prédio parcialmente demolido. Todas olharam para Ann, meio escondida nas sombras, quando ela deu uma risadinha.

– Vocês se deram conta de que, com um pouco de sorte, daremos adeus a essa sujeira e aos ratos depois de só mais uma reunião? – Ela fez um muxoxo de nojo. – Sinto que o fedor de umidade dessa espelunca me impregna por dias depois que nos encontramos aqui. – Ann caminhou em direção à porta, que oscilava como um bêbado, pendendo de uma das dobradiças, e onde Eli já a aguardava. – Falei para vocês que meu aniversário é no dia seguinte ao Levante? Vou fazer vinte e nove anos.

As outras se apressaram pela porta, sabendo o que se passava na cabeça de Ann, mas sem comentar nada, deixando Sarah sozinha naquele cômodo sombrio com uma mulher mais velha que não dissera uma palavra durante toda a reunião. Mary pertencia a uma geração anterior e, embora sempre lhes oferecesse uma gentileza genuína, mantinha uma barreira sutil de distância com as outras. Com exceção de Sarah. De vez em quando, Sarah se perguntava o que a destacava das demais, mas aceitava o fato com gratidão. A companhia da mulher mais velha lhe era reconfortante e tranquilizadora, como se não houvesse necessidade de esconder as próprias dúvidas e incertezas, de projetar o tempo todo uma imagem de competência e assertividade.

– O que vai fazer em relação à mensageira que foi pega? – Mary perguntou, e, vendo o rosto inexpressivo de Sarah, completou: – Aquela que foi espancada. Tenho certeza de que as mulheres de Joan cuidaram dela, mas...

A reprimenda fez Sarah corar.

– Acha que eu deveria procurá-la?

Mary acariciou seu braço.

– Não. Você está com a cabeça muito ocupada para saber o que dizer a ela. Deixe que eu vou. – Sentada bem embaixo da luz hostil, ela olhou diretamente para Sarah e falou com gentileza: – Você deveria ir para casa. Parece muito cansada. E não se ofenda com o que acabei de dizer. As mulheres precisam de você como você é, com a cabeça firme e no lugar. Essa é a sua força.

Sarah devolveu o olhar, sentindo de novo a forte conexão entre elas. Aquilo a confundia. Não conseguia entender, mas sabia que existia.

Virou-se e foi embora.

A curta caminhada de volta ao albergue ocorreu sem incidentes, e Sarah ficou agradecida quando entrou em seu quarto. Mary estava certa, ela estava exausta. Despiu-se depressa e sentiu uma ligeira satisfação ao deixar cair no chão a pilha de roupas cinza que usava. O lampião lançava uma luz fraca sobre o espelho. Cruzou o quarto e fitou o próprio reflexo. Fazia muito tempo desde que havia se olhado no espelho e ficou chocada com o rosto acinzentado que a encarava de volta, tão desbotado quanto os rostos naquele porão. Afrouxou o coque e deixou os cabelos caírem ao redor da face. Cabelos cinzentos para combinar com o rosto cinzento. Sempre se impressionava quando via a própria imagem. Não havia nada cinzento em seu íntimo, nada cinzento em seus pensamentos. Sua mente era repleta de cores, tons, ânimos variados. Inclinou-se em direção ao espelho, tentando aproveitar ao máximo a iluminação irregular, tentando vislumbrar um lampejo das cores que sabia que existiam dentro de si. Mas os olhos cinzentos a fitaram inexpressivos, sem nada revelarem. Será que teria aquela aparência para sempre? Uma farsa cinza. Tentou se lembrar de como era seu cabelo pouco antes de fazer dezoito anos e ser obrigada a tingi-lo. Era louro, muito louro, quase branco. Se elas fossem bem-sucedidas, ela nunca teria que tingi-los de novo. Afastou-se do espelho e subiu devagar na cama estreita. Talvez seu cabelo fosse naturalmente cinzento agora.

Dois

Sarah posicionou a pasta exatamente no meio da escrivaninha de Nesbitt, sentindo o cheiro suave de sabonete perfumado e uísque. Ao que parecia, ele estava começando a beber cada vez mais cedo.

Ela atravessou a sala até as janelas altas para ajustar as cortinas, encobrindo o brilho dos primeiros raios de sol da manhã, e olhou para a rua movimentada. O trânsito matinal diminuía conforme os carros preenchiam as vagas de estacionamento ao redor da praça, com um carro aqui e outro ali passando devagar naquela busca ritualística por um espaço vazio. Sarah voltou-se para o homem pesado que se largava detrás da escrivaninha. A bebida era apenas um dos sinais de estresse que ele vinha demonstrando nos últimos tempos, mas ela não tinha nenhuma curiosidade acerca da causa. Ele resvalava na vida dela durante o expediente de trabalho e desaparecia de sua mente assim que ela vestia o casaco; e sabia que, na cabeça dele, ela não passava de uma máquina eficiente.

Sarah caminhou em direção à escrivaninha, postando-se em uma das laterais.

– Há sete cartas para assinar, e o senhor tem uma reunião com o Sr. Hawkins às quatro da tarde. – Notou um leve titubeio da cabeça dele, então explicou. – O senhor aceitou a proposta que a Hawkins & Companhia apresentou para aquele serviço do Governo. Vai se encontrar com o Sr. Hawkins à tarde para transmitir as especificações finais. Essa lista, além do cronograma de trabalho, está na pasta. – Fez uma pausa para se certificar de que Nesbitt estava ouvindo. Ele ainda estava esparramado na cadeira como de costume, a cabeça jogada para trás, olhando o teto, balançando levemente de um lado para o outro. Em resposta ao silêncio dela, Nesbitt tirou uma caneta do bolso e abriu a pasta que ela colocara à sua frente.

– Tenho mesmo que ler tudo isso? – ele perguntou. Sarah balançou a cabeça em negativa. – E de que raios de serviço do Governo você está falando?

– O senhor discutiu isso comigo detalhadamente há três semanas. – A voz de Sarah soou baixa e monótona. – É para a inauguração oficial do novo Hall do Povo. A Hawkins é a gráfica que vai imprimir os materiais de divulgação. Os detalhes estão na pasta.

Ele já estava com a atenção em outro lugar quando terminou de rabiscar sua assinatura nas cartas.

– À tarde, logo depois do almoço, o senhor também vai entrevistar três homens para a vaga do Sr. Hollman. Ele vai embora daqui a três semanas.

– Hollman?

O rosto de Sarah permaneceu inexpressivo.

– Sim, ele pediu demissão na semana passada. O senhor vai encontrar o currículo dos três candidatos na pasta. – Ela voltou-se para a porta e então hesitou. – O primeiro homem a ser entrevistado é o artista que acabou de entregar a encomenda dos murais do Hall do Povo. Pode ser uma boa política oferecer o cargo a ele.

Nesbitt olhou para ela com um lampejo de interesse, mas logo voltou a fitar o teto. Colocou os pés devagar e com cuidado sobre a escrivaninha e se afundou ainda mais na cadeira.

– Você ainda não trouxe meu café.

– Vou buscar.

Ele esperou que Sarah alcançasse a porta para então falar.

– Hillard. Esses murais aí, do Hall do Povo. Você já os viu?

– Não. Estive lá semana passada para tratar da disposição dos assentos, mas os murais ainda estavam cobertos por lonas.

– Pode ser uma boa ir até lá de novo – ele sugeriu. – Veja se consegue dar uma olhada neles.

– Para você saber do que se trata antes da entrevista de hoje à tarde?

Nesbitt a fitou em busca de algum indício do sarcasmo contido naquelas palavras. Sarah sustentou o olhar friamente e se voltou para a porta.

– Vou buscar seu café.

– Não, pode deixar. Não quero mais.

Ela então deixou a sala em silêncio. Conferiu o relógio e decidiu ir até o Hall do Povo imediatamente. Considerando meia hora para dar uma olhada nos murais e mais meia hora para datilografar o relatório que permitiria a Nesbitt demonstrar seus conhecimentos artísticos na reunião, ela ainda teria uma hora para perambular pelas margens do canal. Àquela hora do dia, as amplas áreas gramadas estariam desertas, e a água estática lhe traria a ilusão de paz e solitude.

O sol havia se escondido quando Sarah desceu os degraus do escritório, e o céu ameaçava uma chuva de verão repentina. Os pedestres apertavam o passo conforme as primeiras gotas, grandes e preguiçosas, começavam a cair. Ela ainda pensava na conversa com Nesbitt. Será que ele precisava mesmo encenar aquele teatro do café toda vez? O sujeito nem gostava de café, mas repetia o mesmo ritual todas as manhãs, como se precisasse constantemente colocá-la em seu lugar; ou, quem sabe, assegurar-se do dele. Os dois sabiam que era ela quem dirigia a empresa. Pouco a pouco, ele se contentara com apenas preencher a cadeira, confiante na segurança de seu cargo, atrofiando-se no tédio.

Alguém esbarrou no braço de Sarah, puxando-a de volta à realidade. A chuva estava mais forte, cobrindo as ruas com um falso brilho. Ela olhou as pessoas ao seu redor – quase todas mulheres. Andavam em pequenos grupos ou aos pares, abrigando-se da tempestade sob guarda-chuvas ou dentro de golas levantadas. Curioso, elas pareciam nunca andar sozinhas, sempre necessitadas de companhia. Sarah vagamente se perguntou por quê. E havia os carrinhos de bebê – por toda parte, carrinhos, bebês e crianças pequenas. Criancinhas penduradas em saias, demandando atenção, enciumadas com os adultos que monopolizavam as mães. E as cores – estranho ela nunca ter se dado conta antes. Talvez a umidade da chuva as tivesse acentuado. Atravessou a rua, parando para desviar do aglomerado de mulheres e crianças que tentava se abrigar sob a marquise iluminada das lojas. Observou as roupas coloridas das outras mulheres, apreciando os distintos tons de vermelho e verde, os azuis e os amarelos. E os cabelos delas, semicobertos por echarpes e guarda-chuvas, mas ainda assim revelando suas diferentes cores – castanhos, pretos, acobreados. Quando avistou um cabelo louro, Sarah diminuiu o passo sem perceber. Fitou a mulher curvada sobre um garotinho, limpando com um lenço o rostinho sujo de alguma guloseima. A mulher percebeu que estava sendo observada e levantou o rosto, encarando Sarah. O olhar se sustentou por um instante, em um contato anônimo e casual, e então os olhos da mulher passaram pelos cabelos e roupas de Sarah antes de se desviarem, envergonhados. A desconhecida se voltou para a criança, e agora a bronca parecia um tanto veemente demais.

Sarah deixou aquilo para trás e subiu com pressa os largos degraus do Hall do Povo, o último presente de Gorston para a nação. Parou diante das portas maciças, preparando-se mentalmente para a imensidão além delas e lembrando-se do desalento que sentira na semana anterior, quando visitara aquele prédio monstruoso com um grupo de funcionários. Ainda que estivesse repleto de trabalhadores irreverentes, com o chão coberto por sujeira e entulho, ela se sentira diminuída pelo tamanho do lugar.

Sarah empurrou a porta pesada e adentrou a frieza do salão. Estava vazio; os trabalhadores haviam ido embora sem deixar vestígios de sua recente ocupação. Ela estacou, despreparada para o sentimento de desolação que crescia conforme observava a vastidão de granito, as colunas em forma de torre sombreadas de cinza, cuja base se assentava com firmeza em um piso igualmente sombreado. Sentia-se diminuída, exposta, uma figura solitária soterrada por pilares monstruosos que avançavam cegamente através das sombras em direção ao teto. Mal conseguia divisar a longa galeria que percorria o comprimento de todo o hall, lá em cima em meio às sombras. Ela viu a balaustrada de onde os eventuais visitantes poderiam se debruçar e admirar a vista abaixo. Parecia tão pequena, mas ao mesmo tempo era alta o suficiente para que as pessoas pudessem se apoiar. As pedras acinzentadas pareciam sufocá-la, oprimindo-a com sua solidez e imponência. Precisava se proteger, encontrar algum canto, uma sombra que fosse, onde pudesse esconder sua própria fragilidade.

Ela se esgueirou para dentro de uma das alcovas, sentindo a frieza do granito contra os ombros. Voltou o rosto para uma das colunas em forma de torre, envolvendo parte dela com os braços, como se, por um momento, pudesse se tornar uma só com aquela odiosa personificação imutável de vida. O frio beliscou sua bochecha quando pressionou o rosto contra a superfície firme, e toda a realidade se extinguiu, restando apenas sua fraqueza e desolação. Era impensável medir forças contra aquela pedra; seria melhor, muito melhor abraçá-la, sucumbir a ela e abrir mão de toda a esperança. O frio penetrava em seu corpo conforme ela se apoiava na pedra, até que, aos poucos, Sarah se deu conta de que ainda havia calor em seu rosto. Afastou-se da coluna, tocou a face com a ponta dos dedos, as lágrimas escorrendo entre eles, trazendo de volta o ardor. Esperou, paciente e impassível, que a onda de desamparo passasse – uma figurazinha acinzentada se imiscuindo na pedra massiva. Ela não podia perder as esperanças. Não importava o quanto aquela sociedade fosse poderosa e imutável, não importava o quanto ela própria fosse insignificante, não podia perder as esperanças. Ela seguiria tentando destruí-la.

Com as mãos nos bolsos, Sarah caminhou até o centro do hall.

– Tem alguém aqui? – ela chamou.

"... aqui... aqui...", o eco daquela vastidão vazia.

Ela aguardou. Talvez os trabalhadores estivessem no horário de almoço.

– Alguém aqui?

"... aqui... aqui..."

Sarah olhou em volta, depois inclinou a cabeça para o alto, fitando os recônditos escuros do teto. De repente, girou sobre os calcanhares com um olhar divertido. Abriu bem os braços, envolvendo toda a vastidão.

– Você não é nada.

"... nada... nada..."

O edifício imponente que a diminuíra e aterrorizara não podia ver, sentir, pensar. Sua fraqueza estava embutida nele, uma falha estrutural, oculta de si mesmo, mas às claras para ela e para as outras mulheres. Elas o destruiriam porque era cego. Parada ali, Sarah olhou de novo para a galeria distante, lá no alto, as mãos novamente enfiadas nos bolsos, a postura ereta, desafiadora.

– Você vai cair.

"... cair... cair..."

– Achei mesmo que tinha ouvido alguma coisa. – O trabalhador a olhou aborrecido, segurando um sanduíche pela metade.

Sarah se voltou, o rosto inexpressivo.

– Os murais. Vim ver os murais. – Estendeu o cartão de autorização, mas o homem já tinha lhe dado as costas e estava se afastando.

– Por ali. – Ele apontou na direção do Hall Interior.

Era quase uma réplica do saguão de entrada, mas em uma escala ainda maior. Ela atravessou a arcada com confiança, preparando-se para a imensidão do lugar.

Cores cantavam para ela, vindas de todos os lados; fortes, vibrantes, vivas. Ela estacou abruptamente, e então virou-se devagar, mirando cada parede. Era real. Ali, nas paredes de granito, apagando-as, transformando-as; cores, movimentos, emoções, esperanças e medos; aspirações que subiam aos céus; pessoas vivas e vivendo, plenas e prósperas. Estava tudo ali, transbordando de vitalidade e arrebatando-a para dentro de seu ser. Ela observou, maravilhada, os elementos retratados: os cabelos da mulher ecoando a flexível resistência das árvores, as copas curvadas pelo vento; a imensidão brilhante do mar poderoso; o sol do entardecer refletido nas estrias prateadas, sinal de muitos nascimentos, estático, forte, fértil; a terra marrom, acolhedora, responsiva ao trabalho das pessoas, abundante, rica, generosa. E as pessoas, amando e rindo, prosperando e ajudando, em harmonia umas com as outras e com o ambiente. Em uníssono e em equilíbrio, uma unidade que se combina e se mescla, formando o todo.

Como aquilo era possível? Ali, naquele lugar? E quem...?

Sarah andou junto às paredes, maravilhada com a alegria no rosto de um casal jovem que subia as encostas varridas pelo vento de uma montanha pedregosa. Olhou bem de perto o rosto de um velho, marcado e enrugado pela vida, mas com um ar de contentamento, que observava crianças brincando e rolando pela grama almofadada. Ela se afastou, voltando ao centro do saguão para admirar a grandeza envolvente dos marrons e amarelos das colinas ondulantes que se transformavam em um azul profundo conforme o olhar era levado além, para cima, mesclando-se e confundindo-se, sem limites claros, com a vastidão do céu, envolvendo tudo.

Como era possível que a visão de um único homem se parecesse tanto com os sonhos secretos dela? Como teria ele conseguido retratar, naquelas paredes áridas, as convicções dela de que a vida buscava equilíbrio, de que os mais fracos se juntariam aos mais fortes, os menores aos maiores, para que todos pudessem atingir seu potencial máximo, cumprindo sua função no todo?

Aproximou-se de novo de uma das paredes e seguiu com os dedos a espuma que surgia onde a água e as pedras se encontravam. Ela precisava conhecer esse homem, conversar com ele, interrogá-lo. Será que aquilo advinha de suas visões mais íntimas, ou teria ele experimentado aquelas vívidas representações? As perguntas se atropelavam na mente dela. Afundou-se no chão, emocionalmente drenada. Vivera as profundezas e as alturas em poucos minutos, e agora sentia-se anestesiada. Ficou sentada, imóvel, fitando as paredes, mas incapaz de absorver mais nada, incapaz de esboçar qualquer reação àqueles sonhos pintados.

Aos poucos, Sarah percebeu que a frieza do granito cinza se fechava ao seu redor e foi se levantando lentamente. Não suportaria olhar de novo para os murais, então manteve a cabeça baixa, os olhos fixos nos próprios sapatos contra as placas de granito. Precisava se apartar das visões nas paredes, voltar à realidade de sua existência. Começou a se movimentar sobre o piso, sapatos pretos brilhantes, passadas cuidadosas, dois passos em cada placa, respingos de chuva ofuscando o polimento, cruzando o chão anônimo, passando pelas arcadas e pelo vazio do saguão de entrada em direção às ruas da cidade. Parou no alto da escadaria para observar os pedestres apressados, a chuva que formava poças no calçamento irregular, e se lembrou do olhar da mulher loura se desviando, rejeitando o contato visual, envergonhada pela invasão casual. Desceu rapidamente os degraus e se juntou às pessoas distraídas, ajustando seu ritmo ao delas. Estava atrasada. Haveria pouco tempo para datilografar o relatório antes das entrevistas. Mas o que ela relataria? Afastou a dúvida ao entrar na praça. Preencheria o papel com jargões sem sentido e frases pseudointelectuais que fariam as vezes de apreciação artística, e Nesbitt ficaria satisfeito.

O relatório estava pronto quando Sarah ouviu os passos dele na escada.

– Hillard, você foi ver os murais?

– Sim, o relatório está sobre a sua escrivaninha.

– Perda de tempo, perda de tempo.

Ela aguardou pacientemente pela explicação, notando o rubor róseo que se espalhava pelo rosto dele, desaparecendo gola adentro.

– Você pisou feio na bola quando me disse para indicar o sujeito que pintou os murais. – Ela respirou com cuidado, o rosto inexpressivo enquanto ele despejava a bronca. – Ele é estrangeiro. Que sugestão mais cretina, mais besta. Você sabe qual é a posição oficial sobre a contratação de estrangeiros.

– Ele nasceu aqui na cidade. Vi os documentos. – A voz dela era calma.

– Eu sei, eu sei. – Ele dispensou as objeções dela com um gesto impaciente. – Só que ele passou a maior parte da vida fora. Dá no mesmo. Passa a maior parte do tempo fora do país e daí volta com a cabeça cheia de ideias malucas. – Olhou fixamente para Sarah, como se esperasse uma demonstração de desconforto. Tentou com mais afinco. – Entendo que há uma comoção acerca dessas pinturas aí que você foi ver. – Dirigiu-se para a porta. – Bom, mais tarde, quando ele chegar, diga que a vaga já foi preenchida. – Ele ficou ali parado por um momento, a mão na maçaneta, sua decisão tomada e comunicada, antes de entrar no escritório e fechar a porta atrás de si. Sarah encarou a porta fechada. Nesbitt tinha necessidade de se impor sobre ela e conseguira a munição para isso durante o almoço, decerto por alguma fofoca banal. Não havia tempo para fazê-lo mudar de ideia.

O intercomunicador soou.

– Sim, Sr. Nesbitt?

– Quando conversar com o sujeito, tenha tato.

Sarah devolveu o fone para o gancho, relembrando o impacto dos murais. Precisava falar com o homem que os pintara, mas agora sua única oportunidade de um contato real se fora. Distraída, atendeu novamente o telefone assim que tocou.

– O Sr. Carl Tolland está na recepção – a voz de Joan soou em seu ouvido. – Ele tem horário marcado com o Sr. Nesbitt às duas e meia.

– Desço num instante.

Ela continuou sentada. *Sinto muito, Sr. Tolland, mas não podemos lhe oferecer o cargo. Sei que pintou murais milagrosos, mas o senhor passou muito tempo fora do país. Voltou cheio de ideias perigosas sobre vida e liberdade, e isso não se pode tolerar. O senhor compreende, não é mesmo?*

O que ela faria? A reação provocada pelos murais lhe causava uma urgência, e sua necessidade de conversar sobre eles era quase insuportável. Viu-se descendo as escadas em direção à recepção, um turbilhão na mente.

Três

Carl ajeitou a gravata e deu um sorriso meio torto para a figura no espelho. Parecia um manequim de um ateliê de alfaiate. Fez pose diante da imagem refletida, as mãos firmes na cintura, a cabeça inclinada para o lado. *Certamente, Sr. Nesbitt, já posso começar na segunda.* Virou-se com impaciência. Odiava usar terno e gravata, e mais, odiava a simples ideia de ter que arrumar um emprego. Mas os murais tinham ficado prontos, e ele gostaria de continuar naquele chalé por mais um tempinho. Tinha certeza de que conseguiria fazer um bom trabalho ali. Ridícula aquela lei que o proibia de permanecer no país se não estivesse empregado. E olha que ele nem era estrangeiro, embora todos os formulários que tivera de preencher antes de permitirem que entrasse no país fizessem parecer que o consideravam um marciano ou coisa do tipo. Mas eles estavam animados para se beneficiar de sua reputação internacional. Vai saber como ele teria se virado se não tivesse no bolso a carta oficial do comissionamento para os murais. Ele não sabia bem por que quisera voltar. Não tinha pensado muito em seu lugar de origem enquanto a mãe ainda estava viva, e estivera muito ocupado depois da morte dela, trabalhando e vivendo, para se preocupar com o pequeno país que ambos deixaram quando ele ainda era um menino, ainda que às vezes ele desejasse ter conseguido que a mãe conversasse mais abertamente sobre a sociedade peculiar da qual fugira. Olhou de relance para o relógio e fechou a porta do chalé atrás de si ao sair. Precisava chegar na hora –

causar uma boa impressão! –, embora tivesse certeza de que os murais não tinham caído no gosto do Departamento de Artes Visuais do Governo. Talvez o boicotassem. Abriu um sorriso de satisfação enquanto avançava com o carro pela estrada, lembrando-se da expressão de crescente horror no rosto deles quando retirou as lonas que cobriam as pinturas. Não conseguiu compreender bem a reação deles, porque sabia que aqueles murais eram o melhor trabalho que já havia feito na vida. Mas obviamente eles não tinham gostado. Talvez naquele país eles não gostassem de ser lembrados da vida. Certamente ele próprio não havia observado muita vida em si durante as breves idas e vindas daquela monstruosidade que chamavam de Hall do Povo.

Deu uma guinada no carro para a estrada principal que levava à cidade. Pensou em esticar um pouco após a entrevista, dar uma olhadinha nos arredores. Havia trabalhado obsessivamente nos murais durante oito meses a fio, parando apenas para dirigir de volta para casa depois do anoitecer, comer alguma coisa, dormir e voltar ao trabalho. Desde que finalizara as pinturas maiores, alguns dias antes, ele vinha sentindo um vazio que já lhe era conhecido, que sempre ocorria depois de um período intenso de trabalho. Precisava relaxar e encontrar algum divertimento na companhia de outras pessoas antes que outra inspiração o arrastasse de volta a uma existência eremita.

Lembrou-se, com certa saudade, da companhia com quem relaxara depois de sua última exposição em Paris. Ela era muito bonita: grandes olhos verdes, nos quais qualquer homem gostaria de se afogar; cabelos grossos e brilhantes, de um acobreado reluzente, que gingavam no ritmo do seu caminhar. Sorriu com a recordação dos poucos mas tumultuados meses que passaram juntos. Minha nossa, como ela ficava linda brava. Lembrou-se da última briga que tiveram. Ele ainda não entendia por que tinha culminado no fim do relacionamento. Naquela noite, ela estava esperando por ele, muito animada por ter conseguido um emprego em uma galeria de arte. Tudo bem, ele até poderia ter tido mais tato para lidar com as coisas, mas convenhamos que era ridículo uma pessoa como ela falar em construir uma carreira. Ela nem precisava de dinheiro, além do mais, que raios de relacionamento eles teriam se ela trabalhasse durante o dia? Ela sabia que, enquanto a exposição durasse, ele precisaria passar as noites socializando. Eles mal se veriam.

Ainda assim, foi uma época boa. Suspirou de contentamento com as lembranças. Agora, pensando bem, ele não conhecera nenhuma mulher desde que chegara ao país. As únicas que havia visto tinham sido umas poucas madrugadoras fazendo compras, cercadas por uma turba de filhos como de costume, e algumas idosas de cabelo grisalho. Talvez aquela lei ridícula valesse para todo mundo; as mulheres mais jovens muito provavelmente trabalhavam em tempo integral cuidando das crianças. Talvez voltassem aos empregos quando os filhos ficassem mais velhos. A economia parecia ter melhorado consideravelmente desde os tempos de sua mãe. Um dos poucos comentários que ela fizera sobre o país tinha sido justamente sobre as condições precárias da economia. Ele parou no semáforo e deu uma olhada nos carros ao redor. Pareciam bem novos, mas eram todos iguais. Que curioso. E só havia homens dirigindo. Olhou para todos os carros que passavam por ele. É, isso mesmo. Todos os carros eram dirigidos por homens. Não havia mulheres nem no banco de passageiros. Tentou se lembrar do que ouvira sobre o país antes de chegar. Burdett ficara realmente espantado quando ele contou que tinha aceitado o comissionamento; na verdade, o amigo tentara persuadi-lo do contrário. O que foi mesmo que ele disse? Que os sindicatos eram ilegais, disso ele se lembrava. E alguma coisa sobre as mulheres. Balançou a cabeça, um gesto exasperado. Simplesmente não conseguia se lembrar.

Carl avistou o Hall do Povo e se deu conta de que seu destino estaria logo à direita. Circundou a praça devagar, procurando pelo número quarenta e três e por uma vaga para estacionar.

Uma vez dentro do edifício, hesitou por um minuto, procurando pela recepcionista antes de se dirigir a uma mulher de cabelos grisalhos sentada diante de uma mesa telefônica.

– Com licença, meu nome é Tolland. Carl Tolland. Tenho uma reunião com o Sr. Nesbitt às duas e meia.

A mulher se virou e o fitou por cima dos óculos.

– Certo, Sr. Tolland, ele está à sua espera. Vou avisar que o senhor chegou.

As mãos dela deslizaram pela mesa telefônica e ele notou os dedos finos de uma moça jovem. Olhou para o rosto dela e viu a linha do queixo firme, a pele macia. À distância, achou que fosse uma das idosas que via todas as manhãs. Por que raios ela tingira o cabelo daquela cor horrorosa? Será que achava atraente?

– A secretária do Sr. Nesbitt já vai descer.

Ele tirou a moça da cabeça e se concentrou na entrevista. Perguntou-se se Nesbitt fazia ideia da sorte que teria se decidisse contratá-lo como o designer principal daquela agência de publicidade mequetrefe. O mais engraçado é que, se dependesse daqueles sujeitos na Comissão de Arte, talvez nem lhe oferecessem o emprego. Bom, nesse caso, ele teria um bom motivo para rir com os amigos quando decidisse voltar para casa.

– Sr. Tolland. – Uma voz calma o chamou. – Meu nome é Hillard, sou a secretária do Sr. Nesbitt. Podemos conversar aqui. – Ela o levou até uma mesinha no canto mais distante do recinto. Cabelos grisalhos, um vestido cinza sem corte, sapatos pretos baixos; a vestimenta que todas aquelas mulheres mais velhas usavam. Mas ela era jovem, assim como a mulher que operava a mesa telefônica. Que raios de lugar era aquele?

Automaticamente, sentou-se no lugar que ela apontara, toda a sua concentração no rosto dela. A pele pálida e macia, as rugas diminutas no canto dos olhos acinzentados, grandes e pálidos, sem nenhuma expressão. Devia ter uns trinta anos, e o fitava como se ele não existisse.

– ... nosso atual designer está considerando continuar no cargo...

Ele ouvia a voz dela, sem compreender as palavras. O som pairava ao redor, calmo, melodioso, mas distante. Obrigou-se a se concentrar no que ela estava dizendo.

– ... assim, naturalmente, o Sr. Nesbitt não poderá considerar um substituto até que os planos do Sr. Hollman estejam definidos.

Ou seja, ele estava mesmo sofrendo um boicote. Surpresa nenhuma.

– Você é muito gentil. – A frase trivial encobriu o silêncio enquanto tentava lidar com o efeito que aquela mulher tivera sobre ele. Tentou encontrar mais alguma coisa para dizer, algo que fizesse com que ela o notasse, mas a moça parecia satisfeita em permanecer sentada em silêncio.

Ela então olhou diretamente para o rosto dele, e ele sentiu um ligeiro temor, uma incerteza dentro de si que nunca tinha experimentado antes.

– Eu vi os seus murais – disse ela.

Ele sentiu um choque de surpresa. Era a típica primeira frase de todas as mulheres que haviam passado por sua vida, atraídas pela fama e pela atmosfera de mistério em torno do seu trabalho. Será que a estranheza dela era apenas fruto de sua imaginação, reforçada por aquele vestido esquisito e aquele cabelo mais esquisito ainda?

– O que achou deles? – perguntou, intrigado.

O rosto à sua frente permaneceu impassível.

– Receio não saber muito sobre arte, Sr. Tolland, mas achei-os interessantes.

Ele se inclinou para a frente, sentindo uma animação já conhecida sobre sua produção mais recente.

– É o melhor trabalho que já fiz. Tentei outras vezes executar essa ideia, nunca deu muito certo. Mas ali embaixo, naquela tumba, senti que ganhava vida, que se expandia.

Seu entusiasmo não encontrou eco, e ele reclinou no encosto, murchando de repente. A falta de resposta dela o irritava, e ele tinha vontade de derrubar a barreira de passividade que ela erguera em torno de si. Sorriu para ela, um gesto entre infantil e conspirador.

– Você foi muito gentil. Vamos tomar um café depois do expediente, e aí você pode se solidarizar comigo por eu não estar à altura dos padrões do Sr. Nesbitt.

Ela permaneceu sentada, olhando para ele por um bom tempo com aqueles olhos grandes e cinzas.

– Sinto muito, Sr. Tolland, mas é praticamente impossível – disse ela, enfim. – Como sabe, estou restrita a frequentar certos locais para refeições, e receio que homens não são muito bem-vindos ali.

Ela se levantou, obrigando-o a acompanhá-la até a porta. De que raios ela estava falando? Parecia que ele havia escorregado para dentro de outra realidade e não conhecesse nenhuma das regras.

– Entrarei em contato, Sr. Tolland, caso o Sr. Hollman decida mesmo ir embora. Talvez o senhor ainda esteja interessado no cargo.

Ela o forçava a entrar no jogo. Tentou pensar em alguma coisa para dizer que perturbasse aquele olhar calmo, mas nada.

Desceu os degraus da escadaria, sentindo o olhar da moça às suas costas, e um sentimento de revolta contra ela se acendeu dentro dele. Virou-se, a encarou e levantou a mão em um gesto de despedida.

– A gente se vê.

Sentado no carro, Carl tentava entender o que tinha acabado de acontecer, tentava analisar a diferença entre aquela mulher e todas as outras que conhecera. Como ela disse que se chamava mesmo, Hillard? Será que era seu nome de batismo? Se fosse um sobrenome, seria senhorita ou senhora? Não, não devia ser "senhora", ela não era casada. Não era só o desinteresse por ele; ela parecia não ter interesse sexual por homem nenhum. Assim o declarava através de suas roupas, de suas atitudes. Mesmo assim, nada disso parecia normal.

Remexeu-se, inquieto de preocupação com os pensamentos que se formavam no fundo de sua mente. Era como se ela não tivesse nem ideia de que era uma mulher. Era isso, não era? Lembrou das lésbicas que já encontrara anteriormente. Não, não era o mesmo caso. Retomou o pensamento e tentou se lembrar de como as meninas mais jovens se comportavam antes de se conscientizarem da própria sexualidade. Parecia algo nesse sentido, mas... sua linha de raciocínio se rompeu. E aquela história de estar restrita a certos locais para refeição? Era verdade, ou só um jeito peculiar de lhe dar um fora e ele não entendera direito?

Girou a chave na ignição e saiu rapidamente da vaga. Ele ia descobrir. Andaria pela cidade toda e descobriria por que raios as coisas pareciam tão esquisitas. Dirigiu uma curta distância até um centro de compras e estacionou o carro. Ficou ali de pé, olhando para as pessoas, as lojas, os carros que passavam, e se sentiu um pouco tolo. Tudo parecia normal. Por onde começar? Perambulou por uma das lojas maiores e se deparou com um cartaz gigante de um homem corpulento de meia-idade, cabelos grisalhos e uma bela papada, com os dizeres "Gorston, o amigo do povo". Então aquela era a cara do homem.

Os balcões de atendimento se espalhavam diante dele, ocupando toda a extensão da loja, as luzes artificiais refletindo-se na costumeira seleção de mercadorias. Havia algumas clientes aqui e ali, com a ninhada obrigatória de filhos, mas todas as atendentes tinham cabelo grisalho e vestiam roupas cinza. Ele olhou com atenção para todos os balcões. Elas variavam de idade, ele percebia isso agora, mas o cabelo era uniformemente grisalho. Olhou de novo para as clientes. Vestiam cores diferentes e o cabelo também tinha tonalidades diferentes. Apenas as atendentes eram cinzentas. Quer dizer então que, por alguma razão, todas as mulheres que trabalhavam tingiam o cabelo de cinza. Lembrou-se de sua reunião com Hillard. O que era mesmo que ela tinha falado sobre ter que comer em locais específicos? Atravessou o piso em direção a uma das atendentes, notando, assim que se aproximou, que se tratava de uma jovem de uns dezoito anos.

– Com licença, poderia me dizer onde fica o restaurante?

A jovem virou-se para ele, o rosto impassível.

– Quarto andar, senhor. Os elevadores ficam à direita.

Ela o olhara do mesmo jeito que Hillard. Confuso, ele deu as costas e caminhou até a área dos elevadores, chegando momentos antes de uma mulher visivelmente grávida que se esforçava para equilibrar pacotões volumosos e criancinhas reclamonas.

– Aqui, deixe-me ajudar – ofereceu ele, estendendo a mão e mantendo a porta do elevador aberta com o pé. Mas logo recuou, hesitante, ao ver a expressão em seu rosto. Ela estava assustada.

– Quer subir primeiro? – ele perguntou gentilmente.

Ela fez que não com a cabeça. Ele a olhou por um momento antes de voltar-se para o elevador e apertar o botão do quarto andar. Por que raios ela reagira daquele jeito? O elevador parou e ele somou aquele novo mistério aos outros em sua mente enquanto adentrava o saguão acarpetado. O restaurante era grande e idêntico a todos os outros restaurantes de lojas de departamento que já vira. Pareciam seguir o mesmo modelo de anacronismo planejado, e ele olhou em volta, procurando outro lugar. Dificilmente aquele era o tipo de local que Hillard mencionara.

Percorreu o corredor, passando pelo eufemístico Toalete das Damas e pela placa que ia direto ao ponto e dizia "Homens", e parou diante de uma porta cuja placa sinalizava "Operárias". Seria algum tipo de segregação? Debateu consigo mesmo em silêncio, concluindo que deveria ser o banheiro destinado à equipe feminina da loja. Enquanto Carl hesitava, a porta se abriu e por ela saiu uma mulher de cabelo grisalho, e ele se apressou a seguir em frente, irritado consigo mesmo. Estava se comportando feito um idiota. Bastara uma mulher o olhar com total desinteresse para que ele sentisse a necessidade de concatenar uma explicação absurda, só para confortar seu ego masculino desconcertado. Vai ver aquelas mulheres eram tontas o suficiente para achar que cabelo cinza era a última tendência da moda depois da combinação de shortinhos e botas. E não é que Hillard fosse de uma beleza estonteante. Podia ver o rosto dela de novo, agora com seu olhar de artista, lembrando das bochechas planas e das curvas das maçãs do rosto altas e bem definidas, que levavam o observador direto para os grandes olhos cinzentos que viam o mundo através de uma película invisível. Não, ela não era bonita, pelo menos não de acordo com os padrões contemporâneos de beleza. Ele não conseguia imaginá-la enredada em vestes modernas, mas havia nela uma profundidade que ele sentia que ainda estava por se revelar. Tentou imaginar suas feições estáticas se mexendo com alguma emoção, mas não conseguiu ver nada além dos olhos. Balançou a cabeça, exasperado; estava se comportando feito um adolescente que experimenta os primeiros impulsos irreconhecíveis de desejo. Precisava de um drinque. Fez o caminho de volta para o elevador, apressando o passo como se quisesse ultrapassar os pensamentos, quando avistou uma seta. Deve ter passado despercebida quando ele saiu do elevador. "Restaurante das Operárias." Será que foi isso que ela quis dizer? Cada vez que ele afastava suas suspeitas bizarras, alguma coisa acontecia para fazê-las vir à tona de novo. Virou-se e caminhou na direção que a seta apontava.

O lugar era pequeno, sem graça. Tudo era marrom, até mesmo as paredes, pintadas originalmente de um tom creme desbotado, agora estavam marcadas por manchas escuras, resultado da umidade escorrendo em filetes de ferrugem por incontáveis anos. Um longo balcão marrom se estendia pelo comprimento de um dos lados do recinto, e mesinhas de madeira marrom repousavam vazias e pouco convidativas sobre o piso de linóleo também marrom e sem graça. Ele achou que não havia ninguém ali até que uma mulher idosa de cabelos grisalhos saiu de trás do balcão e veio, a passos rápidos e com muito custo, ao seu encontro. Ela usava as mesmas roupas largas que Hillard, com exceção dos sapatos; seus pés, inchados e disformes, estavam encapsulados em pantufas puídas, e seu cabelo grisalho não escondia a idade, com fios ralos se desprendendo do coque apertado e grudando nas bochechas encovadas.

– O restaurante fica para lá, senhor – ela sussurrou. Tinha os olhos fixos no queixo de Carl, mas parecia olhar para ele sem de fato vê-lo.

– Prefiro tomar um café aqui mesmo, se possível.

A mulher virou-se, submissa, e arrastou os pés doloridos de volta ao balcão, apanhando uma caneca branca de bordas grossas.

– O café do restaurante é bem melhor, senhor.

Estava tentando se livrar dele. Era disso que Hillard estava falando. Homens não seriam muito bem recebidos. Ainda assim, ele não sentia que havia ressentimento por parte dela, apenas um sentimento passivo de derrota.

– Você não quer que eu fique aqui. – Era uma afirmação, não uma pergunta.

A mulher despejou o líquido marrom na caneca, as mãos ligeiramente trêmulas.

– Não cabe a mim dizer, senhor. Pode tomar seu café onde melhor lhe convir.

Carl avançou um passo na direção da mulher, a impaciência aflorando. Queria arrancar alguma reação dela.

– E você? Pode tomar seu café onde melhor lhe convir?

Ela derramou o líquido ao se afastar, como que por instinto, pressionando as costas contra a parede e fechando os olhos. Ele viu os lábios da mulher tremendo, os pequenos músculos do rosto dela se contraindo enquanto permanecia ali. Sua voz era baixa, monótona, quase um cântico.

– Gorston é amigo do povo. Gorston me ama. Eu não sou nada. Eu contribu...

– Pare. – A voz dele interrompeu o jorro de palavras disparatadas, na esperança de aquietar aquele arremedo de ser humano. Olhou para a mulher, que permanecia na mesma postura rígida, os olhos fechados, as mãos tremendo sobre a superfície arranhada e manchada do balcão. Era uma pessoa doente. Não devia estar trabalhando. Minha nossa, a coitada deveria estar em uma clínica onde pudesse receber os devidos cuidados. Ele precisava de um drinque. Ela não era problema dele.

Desceu os degraus de dois em dois, impaciente demais para esperar pelo elevador, precisando sentir a leveza dos próprios movimentos e o vaivém do seu olhar enquanto desviava dos pequenos grupos de clientes na escada. Hesitou por um instante na calçada, incerto sobre que direção tomar, e então dirigiu-se para um bar discreto, parcialmente subterrâneo, que avistou do outro lado da rua.

– Uísque, por favor. Sem gelo. – Carl sentiu a voz falhar de leve. O local era intimista, com uma iluminação suave que se refletia nos copos, além de carpetes que abafavam qualquer ruído. Não que houvesse o que abafar. O bar estava vazio, a não ser por ele e o barman. Precisava de um tempo para raciocinar. Foi ridículo da parte dele reagir daquele jeito àquela coitada, àquela idosa indefesa. Passara a tarde toda à flor da pele desde que encontrara aquela mulher no escritório de Nesbitt.

Tomou o uísque em uma talagada só e empurrou o copo vazio na direção do barman que rondava por ali, indicando com a cabeça que queria mais um.

Sorriu consigo mesmo. Definitivamente precisava relaxar. Devia ser o efeito de todos os meses que passara dentro daquele mausoléu, pintando os murais. O primeiro drinque caíra bem, e agora ele bebericava o segundo enquanto observava o lugar. Viera a calhar topar com aquele bar por acaso.

– Está visitando nosso país, senhor? – O barman puxou conversa em meio às horas vagas e quietas da tarde que avançava.

– Sim – respondeu Carl. – Como adivinhou?

– Ah, sempre dá para notar, senhor. Por várias coisas, sabe. Às vezes são as roupas, às vezes o sotaque. No seu caso, senhor, é o bronzeado. Belo bronzeado o senhor tem, se me permite dizer. Bom demais para o nosso clima, embora eu deva admitir que não está de todo mal este ano. Até que está fazendo um solzinho nos últimos dias.

– Você é muito observador. – Carl sorriu ao se lembrar da lâmpada solar no chalé. Depois de meses trancado no Hall do Povo, o bronzeado profundo, adquirido ao longo de sucessivos verões quentes e preguiçosos, começava a desbotar para um débil tom amarelado. Nem de longe era a imagem que desejava ter quando retornasse a seu antigo círculo social. – Estou passeando pela cidade. – Primeira chance de verdade que tenho de fazer isso.

– Ah, tem um tanto de coisas para ver agora, com certeza. Já foi ao novo Hall do Povo? Ok, ainda não está pronto, mas será um lugar muito bonito quando estiver. Sabe que o presidente vai lá inaugurar pessoalmente, né? Daqui a umas duas semanas.

– Sim, é muito impressionante. Mas vou te contar o que achei engraçado. – Carl ajustou o tom de voz para combinar com a informalidade calorosa do novo amigo. – Parece que muitas mulheres estão tingindo o cabelo de grisalho. Será que é alguma nova moda que não estou sabendo?

O homem jogou a cabeça para trás, gargalhando do comentário ingênuo.

– Deus nos proteja, senhor, não, não. – Sua gargalhada voltou com força quando se inclinou em direção a Carl. – São só as operárias. Moda? Não tem moda nenhuma ali, não.

– Então por que elas pintam o cabelo?

O homem parou de gargalhar.

– Porque são *operárias*. – O tom era o mesmo que se usa para explicar alguma obviedade a uma criança.

– Sinto muito, mas... – Carl balançou a cabeça, confuso. O homem não estava falando coisa com coisa.

O barman se aproximou ainda mais, preparando a paciência para explicar as coisas a um cliente especialmente obtuso.

– Escute, senhor, todas as operárias têm cabelo grisalho porque... bem, porque do contrário elas aparentariam ser mulheres de verdade.

– Mas elas não são mulheres de verdade?

– Deus do céu, não, senhor. São apenas operárias.

– Então elas param de pintar o cabelo depois que se casam? – Carl se apegou a essa pergunta, tentando trazer algum sentido às palavras do homem.

O barman o olhou preocupado.

– Elas não se casam, senhor. É como eu disse, elas não são mulheres de verdade. – Um cliente entrou no bar. – Com licença, senhor.

O homem era um imbecil, decidiu Carl. Suas palavras não faziam o menor sentido. E o pior, estava tratando Carl como se fosse ele o imbecil. Terminou a bebida com um gole e saiu em direção à rua.

Talvez o homem não estivesse totalmente errado; estava mesmo se comportando feito um bobo. Exagerara na reação ao comportamento de Hillard, isso era certo, e se deixara levar pela própria imaginação. Até porque o país estava sob uma ditadura e, se havia uma lei cretina que obrigava as mulheres a usarem um uniforme qualquer, não era da sua conta se esse uniforme era esquisito demais. Fosse como fosse, já estava farto dessa bobagem sobre as mulheres cinzentas. Ele estava na cidade para relaxar e ainda tinha a noite toda pela frente. Primeiro, procuraria um lugar para fazer uma sauna, depois tomaria alguns drinques antes de um jantar digno de rei e, por fim, passaria em algumas boates. Assentiu consigo mesmo, satisfeito com seu plano, e entrou no carro.

Carl se recostou na cadeira, feliz da vida. O barman tinha acertado na recomendação do restaurante. Sorriu ao se lembrar da reação do homem quando voltou ao bar para pedir a indicação de um bom lugar para jantar; o pobre sujeito achou que ele retomaria as perguntas sobre as mulheres. Fez uma ótima refeição, de fato, e o serviço era de primeira classe. Gesticulou para o garçom que rondava sua mesa, pedindo que reabastecesse seu copo com conhaque. Esticou as pernas languidamente e observou o salão ao redor. A decoração lhe parecera um pouco opressora à primeira vista, com todo aquele veludo de um vermelho profundo e o carpete combinando, mas agora o ambiente combinava perfeitamente com sua sensação de bem-estar. Aproveitaria mais um pouco o conhaque e o charuto, depois se encaminharia para as boates. Que estranho, ali também não havia mulheres. Quando entrou, achou que era por causa do horário, muito cedo para as pessoas terem chegado, mas agora o restaurante estava quase lotado e ainda assim todos os comensais eram homens.

O garçom estava rondando novamente, desta vez com um bule de café.

– Garçom, aqui sempre tem tão poucas mulheres assim?

– Este é um restaurante para homens, senhor – foi a resposta.

Carl riu da ironia. Que sorte a dele. A proposta da noite era encontrar uma companhia feminina agradável e ele acabara em um desses lugares "Permitido só para homens". Achou que isso tinha acabado junto com o corpete e o saião. Hesitou, refletindo se deveria pedir ao garçom que lhe recomendasse uma boate. Era um excelente garçom, sempre atento, de maneira discreta, durante toda a refeição, mas havia nele certo ar de lerdeza. Até a pergunta sobre as clientes mulheres parecia ter gerado nele uma ligeira confusão mental. Melhor perguntar ao maître mais tarde.

Observou a fumaça do charuto subir devagar em espirais antes de se dissipar no ar. Era exatamente o tipo de noite de que precisava depois de tantos meses de trabalho ininterrupto. Sua mente divagou de volta à decoração do ambiente. Era isso que faltava, algumas pinturas nas paredes, nus exuberantes e exageradamente voluptuosos, perfeitos para a opulência do lugar. Imaginou as paredes repletas das formas generosas das mulheres de Goya. Toda a atmosfera pedia por isso. Quem quer que tivesse projetado o salão deveria ter percebido. Terminou seu conhaque e se preparou para sair, enquanto o maître, solícito, perguntava sobre a refeição.

– Excelente. Impecável. – Carl foi efusivo. – Exceto, talvez, pela ausência de companhia feminina. – Olhou para o homem, que lhe devolveu um olhar inexpressivo. Minha nossa, será que ele era tão lerdo quanto o garçom? Praticamente todas as pessoas com quem conversara naquela cidade pareciam umas imbecis. Vestiu o casaco. – Poderia me sugerir um lugar onde eu possa resolver isso? – insistiu.

– O senhor é novo na cidade?

– Isso mesmo. É minha primeira noite livre em muito tempo. Ainda não está na hora de encerrar. Pensei em algum lugar com luzes brilhantes e um pouco de música.

– Certamente, senhor. Se puder aguardar um momento, vou providenciar um convite para a Casa de Ópera. – Voltou quase no mesmo instante e entregou a Carl um pequeno cartão. – Não é muito longe, mas as ruas podem ser um pouco confusas. – Acompanhou-o até a rua, explicando o caminho.

Carl dirigiu o carro seguindo o fluxo do trânsito. O sujeito não era tão lerdo assim, afinal de contas. O caminho era complicado, mas as explicações tinham sido muito precisas, embora aquele arranjo soasse um pouco estranho, precisar de um convite para entrar. Devia ser um lugar muito popular. Carl baixou o vidro da janela ao passar por um cruzamento congestionado. A chuva da tarde dera lugar ao calor do sol, e o mormaço ainda persistia no ar da noite que avançava. Ele iria até Hillard na saída do trabalho no dia seguinte e dissiparia aquela leve sensação de contrariedade que continuava sentindo ao se lembrar da completa falta de interesse nos olhos dela. Sorriu consigo mesmo, ainda imerso em sua sensação de bem-estar. Com um pouco de sorte, não estaria tão suscetível àqueles grandes olhos cinzentos da próxima vez que os visse. Apareceria com uma garrafa cheia de café, para que ela soubesse que tinha desmascarado seu blefe, e os dois poderiam tomá-lo juntos à beira do rio.

De repente, percebeu que não estava mais dirigindo pelas ruas iluminadas do centro da cidade. Agora seguia por uma estrada muito mais estreita, ladeada por pequenas casas idênticas, cada jardinzinho minúsculo refletindo o dos vizinhos, um testemunho silencioso da monotonia da vida suburbana. Talvez esse pudesse ser o próximo tema de suas pinturas: os bairros residenciais, esse fenômeno que atravessava fronteiras nacionais, apagava traços étnicos e reduzia o ser humano a um anonimato concreto e cinzento. Venha viver em uma sociedade progressista e torne-se um suburbano. Ele dirigia devagar, observando os telhados angulosos e repetitivos cortarem o azul-escuro suave do céu noturno. O brilho distante das luzes da cidade criava uma aura sutil ao redor das chaminés monótonas. A rua parecia interminável, espalhando-se em ramificações para todos os lados, todas idênticas ao tronco principal. Estava perdido.

Olhou ao redor em busca de algum sinal de vida. As pessoas ali pareciam dormir ridiculamente cedo. Por fim, parou diante da única casa da longa fileira que ainda estava com as luzes acesas. Decidiu chamar e pedir informações.

A porta da frente se escancarou no exato momento em que ele pousou a mão no portão externo recém-pintado. A luz forte derramou-se sobre o estreito caminho de concreto, iluminando os frágeis brotos de flores que lutavam para sobreviver, e um emaranhado de braços e pernas arremessou para fora uma figura que desabou no piso duro a seus pés. A porta se fechou com força, e ele ficou parado na escuridão repentina, atordoado com aquela explosão de violência na rua silenciosa. Era uma mulher. Ela gemia num lamento monótono de dor. Enquanto procurava o isqueiro, Carl encostou nela, hesitante, e com o toque os gemidos se transformaram em balbucios incoerentes. Ela estava sangrando, uma poça indistinta se formando no concreto enquanto a pequena chama do isqueiro tremeluzia sobre seu rosto pálido. Marcas vermelhas e vergões riscavam sua bochecha, manchas arroxeadas se espalhavam ao longo da mandíbula, e um fino fio de sangue escorria pelos lábios inchados. A raiva cresceu dentro dele. Abaixou-se para erguê-la nos braços. Aquela mulher precisava ir a um hospital. Chamaria a polícia depois e voltaria para lidar com o animal que fizera aquilo. Uma mulher surgiu da casa vizinha.

– Tudo bem. Eu cuido dela. – Ajoelhando-se ao lado da mulher ferida, ela examinou seu corpo com mãos experientes.

– Você é médica? – Carl perguntou.

– Não. Mas ela vai ficar bem. Vou levá-la para a minha casa.

A falta de emoção na voz dela, diante de tanta dor e sofrimento, despertou a indignação dele.

– Mas que diabos há de errado com você? Não vê que ela está gravemente ferida? Ela precisa de um médico, precisa ser examinada!

A mulher ergueu os olhos para ele, uma mistura de medo e confusão estampada no rosto.

– Não. Nada de médico. Sei como cuidar disso. – Ela passou um braço em torno da mulher machucada, tentando ajudá-la a levantar. – Por favor, vá embora. Eu dou conta. – O medo transparecia cada vez mais em sua voz conforme Carl a fitava. – Por favor, vá!

Ela estava aterrorizada. Ele olhou para a outra mulher, semiconsciente e lutando fracamente para se erguer, e percebeu um vínculo entre elas. Desviou o olhar para a casa, agora mergulhada na escuridão, e depois voltou a encarar aqueles olhos suplicantes.

– Por favor!

Ele abriu a boca para protestar, mas parou ao notar que a súplica havia se transformado em pânico. Não compreendia aquilo. Sentia-se um intruso desajeitado que, sem querer, invadira o inferno particular de alguém. Ficou mais um instante observando as duas, depois se virou e entrou no carro. Saiu apressado, arranhando as marchas do carro, tomado por um desejo primitivo e cego de fugir daquela escuridão sufocante e voltar para as luzes da cidade.

Quatro

– Como você acha que ele recebeu a notícia?

Os dois homens estavam sentados no banco de trás de uma limusine comprida que seguia pelo parque em direção ao Palácio Presidencial.

Pela janela, Marsham, impecável em seu terno risca-de-giz, olhava languidamente para as alamedas de árvores em plena floração.

– Bom, é lógico que ele jamais admitiria, nem para si mesmo, que as mulheres foram as responsáveis; sendo assim, presumo que vai voltar a esbravejar sobre estrangeiros infiltrados tentando sabotar o país. A velha ladainha de sempre.

– Você acha mesmo que ele vai conseguir se enganar quando as evidências são tão contundentes?

Marsham virou-se e fitou o colega, mais jovem e de cabelo mais escuro.

– Ele não têm escolha, Martin. Se admitir, ainda que apenas para si mesmo, que as mulheres foram as responsáveis pelo jornal, teria que aceitar que todos esses anos de lavagem cerebral e repressão foram em vão. Ele jamais suportaria.

– Mas certamente isso é um exagero – Martin continuou. – Quantas operárias há por aí, umas duzentas mil? Bastariam apenas algumas delas para produzir um jornaleco daqueles. Ele não vai considerar o programa inteiro um fracasso só por causa de umas poucas que, sabe-se lá como, resistiram à programação.

– Bom, estimo que estejamos lidando com um grupo de quarenta a cinquenta mulheres.

– Tudo isso?

Marsham sorriu ligeiramente com o choque na voz de Martin.

– Sim, o número me surpreendeu também. Mas quando a gente começa a analisar os meios de distribuição e até mesmo de impressão do jornal, quarenta a cinquenta mulheres é uma estimativa até que conservadora.

– Mesmo que estejamos lidando com esse tanto, isso não invalida o programa como um todo – Martin insistiu.

Marsham inclinou-se para a frente, o cabelo grisalho prateando sob a luz, e tocou o colega no ombro.

– Meu caro Martin, você se esquece de que não estamos falando de um homem razoável. Concordo plenamente com você: o fato de quarenta ou cinquenta mulheres terem reunido forças para produzir um jornal daqueles não significa que, de repente, todas as mulheres serão capazes de ter um pensamento lógico e independente. Mas Gorston se sentirá ameaçado pela mera especulação de que qualquer uma delas possa ter vontade própria, então ele precisa acreditar que elas não são as responsáveis.

Os dois homens ficaram em silêncio, digerindo os próprios pensamentos. Martin, sentado bem ereto em seu canto no carro espaçoso, parecia sério e reflexivo; Marsham, meio esparramado, sentia-se completamente à vontade enquanto observava os longos gramados e as árvores bem espaçadas do extenso parque.

– Você acha que esse negócio é sério? – o jovem insistiu novamente. Era óbvio que Martin ainda estava absorvido pelo problema que surgira no dia anterior, quando todas as empresas da cidade receberam uma cópia de um jornal clandestino, o primeiro indício de que havia algum grupo subversivo em ação.

Marsham manteve a postura despreocupada.

– Nem um pouco. Fiquei surpreso, é claro. Ainda estou. Não entendo como é que qualquer uma delas conseguiu conservar personalidade e independência suficientes para conceber uma ideia dessas, que dirá executá-la. – Virou-se novamente para o colega, agora com um ar de desdém. – Mas o que mais elas podem fazer? Conseguiram nos surpreender ao imprimir suas demandas, mas não conseguirão ir muito além disso. Não receberão apoio de ninguém, e sem apoio, o que elas podem fazer? – Deu de ombros acintosamente e voltou a admirar a paisagem. – O aspecto mais interessante nisso tudo é que talvez até antecipe a implementação dos nossos planos.

Martin lançou-lhe um olhar penetrante antes de abrir um sorriso entre divertido e irritado.

– Sua raposa velha, eu sabia que você estava maquinando algo do gênero, mas conseguiu esconder isso muito bem durante a manhã inteira. – Seu rosto retomou a seriedade habitual. – Como acha que isso vai ajudar? A primeira coisa em que pensei também foi a saúde de Gorston, mas, se ele se recusa até mesmo a cogitar a possibilidade de que as mulheres sejam as responsáveis, não vejo como qualquer uma das alternativas causaria estresse suficiente ao coração dele.

Marsham desistiu de fingir que prestava atenção na paisagem e virou o corpo para ficar de frente para o colega.

– Para começo de conversa, tudo isso coloca pressão em Steiner. Ele terá que fingir para Gorston que acredita nessa baboseira de estrangeiros infiltrados e fazer parecer que está investigando essa gente. Ao mesmo tempo, terá que se assegurar de encontrar as mulheres responsáveis e eliminá-las. Não se esqueça de que o jornal afirma que elas vão publicar de novo daqui a duas semanas. Steiner não pode nem sonhar em deixar isso acontecer. Terá que encontrar essas mulheres antes. Logo, talvez ele não preste tanta atenção na gente enquanto estiver ocupado com essas coisas. Se ele não conseguir impedir as mulheres de publicar o jornal de novo, aí é que a situação vai ficar interessante de verdade. Nessas condições, Steiner teria muita dificuldade de fazer Gorston manter a calma. – Marsham abriu um sorriso largo e engenhoso. – Como você acha que Gorston reagiria se descobrisse que seu comissário de polícia passou a maior parte do tempo no encalço de mulheres porque achava que elas eram as responsáveis pelo jornal?

Por um instante, Martin encarou o homem mais velho enquanto avaliava as possíveis implicações. Em seguida, disse com cautela.

– Bem, dependendo da gravidade da condição cardíaca dele, pode ser que sofra um enfarte agudo; caso contrário, certamente colocará a posição de Steiner em risco. Foi assim que você imaginou o desfecho da situação?

– Não sei ao certo. Preciso pensar melhor – respondeu Marsham, reflexivo. – Como você sabe, sempre fui contra assassinar Gorston a sangue frio, não por razões morais, mas porque me parece um jeito complicado e desnecessário de resolver as coisas, algo que nos causaria problemas demais. Mas, agora que temos certeza de que ele tem um problema cardíaco, talvez possamos aventar a possibilidade de usar essa iniciativa das mulheres para acelerar ligeiramente os nossos planos.

O carro parou na frente da escadaria de pedra que levava à porta principal do Palácio Presidencial. Dois guardas armados imediatamente assumiram posição de sentido enquanto o motorista uniformizado abria a porta do veículo para os ministros.

Marsham subiu os degraus lentamente, aguardando que Martin o alcançasse, e então os dois adentraram o amplo vestíbulo e seguiram depressa por um corredor longo e acarpetado.

– Ainda há muitas variáveis desconhecidas – Marsham continuou discretamente. – Precisamos descobrir o quanto essa condição cardíaca é grave; também precisamos vigiar bem de perto o progresso de Steiner nessa investigação. Acha que o seu contato conseguiria se infiltrar na missão?

– Duvido. – A voz de Martin era baixa, quase um sussurro. – O sujeito tem um cargo administrativo, mas vou conversar com ele.

Marsham olhou de relance para seu relógio de pulso quando avistou um homem idoso, de cabelos brancos, mais adiante no corredor à frente.

– Pode ir na frente, Martin. Quero dar uma palavrinha com Werner.

– Não vai conseguir arrancar nada dele. É muito apegado a Gorston.

– Não acho que seja afeição que o mantém ao lado de Gorston – disse Marsham, observando o idoso e aproximando-se dele. – É outra coisa, sabe Deus o quê. Nunca consegui entender direito esse velho. – Marsham adotou uma postura mais casual quando alcançaram o homem, seu rosto assumindo seu costumeiro ar de familiaridade. – Werner, meu velho. Posso me valer de nossa amizade e lhe pedir um momento para alguns conselhos profissionais? – Virou-se para Martin. – Pode ir na frente, te alcanço num instante. – Martin assentiu e se afastou.

– Estava mesmo querendo falar com você antes da reunião – disse o velho, fitando Marsham com um olhar intenso, mas cansado. – O gabinete pretende discutir esse jornal ilegal, certo?

Marsham concordou, surpreso. Werner nunca havia demonstrado nenhum interesse por política antes, apesar de Gorston ter insistido em que, nos últimos anos, ele participasse das reuniões de gabinete. Todos acharam que Gorston só queria manter seu médico particular sempre ao seu lado, e Werner nunca expressara a mais remota curiosidade nos trâmites. Marsham ajustou o passo para acompanhar o homem mais velho em direção aos seus aposentos.

– Queria conversar com você porque, de todos os ministros, você é o mais franco – disse Werner, e então ficou em silêncio de novo. Enquanto caminhavam pelo corredor vazio, Marsham pensava no comentário um tanto enigmático. O que será que o velho queria com ele? Durante anos, desde que decidira se tornar o sucessor de Gorston, Marsham tentara estreitar laços com Werner, mas o velho médico conseguira resistir a seu famoso charme e se manter educadamente a distância. Seguiram até o interior de uma sala entulhada de coisas. Werner apontou para uma poltrona que parecia confortável e Marsham se sentou, relaxado e à vontade, esperando que o velho se explicasse.

– Gorston não pode ficar nervoso.

Marsham reagiu com cautela. Werner devia estar muito preocupado com a reação de Gorston ao jornal para abordar o motivo da conversa de maneira tão direta e incisiva.

– Ele não está bem – continuou o médico.

Com gestos automáticos, Marsham pinçou o cachimbo do bolso e encheu-o, mantendo uma atitude cuidadosamente casual.

– Nada sério, espero.

O velho olhou para ele por um bom tempo antes de falar.

– Não, Alan, é sério. E já faz algum tempo. Por isso eu queria conversar com você antes da reunião. Essa história do jornal o deixou muito perturbado. Gorston não consegue acreditar que haja qualquer descontentamento no país. Ele passou a vida inteira trabalhando para o bem da população, como você bem sabe, e agora descobre que existem forças estrangeiras operando para destruir tudo o que se dedicou tanto a construir.

Marsham olhou-o com firmeza.

– É nisso que você acredita? Que o jornal é obra de forças estrangeiras?

O velho deixou-se cair sentado na poltrona à frente.

– É nisso que o presidente acredita. – Ele se inclinou na direção de Marsham com um ar sério e intenso. – E ele tem que continuar acreditando nisso, Alan. Você é o único que poderia contradizê-lo, e estou pedindo que não faça isso.

– Mas não acredito nessa bobagem de forças estrangeiras – Marsham retrucou. – Acredito que o jornal é obra de um pequeno grupo de mulheres. É óbvio. Você está me pedindo para ficar em silêncio enquanto Gorston dá a Steiner as instruções para procurar os subversivos no lugar errado. Eu estaria falhando no cumprimento do meu dever com meu país e com Gorston. – Marsham sentiu um lampejo de consciência ao perceber a indecisão no rosto cansado do velho.

Werner se levantou e perambulou sem rumo pela sala antes de parar na frente dele, com uma expressão determinada.

– Não me venha com política, Alan. – Sua voz era baixa e cansada, mas ainda havia força ali. – Eu disse que você é o único ministro que poderia contradizer o presidente. Os demais têm muito medo dele, com exceção de Steiner, que é esperto demais para se opor a ele. E que também é esperto demais para não acreditar que as mulheres estejam por trás disso. Ou seja, não importa no que Gorston acredita, Steiner vai perseguir essas mulheres mesmo assim. Você não vai ganhar nada ao contradizer o presidente, exceto, talvez, a possibilidade de colocar a vida dele em risco.

No mesmo instante, choque e surpresa tomaram o rosto de Marsham.

– Está me dizendo que o estado de saúde dele está tão grave assim?

Werner se sentou de novo na poltrona.

– Sim, é bem grave.

– Coração?

– Sim. Tenho tentado persuadi-lo a deixar outra pessoa assumir parte das responsabilidades, a relaxar mais. Mas quanto mais tento convencê-lo disso, mais ele se afunda no trabalho de planejar novas leis, de se reunir com os chefes de departamento, de revisar estatísticas, um trabalho que os ministros deveriam fazer. – Marsham permaneceu sentado, em silêncio. O médico continuou: – Já disse a ele que, se não descansar, não posso me responsabilizar pelo que vai acontecer. E com essa história das mulheres... – O médico passou a mão pelos cabelos em um gesto de desespero. – Tive que sedá-lo completamente ontem à noite. É por isso que estou lhe pedindo para não contradizê-lo durante a reunião de hoje à tarde. A essa altura, qualquer coisinha pode desencadear um ataque fatal.

– Não tinha me dado conta de que você achava que as coisas eram tão graves – Marsham disse com um tom preocupado. – Pode deixar, faço o que for preciso para ajudar. – Inclinou-se para a frente, com um ar sério, mas o velho estava perdido em seus pensamentos. Marsham sabia que havia algo além da saúde cardíaca de Gorston preocupando Werner, mas não quis falar nada.

– Você acha que ele vai implementar o programa educacional? – Werner perguntou de repente.

A mudança abrupta de assunto pegou Marsham de surpresa. O que uma coisa tinha a ver com a outra?

– Sim – respondeu. – Deve ser aprovado agora à tarde. É mera formalidade. E aí será implementado bem rapidamente.

Werner fechou os olhos e se recostou na poltrona. Parecia muito velho, as rugas entalhadas profundamente no seu rosto, os lábios pálidos fechados em uma expressão de derrota. O que mais poderia estar lhe causando tanta preocupação?

Marsham se levantou em silêncio. Werner não diria mais nada. Olhou para o médico, ainda sentado com os olhos fechados, e teve a impressão de ver um homem que travara uma batalha que se estendera por muito tempo, e agora não tinha a força necessária para o golpe final.

Cinco

Sarah vestiu o casaco e se apressou para a saída, dando adeus de longe a Joan quando passou pela recepção. A chuva havia parado, e o sol de fim de tarde estava se pondo, dourado e cálido. Ela olhou para o azul recém-lavado do céu e ficou feliz pelo dia estar quase terminando. Seu cansaço resistia ao júbilo que ainda sentia em relação aos murais, e ela só conseguia pensar em voltar para o seu quarto, deitar-se na cama e deixar que seu turbilhão de pensamentos se acalmasse sozinho, sem nenhum esforço consciente. Parou no meio-fio, esperando uma brecha no trânsito antes de atravessar a rua. Chegaria em casa, tomaria um banho e descansaria. Só precisaria sair de novo lá pelas oito, quando iria até seu local de refeições costumeiro caso alguma das mulheres precisasse entrar em contato com ela. Repassar os detalhes de suas ações para a noite vindoura lhe acalmava, assim como a expectativa de que nenhuma das mulheres precisasse contatá-la tão cedo depois da última reunião. Com sorte, passaria a noite toda sozinha.

Caminhou no contrafluxo da corrente de pedestres apressados para chegar em casa e adentrou o pátio de concreto que circundava o albergue, atravessando as portas e chegando ao salão de entrada, ainda perdida em pensamentos.

– Olha lá a Sarah. Ela vai saber.

Havia um grupinho de meninas parado na porta da cozinha comunitária, seus rostos repletos de uma excitação que não combinava com os sussurros e olhares cautelosos que lançavam para as escadas. Uma adolescente de olhos escuros gesticulou para ela com impaciência enquanto as outras se encaminhavam para o cômodo amplo e parcamente mobiliado.

– Sarah, você que sabe tudo sobre o Hall do Povo, esclareça uma coisa para a gente.

Sarah fechou a porta atrás de si com cuidado e se juntou às meninas na mesa vazia e arranhada. Observou-as em silêncio, incomodada com aquele comportamento. Havia certa imprudência nelas, uma falsa bravata em sua alegria. Ela sabia que esse comportamento perigoso começaria assim que a data do Levante fosse definida. Era óbvio que as três meninas faziam parte da organização e, embora apenas as seis principais líderes soubessem a data real, todas as outras tinham sido informadas de que a operação logo entraria em sua etapa final.

– A Marie está dizendo que o Teatro Nacional será transferido para o Hall do Povo. É verdade?

– É, sim – Sarah respondeu, e então levantou-se para ir embora, acrescentando friamente. – Acham mesmo que é sensato fazer tanto alarde? Vocês sabem que eles desestimulam amizades e... – Ela deu de ombros ostensivamente, e as outras entenderam que se referia ao sistema de vigilância insidioso que se instalara no meio das mulheres.

– Ah, não tem problema – disse uma delas. – A gente conferiu antes. O lugar está vazio, a não ser por nós três e você.

Sarah se virou para encarar a garota que a chamara para a cozinha, o estômago revirado de apreensão por conta da atitude perigosamente despojada de todas elas. Sua voz saiu dura.

– Val, sei que você é jovem e começou a trabalhar não faz muito tempo. Mas, acredite em mim, será melhor para você não desrespeitar as leis tão descaradamente. – Ela olhou para as outras. – Como pode ter certeza de que não vou denunciar seu comportamento em troca de um passe noturno extra, ou de um novo toca-discos? – Observou os rostos das garotas adquirirem um ar circunspecto, a animação de antes se apagando, e se odiou por ser responsável por isso, assim como odiava ser forçada a assumir o papel da cuidadora mais velha.

Val remexeu os dedos, meio mulher, meio criança.

– Pedimos desculpas, Sarah, você tem razão. É que Joanna acabou de nos contar uma novidade fantástica.

Sarah prendeu a respiração e, sem realmente querer ouvir a resposta, fez a pergunta.

– E que novidade é essa?

As três jovens trocaram olhares conspiradores, hesitando em responder, até que Joanna irrompeu numa risadinha.

– Você não vai aprovar.

Sarah sentiu-se velha e cansada.

– Marie escreveu uma peça de teatro – Joanna continuou. – Nada muito extenso, é mais uma daquelas peças de um ato só. E... – Ela fez uma pausa dramática. – O Teatro Nacional aceitou.

Sarah encarou as três, incrédula, embora certamente aliviada.

– Mas não tem como terem aceitado – disse.

Marie se virou para ela com incerteza no olhar, desejando que não tivessem começado aquela conversa.

– É que, bem, eu sabia que não poderia submeter o texto em meu nome, então inventei um nome masculino e enviei para a Universidade. Como eu trabalho na sala de correspondências, vejo todas as cartas que chegam, e a aceitação chegou hoje de manhã.

Sarah se sentou novamente à mesa vazia e as meninas se entreolharam, nervosas.

– E o que pretende fazer agora? – perguntou.

– Ah, nada.

Joanna interrompeu.

– Marie vai escrever de volta para eles, assinando como esse Sr. Fulano de Tal, e dizer que mudou de ideia e não quer mais que encenem a peça.

Sarah olhou para as jovens e se ressentiu da carga que elas inadvertidamente haviam colocado em seus ombros. Não queria ser responsável por todas as mulheres, não tinha forças para isso. Levantou-se devagar, olhando bem para elas, rogando que prestassem atenção.

– Por favor, por favor, tomem cuidado.

A escada até o seu quarto pareceu interminável. Ela pendurou o casaco e abriu a janela com a distração típica dos movimentos rotineiros, depois se sentou na cama e encarou, mas sem de fato ver, a parede cor de creme à sua frente. Será que ela estava certa? Agora que a data tinha sido marcada, parecia se perguntar isso a toda hora. Tivera um sonho havia muito tempo. Quanto tempo? Seis, sete anos? Não, há sete anos não era um sonho, era um jogo. Todas elas tinham maneiras particulares de sobreviver naquela sociedade opressora e destruidora. Stephanie passava todo o seu tempo livre transformando pedaços de pano e fios de seda em tapeçarias de tirar o fôlego. Ann brincava com os números, conhecia a fundo seus segredos e leis e decifrava as equações mais mirabolantes de cabeça. Já a técnica de sobrevivência de Sarah era fingir que derrubava a ditadura. Planejava tudo em detalhes meticulosos, antecipando ações e reações. Recrutava exércitos, vencia batalhas e levava todo mundo para sua realidade utópica. Tentou se lembrar quando foi que o jogo se tornou um sonho, mas não conseguiu.

Seus olhos ainda encaravam vagamente a parede quando pensou nas jovens que encontrara na cozinha. Sabia que Marie gostava de escrever. Havia investigado todas as mulheres daquele albergue, e as do albergue anterior, e as do que viera antes desse. Sua vida parecia se resumir a investigar suas colegas de forma cuidadosa e infindável, até ter certeza de que nenhuma delas era uma das ridículas espiãs de Steiner. Escrever era a técnica de sobrevivência de Marie, mas, se Sarah não a tivesse influenciado, mesmo que por tabela, será que a garota teria se contentado em passar o resto da vida como uma operária dos correios, escrevendo no tempo livre e empilhando manuscritos empoeirados apenas porque não lhe era permitido publicá-los? E se tivesse se contentado com isso, será que Sarah tinha o direito de desmantelar anos de lavagem cerebral metódica, mostrando a ela a falsidade por trás do sistema e plantando a semente do descontentamento?

Descalçou os sapatos, lançando-os para longe em um gesto repentino de impaciência. Estava se deixando levar. Já tivera essa mesma discussão consigo mesma muitas vezes e sabia que chegava sempre à mesma conclusão. Marie escreveria e publicaria seus textos; Ann abandonaria a linha de produção da fábrica onde passava os dias assistindo a garrafas de leite se encherem sozinhas, em um ciclo automático sem fim, enquanto calculava a capacidade volumétrica anual de cada máquina; Stephanie tiraria todas as suas lindas tapeçarias do esconderijo e as penduraria nas paredes, onde todos poderiam admirar sua perfeição. Mas... e Sarah? Ela abandonou o pensamento, relutante a pensar no próprio futuro. Seu futuro sempre tinha sido o Levante; não havia nada depois disso. Despiu-se rapidamente, embrulhou-se no roupão áspero e cinzento e seguiu apressada para a ala dos banheiros. Ficou parada embaixo do chuveiro, obrigando-se a suportar a água quente até que o corpo se acostumasse. Havia assumido um compromisso com o Levante, ela e as outras mulheres que pensavam do mesmo jeito. O tempo das dúvidas ficara para trás; a única que restara era se seriam bem-sucedidas ou não. Deixou que a água corresse pelo corpo, trazendo a ilusão de lavar o cansaço e o medo junto com a sujeira do dia.

Caminhou pelo sombrio corredor marrom e creme de volta para o quarto, perguntando-se se já estaria na hora de ir para o restaurante. Checaria as horas no relógio que ficava no alto da Prefeitura.

Uma das portas à direita se abriu e Stephanie a chamou.

– Preciso falar com você depois que voltar do Mason. Está tudo bem, o andar está vazio.

Sarah assentiu, perguntando-se o que a jovem queria com ela.

– Que horas são?

– Sete e meia – Steph respondeu.

Sarah assentiu novamente e se apressou para voltar ao quarto. Vestiu-se com rapidez e eficiência, os dedos enrolando os cabelos grossos em um coque apertado na base da nuca, sem olhar nem mesmo uma vez para o pequeno espelho pendurado sobre a penteadeira desgastada. Passou os olhos pelo quartinho, alisou os vincos diminutos que haviam se formado sobre a colcha no local em que se sentara e alinhou a cadeira de madeira que estava torta ao lado da mesa vazia, removendo do quarto, com cuidado, qualquer vestígio de sua existência, como se permanecer anônima em seu lar pudesse contribuir para sua máscara de defesa. Dirigiu-se até duas prateleiras repletas de livros, os únicos sinais identitários no quarto sisudo, e apanhou qualquer um na pressa de sair. Todos os andares estavam em silêncio, mas, enquanto descia as escadas, ela podia ouvir o murmúrio brando das máquinas de lavar roupa na lavanderia compartilhada e o som do Hino Nacional anunciando o jornal televisivo.

O café era pequeno e enfadonho, pintado nas mesmas cores do albergue. Havia algumas mulheres sentadas separadamente em mesas marrom-escuras, mas nenhuma delas levantou os olhos quando Sarah caminhou até o balcão longo e alto.

– Só um café, por favor.

– Isso não vai te fazer bem, querida. Você come menos do que um passarinho. – A mulher idosa atrás do balcão a tratou com a familiaridade casual que nasce de inúmeros encontros anônimos. Sarah abriu um sorrisinho e deu de ombros, sabendo que a outra não esperava uma resposta. Observou a mulher despejar um líquido marrom-acinzentado na xícara de bordas grossas e notou as mãos vermelhas e inchadas que seguravam a asa do bule, resultado de horas intermináveis lavando xícaras de bordas grossas e rachadas. Olhou de novo para o rosto da mulher; sabia que ela tinha sido uma bioquímica com um futuro promissor antes de Gorston transformá-la em uma Cinzenta sem rosto. Será que havia algum resquício da mulher de outrora por trás daquele rosto macilento e enrugado e dos olhos enevoados?

Sarah apanhou seu café e foi se sentar em uma mesa de frente para a janela. Se alguma das mulheres precisasse entrar em contato, passaria por ali entre oito e oito e meia, e Sarah iria até ela mais tarde, no prédio abandonado que agora usavam como ponto de encontro.

Ela abriu o livro sobre Leonardo da Vinci e pulou as partes que abordavam sua arte, indo direto aos capítulos que tratavam de seus feitos científicos. Aquele homem a intrigava. Alguém capaz de fazer parte e de se manter à parte da sociedade em que vivia; capaz de sonhos que se tornaram realidade muito depois de sua morte. Era um artista excepcional, que se esforçou ao máximo para representar o corpo humano com precisão. Por que deixara de criar a humanidade nas telas para idealizar a criação de máquinas? Ele até se envolveu com a criação de robôs. Enquanto folheava o livro, olhava constantemente pela janela para a rua vazia. Ela virou uma página e leu o que Da Vinci pensava sobre robôs. O ideal seria que houvesse três tipos de robôs. Ela esquadrinhou o texto até que uma frase no final da página chamou sua atenção. O terceiro tipo de robô "desempenharia os deveres de uma esposa amorosa e seria uma fonte permanente de felicidade conjugal". Ela fechou o livro. Será que a realidade de Gorston era apenas uma visão um tanto distorcida do sonho masculino? Será que, sem Gorston e seu exército de servidores públicos, as mulheres ainda achariam que os homens as viam como robôs feitos para desempenhar as funções que eles queriam que desempenhassem? Seria alguma falha intrínseca na constituição dos homens, algum medo atávico que os impedia de perceber que as mulheres eram pessoas como quaisquer outras?

A visão de Mary passando pela janela a arrancou de seus pensamentos. A mulher de meia-idade tinha seguido em frente sem olhar para o pequeno café reservado às mulheres, com passo lento, mas seguro e determinado; apenas uma Cinzenta anônima cuidando de seus afazeres desimportantes. Pensativa,

Sarah terminou seu café devagar. Tanto Stephanie quanto Mary queriam falar com ela. O que acontecera durante o dia? Ela se lembrou da preocupação de Mary sobre a mulher que tinha sido apanhada pelo guarda. Pretendia ir vê-la ainda naquele dia. Talvez tivesse ficado mais gravemente ferida do que pensaram. Levantou-se da mesa. Nenhuma outra mulher passaria agora, já era mais de oito e meia. Ela acenou de longe para a mulher atrás do balcão. As outras ainda estavam sentadas solitárias e ignoraram sua partida.

Foi direto para o quarto de Stephanie, certificando-se de que o corredor estava vazio antes de abrir a porta e entrar sem bater. A mesinha marrom, uma réplica da que havia em seu próprio quarto, estava posta para duas pessoas, e uma das intrincadas toalhas bordadas de Stephanie escondia a pintura lascada do tampo.

– Isso é prudente? – Sarah perguntou.

Stephanie seguiu o olhar de Sarah e gesticulou para que ela se sentasse em uma das cadeiras à mesa.

– Vou guardar de novo assim que a gente terminar de comer. Achei que seria simpático usar uma delas hoje à noite. – Dirigiu-se ao canto do quarto, onde ficava um pequeno fogareiro de duas bocas, e perguntou sobre o ombro. – Você não comeu nada, né? Tinha certeza de que não, por isso preparei o suficiente para nós duas. Já está tudo pronto.

Sarah olhou para Steph com carinho, relaxando com o calor de seu acolhimento. Tinha vezes que a agitação de Stephanie a deixava exasperada além da conta, mas naquela noite ela precisava de afeto e cuidado. A mulher pequenina e redonda colocou um prato à sua frente e deu um passo para trás, esperando por sua reação.

– Isso aqui está com um cheiro ótimo, Steph. O que é?

Os olhos da outra brilharam de animação.

– Vinho – ela admitiu. – O Sr. Sanson, aquele que estava internado para uma operação da vesícula biliar, teve alta hoje. Ele havia deixado uma garrafa de vinho quase cheia no armário e me pediu para jogar fora, então não é como eu a tivesse roubado. Só escondi dentro do casaco.

Sarah sentiu uma onda de carinho pela amiga. Em um impulso, inclinou-se para a frente e a abraçou, pressionando sua bochecha contra a de Stephanie em uma rara demonstração de emoção.

– Ah, Steph... E você tendo que se convencer de que não roubou nada depois de eles terem nos tirado tudo! – Recuou, de repente envergonhada por seu ímpeto. – Vem, vamos comer antes que esfrie.

– Você nunca cozinha só para si mesma, né, Sarah?

Agora ambas estavam comendo com nítido prazer.

– Se minhas tentativas tivessem este resultado, eu até me arriscaria com mais frequência. – Sarah se desviou da pergunta com sua destreza habitual.

– Estava aqui pensando... Terminei há pouco uma peça e me perguntei o que fazer em seguida. – Steph estava se sentindo à vontade. Limpou a boca com um guardanapo e apoiou os cotovelos sobre a mesa. – Meu próximo bordado vai ser para você. – Sarah levantou os olhos do prato, já preparada para os protestos casuais acerca dessa demonstração de amizade, mas Steph continuou: – Não, não, não, já decidi. A questão é que não tenho ideia do que você gosta! Refleti bastante sobre isso. Eu gosto de flores e coisas assim, com muitos detalhes e cores suaves, mas nem imagino do que você gostaria. Não é engraçado? E a gente se conhece há mais de três anos. Sei que você gosta bastante de passar o tempo no campo, mas não quer dizer que goste de passarinhos e coisas assim, né?

Steph apanhou o garfo e começou a comer, observando o rosto de Sarah, esperando por uma resposta. A mente de Sarah a levou de volta para os murais, vibrantes, vivos, inspiradores, até que percebeu que Stephanie ainda estava em silêncio, aguardando.

– Ah, eu gosto de qualquer coisa. Acho todas as suas peças lindas. – Sarah não queria que ninguém soubesse das cores e formas que enchiam sua mente. – Por que não me surpreende? Afinal, a criativa é você, então a peça deve trazer um pouco de você, não de mim.

– Hum, isso até que é verdade. Não tinha pensado por esse aspecto. – Ela olhou para Sarah com explícita afeição. – Vai ser minha melhor peça, você vai ver, e vai ficar pronta até o Dia.

Steph se levantou e se apressou em limpar os pratos, agora vazios, para servir o café. Quando voltou para a mesa, Sarah viu que seu rosto estava sério; o escapismo da meia hora anterior terminara. A amiga mexia o café pensativamente enquanto Sarah esperava para ouvir o verdadeiro motivo daquela reunião. Por fim, Stephanie a encarou, a mão ainda mexendo o líquido acinzentado em um gesto automático.

– Há inquietação entre os homens também – disse, enquanto Sarah permanecia em silêncio. – Ouvi enquanto recolhia a refeição de um paciente que estava conversando com uma das visitas. Na maior parte do tempo, eles se esquecem de que estou lá.

Sarah sentiu um silêncio dentro de si.

– Sobre o que estavam conversando?

– Esse paciente é um senhor idoso, e é claro que se lembra de como as coisas eram antes. Ele disse que existiam sindicatos antes de Gorston declará-los ilegais. E que os trabalhadores podiam dar palpite nas condições de trabalho, podiam entrar em greve e obrigar os empregadores a lhes conceder um aumento de salário.

– Sei bem como os sindicatos funcionavam – Sarah interrompeu com impaciência. – Ele disse alguma coisa significativa?

– Eles conversavam como se tivessem formado um sindicato. Falavam de membros e de recrutar novos.

Sarah se levantou e foi até a janela. Era quase noite e a cidade parecia menos cruel naquela luz azul-escura. Ainda passava uma sensação de vazio, no entanto, e ao pensar nas centenas de milhares de pessoas escondidas nos incontáveis compartimentos de concreto à vista, ela sentiu o isolamento e a solidão avassaladores que sempre a dominavam quando olhava para a cidade adormecida.

– Malditos sejam. Malditos sejam – Sarah murmurou. As palavras saíram baixinho, carregadas de emoção. Ela se virou para Stephanie, que a olhava confusa. – Você tem alguma ideia de quantos homens estão envolvidos? E de quanto tempo faz que estão planejando isso? – Sua voz era firme, e não havia gentileza em seu olhar quando encarou a mulher confusa à sua frente.

– Bom, não tenho – Steph respondeu, hesitante. – Tive a impressão de que eram poucos, mas não sei bem por que pensei isso.

– Então, em resumo, você não sabe de nada?

– Sarah, por que está agindo assim? – Stephanie levantou as mãos em desamparo. – Achei que fosse ficar satisfeita. Pensei que, se os homens estiverem preparados para se organizar, talvez possamos unir forças.

Sarah sentou-se de novo, enterrando o rosto nos braços por um breve momento antes de levantá-lo outra vez e olhar fixamente para Stephanie.

– Já parou para pensar como foi que Gorston chegou ao poder? Como este país foi transformado de uma democracia que durou séculos em uma ditadura?

Stephanie balançou a cabeça em silêncio, incapaz de falar ante a força dos sentimentos reprimidos que vinham à tona e tremulavam na voz de Sarah.

– Bom, eu já – Sarah continuou. – Era importante descobrir por que as pessoas abraçaram esse homem, uma vez que elas realmente o acolheram. Ele não teve que lutar pelo poder, as pessoas o impeliram a isso. – Fez uma pausa e se recostou na cadeira, buscando as palavras que fariam a outra mulher entender. – Por cerca de oito anos antes de Gorston chegar ao poder, a economia do país estava se deteriorando. Nunca tinha sido muito forte, por vários motivos. Mas houve uma recessão mundial e isso afetou muito nossa já frágil economia. Os preços estavam aumentando, os salários estavam congelados e o desemprego continuava subindo. Os homens começaram a protestar contra as mulheres que trabalhavam fora. Alegavam que mulheres casadas não deveriam ter permissão para isso, pois estavam tirando o emprego dos homens. Também alegavam que não eram profissionais honestas, dignas de confiança, que eram adequadas apenas para trabalhos não qualificados. Eles saíram às ruas em marcha e exigiram novas leis, montaram guarda nos portões das fábricas e impediram as mulheres de entrar. E o tempo todo os sindicatos estavam brigando por salários mais altos para os homens, incitando-os a fazer greves, paralisando a economia ainda mais. O governo da época havia elaborado um decreto que tratava do salário das mulheres, declarando que elas deveriam receber o mesmo salário que os homens pelo mesmo tipo de trabalho. Os empregadores retaliaram, colocando as mulheres em categorias que não podiam ser comparadas aos homens, iniciando a segregação que temos hoje. Foi então que Gorston entrou em cena. Ele pediu que o povo o colocasse no poder, prometendo tornar ilegal as mulheres casadas trabalharem fora. Também prometeu que mulher nenhuma jamais privaria um homem de um emprego ou de uma promoção. E o povo o colocou no poder. Até mesmo as mulheres casadas que não trabalhavam fora votaram nele, porque acreditaram nos maridos que diziam que seus empregos estavam em risco por causa das mulheres que trabalhavam fora.

As duas se olharam em silêncio. Sarah lutava para domar a raiva que teimava em aflorar. Relaxou um pouco, tentando controlar as emoções, e continuou:

– Como em todo bom drama, esse também teve sua pitada de ironia. O decreto seguinte de Gorston declarou que os sindicatos eram ilegais. – Sorriu com deboche, na tentativa de aliviar a atmosfera pesada que sua explosão emocional havia criado. – Então perceba, Steph, que essa agitação entre os homens não vai nos ajudar. Estão apenas pensando em si mesmos, da mesma forma que faziam antes. Eles não viam injustiça nenhuma em suas atitudes para com as mulheres naquela época, e não acredito nem por um segundo que vejam qualquer injustiça agora. – Coçou a testa enquanto tentava desvendar as implicações do que Stephanie acabara de lhe contar. Olhou com firmeza para a companheira. – Se ao menos soubéssemos o nível de organização que eles têm, que ações planejam adotar. Eles podem arruinar nossos planos se quiserem agir em um futuro próximo.

Sarah se levantou de repente, precisando ficar sozinha.

– Tenho que ir, Steph. Descubra o máximo de informações que puder. – Ela tocou o braço da mulher, um pedido de desculpas silencioso pela tensão que havia criado. – O jantar estava uma delícia. A melhor comida que comi nos últimos tempos.

– Você vai sair? – O rosto de Steph imediatamente se encheu de preocupação.

– Não se preocupe. É melhor você não saber os detalhes.

Sarah voltou ao seu quarto, apagou a luz e sentou-se no escuro, pensando na movimentação dos homens. Não nutria nenhuma simpatia por eles; fora sua própria arrogância e preconceito que os trouxeram até ali, que os deixaram naquela situação. O descontentamento que demonstravam agora era tão egocêntrico quanto havia sido há mais de trinta anos, e seu preconceito era ainda mais forte do que antes. Era um sentimento cultivado com afinco durante os longos anos em que Gorston estava no poder. Sarah tinha certeza de que os homens se viam como o único grupo oprimido na sociedade. Ali na escuridão, esperando o tempo passar, ela sabia que a crença desses homens ia além e era ainda mais perigosa, porque eles se viam como o *único* grupo na sociedade; todos os outros existiam para seu serviço e diversão. Deitou-se na cama, olhando vagamente para o teto. Havia outro grupo, o dos intelectuais. Às vezes eles faziam alguns protestos menores, mas sua preocupação não era com as injustiças da sociedade, apenas com o uso ineficiente do poder intelectual do país e os efeitos de longo prazo na média de inteligência da população. Era apenas uma retórica que às vezes se tornava incômoda demais; nesses casos, havia uma pequena onda de prisões e um punhado de gente desaparecia nos campos de trabalho.

Ela se levantou da cama, caminhou até a janela e abriu as cortinas, escrutinando toda a extensão da rua de concreto silenciosa e deserta lá embaixo antes de conferir o mostrador iluminado do grande relógio ao longe. Estava na hora. Com gestos suaves e habilidosos, subiu no peitoril da janela e alcançou a saliência estreita que corria por toda a lateral do prédio, avançando lentamente, pé ante pé, com a confiança que só a prática traz. Fez a curva ao redor da quina do prédio, alcançando o corrimão meio enferrujado de uma escada de incêndio em desuso. Desceu rapidamente, colocando os pés perto dos pontos de fixação, onde o metal era mais resistente. Já no chão, contornou o prédio adjacente, mantendo-se nas sombras mais escuras, e seguiu seu caminho com rapidez e em silêncio através do labirinto de vielas estreitas que levavam ao porão abandonado onde Mary estaria esperando por ela.

A única lâmpada já estava acesa, o foco de luz tênue ressaltava o rosto de Mary em contraste com as sombras ao redor. Sarah parou diante da porta quebrada, chocada com a palidez do rosto da mulher, mas, acima de tudo, com a angústia que jazia na escuridão impassível de seus olhos.

– O que foi? – Sarah perguntou.

Mary a encarou em silêncio, as mãos tremendo levemente sobre o colo. Sarah podia ver a língua da mulher tremulando sobre os lábios secos enquanto ela tentava recuperar a compostura para conseguir dizer o que havia de errado.

– Estão prendendo estudantes e professores da universidade – disse Mary, finalmente, a voz pesada e sem vida, como se toda a sua energia estivesse sendo usada para alimentar seu tormento interno.

Sarah andou sobre os escombros no chão em direção à mulher, sentada tensa sobre o caixote de madeira.

– Mas isso não é novidade. Vira e mexe prendem alguém por lá.

Mary olhou para ela, abanando a cabeça lentamente de um lado para o outro, a face imóvel, exceto pelas sombras que se projetavam quando ela movia a cabeça, como se escavassem até encontrar o vazio de seu rosto.

– Não, agora é diferente. – Sua voz soava tão baixa que Sarah teve que se aproximar ainda mais para compreender as palavras quase sussurradas. – As celas de detenção estão cheias, vinte delas, talvez mais. E o barulho... Ai, Deus, o barulho.

– Mas por quê? – Sarah se ajoelhou aos pés da mulher para conseguir encará-la. – Acham que eles publicaram o jornal?

– Não sei o que eles pensam. – Mary estava por um fio. Seus olhos fitavam Sarah, mas não a enxergavam, viam apenas as imagens em sua mente. – Já tinha começado quando cheguei lá de manhã. – Suas mãos fizeram gestos vagos no ar úmido. – Carros, furgões, homens por toda parte; apressados, silenciosos. Fui pegar minhas vassouras, e foi aí que ouvi... – Seu olhar de repente se concentrou na Cinzenta que a encarava, e ela se inclinou um pouco para a frente, como se tentasse fazer aquele par de olhos cinzentos verem o que seus olhos não conseguiam apagar. – Gritos, Sarah. Gritos altos e estrangulados que continuavam sem parar. Parecia que não iam acabar nunca. E então, quando paravam, o silêncio era ainda pior. Foi assim o dia todo, Sarah, o dia todo, como se não fosse ter fim. De tarde, minha tarefa era limpar o bloco C. É lá que estão mantendo os homens antes de interrogá-los, e eu não sabia o que fazer. Ninguém me disse para não limpar lá, então significava que ainda tinha que fazer isso. Não havia ninguém a quem eu pudesse perguntar, então eu fui...

Sarah tocou delicadamente o braço de Mary, tentando resgatá-la de seu inferno particular, mas as palavras continuaram jorrando, truncadas, desconexas, precisando ser ditas.

– ...e dobrei a esquina para o corredor principal, onde ficam as celas, todas de um lado só, e vi os homens em silêncio, amontoados lá dentro. E no chão, à minha frente, em plena vista para todos os homens verem... corpos. Corpos ali, simplesmente caídos à minha frente. E dava para ver o rosto deles, as mãos, o arame em volta da garganta. Ai, Deus.

O choro veio das entranhas de Mary, sufocado, atormentado, forçando a passagem pela garganta, preenchendo a desolação do porão abandonado. Ela começou a se balançar para a frente e para trás, gemendo e choramingando como um animal doente.

Sarah se sentia paralisada, incapaz de lidar com a dor da mulher. Procurou desesperadamente dentro de si por alguma consolação que pudesse oferecer a ela, mas não encontrou nada.

O turbilhão de emoções passou, e Mary aprumou-se sobre o caixote de madeira, exausta, mas mais calma.

– Não posso ser responsável por mais nenhuma desgraça – disse ela, aparentemente para si mesma, parecendo ter se esquecido de que Sarah ainda estava ali, ajoelhada entre os escombros espalhados a seus pés.

Sarah reagiu na hora à ameaça implícita que afetaria todos os seus planos.

– Mary, me escute – ela disse firmemente. – A experiência de hoje jamais deveria ter acontecido. É algo que só acontece quando alguns seres humanos são considerados menos que humanos; quando parte da sociedade proclama sua superioridade e, para provar isso, degrada, humilha e destrói seus semelhantes; quando parte da humanidade tenta reivindicar exclusivamente para si os aspectos da natureza humana que todas nós almejamos. Só que vai continuar acontecendo, Mary, até que coloquemos um fim nisso.

A mulher ainda olhava fixamente para as próprias mãos, frouxas em seu colo, sem reagir às palavras de Sarah, que persistiu:

– Eles não vão mais torturá-los, está ouvindo? Devem ter pensado que o pessoal da universidade era responsável pelo jornal, então os prenderam e torturaram para obrigá-los a confessar. Mas eles não confessaram, não tinham nada a dizer, e por isso morreram. Ainda assim, os outros não falaram nada. A polícia vai perceber que prendeu as pessoas erradas. – Sarah encarou o rosto imóvel da outra, procurando um sinal de que suas palavras estavam atravessando o vazio. – Mary, sei que esses homens morreram hoje de uma forma horrível e brutal. Mas quantos outros morreram assim no passado? Quantas mulheres morreram no centro de detenção? E quantas continuarão a morrer se Gorston não for detido?

Mary encarou o rosto intenso à sua frente e abriu um sorrisinho afetuoso e cansado.

– Ah, minha jovem, minha querida... É tão fácil para você. Ouço a sensatez da sua mente, mas seu coração...

Sarah se levantou num salto e olhou ao redor, para os escombros e a sujeira, ouvindo o correr dos ratos nos recônditos escuros, sentindo o cheiro úmido e podre da imundície no ar, e a raiva cresceu forte e exigente dentro dela. Virou-se para a mulher exausta e derrotada.

– Você se engana, Mary. – Sua voz era baixa, mas a raiva a endurecera, e essa firmeza transparecia nas palavras ditas com suavidade. – Você fala como se eu não tivesse sentimentos ou emoções; como se eu não fosse nada além de uma carcaça vazia que abriga uma máquina calculista e insensível no lugar do cérebro. E você está errada. É porque tenho sentimentos que estou determinada a destruir Gorston e tudo o que ele representa. Ele matou alguns homens hoje, sim, mas quantas mulheres ele destruiu? Nós nos escondemos em buracos imundos como este para deixarmos de fingir que somos zumbis irracionais e encontrarmos as partes de nós que permanecem vivas após a doutrinação e o processo educacional. Quantas de nós se consideram pessoas completas, Mary? Quanto de nós foi destruído sem nem sabermos? Uma vez você me disse que Gorston havia destruído uma parte de mim que eu nem sabia que existia. Eu não entendi naquela época, e não entendo agora, mas quero ter a chance de descobrir o que você quis dizer. – Ela caminhou de volta até a mulher silenciosa e caiu de joelhos, sua mão cobrindo as mãos imóveis sobre o colo da outra. – Sim, a minha mente me governa, Mary. É minha maneira de sobreviver. Não significa que eu não tenha sentimentos. Mas emoções são perigosas e não posso me dar ao luxo de senti-las agora.

Mary encarou os olhos cinzentos e sérios e balançou a cabeça levemente.

– Tem razão, Sarah. Emoções são muito perigosas, mas às vezes não podem ser renegadas. Às vezes o coração fala tão alto que não se consegue ouvir a mente.

Sarah escrutinou o rosto da companheira, tentando entender suas palavras. Sentia que Mary não estava mais falando sobre o ocorrido no centro de detenção, mas sobre alguma outra tragédia da qual ela não sabia nada.

– E o seu coração? Ele fala mais alto do que a sua mente? – perguntou Sarah, a voz tensa por sentir que uma ameaça aos seus planos se aproximava.

Mary olhou para ela com tranquilidade, emocionalmente exaurida, mas sentindo sua força interior se restabelecer.

– Sarah, minha jovem, eu nunca faria nada que a prejudicasse. Depois de todos esses anos, ainda posso aguentar tudo isso por mais um tempo.

Seis

O sol do começo da manhã trazia a promessa de mais um dia bonito, mas Sarah estava alheia ao calor suave enquanto andava apressada pela calçada poeirenta. Seus pensamentos ainda estavam no encontro com Mary na noite anterior. Não conseguia tirar da cabeça a imagem do rosto pálido e perturbado da outra sob o brilho forte da lâmpada solitária. Distraída, Sarah procurou as chaves do escritório no bolso enquanto subia o pequeno lance de degraus de pedra até a porta da frente.

– Hillard.

Um homem baixo e corpulento apareceu diante dela. Tinha ombros largos e musculosos, pele escura, sobrancelhas que se uniam no alto do nariz e uma penugem de barba por fazer no queixo. Nas roupas, o marrom do uniforme da Polícia Estadual. A mente de Sarah registrou os traços do homem durante o instante interminável que ela levou para conter o medo crescente, enfiando-o em algum canto de sua consciência onde pudesse mantê-lo sob controle.

– Pois não? – ela respondeu, sua voz sem emoção. Olhou diretamente para o rosto dele, os olhos escuros, inexpressivos, exceto por um traço de tédio. Seria um interrogatório de rotina. Ela havia avisado às mulheres para se prepararem para tais questionamentos, insistindo em lembrá-las de que não havia nenhum vestígio de suas atividades. "Respondam a todas as perguntas com calma e clareza", dissera a elas. "Não precisam ficar tensas ou nervosas, eles farão as perguntas erradas."

– São só algumas perguntas – disse o homem. – Vamos entrar?

Sarah girou a chave na fechadura e abriu a porta, ciente do olhar dele em suas mãos enquanto o fazia. Suas mãos estavam firmes.

Ela gesticulou em direção à mesinha onde havia se sentado quando conversou com Carl Tolland. O homem ignorou o convite silencioso e se aproximou dela com um passo.

– É você quem abre o escritório todas as manhãs? – ele começou.

– Sim.

– Sempre chega sozinha?

Sarah assentiu, forçando-se a suportar a proximidade do homem.

– Então você teria condições de colocar algo em meio às correspondências sem ser notada? – A voz do homem se tornou beligerante, mas Sarah relaxou, sabendo que não tinha nada a temer.

– Sim, teria – ela respondeu. – Assim como qualquer pessoa que passasse pela porta da frente. – Seu tom era baixo, monótono.

– O que você faz com a correspondência quando chega?

– Nada. O Sr. Nesbitt é o único que tem chave da caixa de correio. Ele a abre assim que chega, e só então a correspondência é distribuída para os vários escritórios. – Sem se abalar, ela esperou que o homem continuasse seu vão questionamento.

– A que horas esse Sr. Nesbitt chega?

– Ele ainda vai demorar pelo menos uma hora.

O homem virou-se de repente e sentou-se à mesa, ignorando-a por completo.

Sarah aproveitou a deixa e se afastou, cruzando olhares com Joan, que acabara de passar pela porta. Sorriu de esguelha para assegurar a ela de que estava tudo bem, e então subiu as escadas para o escritório. Fechou a porta rapidamente atrás de si e recostou-se nela, aliviada. O encontro com o homem de Steiner foi insignificante, mas a experiência com Mary na noite anterior a deixara à flor da pele, por mais que tivesse escondido bem. Ficou ali por mais um momento, feliz com o vazio da sala, antes de tirar o casaco e se ocupar com as tarefas rotineiras de mais um dia de trabalho, nenhum sinal de tensão transparecendo em seus movimentos rápidos e profissionais. Sentada diante de sua máquina de escrever, sentiu uma satisfação ao perceber que as investigações de Steiner estavam correndo como ela havia previsto, embora estivesse surpresa por já não ter sido interrogada na noite anterior. Talvez o nome dela estivesse no final da lista. Steiner também verificaria a origem do suprimento de papel e tinta; seus homens verificariam todas as máquinas de impressão tipográfica na cidade, além de qualquer fábrica que fizesse qualquer barulho um pouco acima do usual e que trabalhasse durante a noite. Ela estimou que levaria cerca de cinco dias para que se esgotassem todas essas linhas de investigação. Foi por isso que planejara imprimir a segunda edição em três dias. Era mais seguro armazenar as folhas já impressas do que atrasar o uso da impressora.

Sarah se perguntou se enfim conheceria o homem que havia estudado à distância por tanto tempo. Naquela manhã, Nesbitt teria uma última reunião com Steiner para discutir os detalhes da segurança para a inauguração oficial. Nesbitt insistira para que ela estivesse presente em todas as outras reuniões; será que a recrutaria para esta também? Sarah queria conhecer o homem. Todas as fotos dele que saíam na imprensa mostravam uma figura esguia e bem cuidada, sempre no fundo da cena. Ao longo dos anos, reunira todo o seu conhecimento sobre Steiner ao estudar seus métodos com afinco: o rigor com que implementara as leis de Gorston, a maneira meticulosa com que construíra um sistema de espionagem entre as operárias, recompensando qualquer pequena fofoca com um ligeiro alívio nas restrições, sua crueldade ao realizar investigações. Era um homem atento aos detalhes, que agia com uma determinação constante e implacável. O medo que provocava, o medo que pairava ao seu redor, era o medo de nunca conseguir escapar dele. Haveria naquele homem uma profundidade maior, uma visão ou imaginação que ela não havia notado? Por necessidade, Sarah havia estudado as ações, não o homem. Se tivesse deixado passar algo na maneira de ele trabalhar, poderia colocar todos os seus planos em risco.

– Eu sabia que aquele maldito jornaleco causaria problemas. – Nesbitt estava nervoso. – Eu te disse, não disse? Quem diabos seria louco o suficiente para fazer uma coisa daquelas? E para quê? – Olhou para Sarah como se esperasse respostas para suas perguntas. Ele tinha feito as mesmas perguntas, com o mesmo tom arrogante, quando lhe mostrou pela primeira vez o exemplar que encontrara entre a correspondência. Mas ele o lera secretamente em sua sala. Ela percebeu pelo jeito que ele a olhava em momentos pontuais, como se, pela primeira vez, tivesse lhe ocorrido que ela poderia ser algo além de um robô eficiente construído para administrar seus negócios.

O rosto de Sarah estava inexpressivo quando ela fez um comentário.

– Ele achou que eu tinha colocado o impresso na caixa de correio.

– Eu sei, eu sei. Ridículo. Falei isso para ele. Estava bem no fundo da pilha de correspondências. Obviamente chegou antes das cartas. – Nesbitt se dirigiu para a porta da própria sala. – Sabe que eles não vão descansar até que as encontrem, né? Por que alguém iria querer causar um problema desses? – Ele ainda estava resmungando sobre a estupidez da coisa toda quando abriu a porta.

– O senhor tem uma reunião com o comissário Steiner às dez e meia, para finalizar o mapa de assentos para a inauguração do Hall do Povo. Gostaria que eu fosse junto?

A fanfarronice desapareceu.

– Sim – ele respondeu, hesitando um pouco. – Sim, quero que venha também. Vou precisar que tome notas.

Steiner estava ao pé da janela, admirando a extensão do gramado e a profusão de flores. Ele havia transformado todo o telhado da sede da polícia em seu próprio jardim exclusivo, onde passava horas, todos os dias, cuidando dos canteiros de rosas que floresciam do início de maio até o final de setembro, um oásis mágico de cor e beleza primorosa entre os telhados da cidade. Em contraste, seu escritório era árido: uma mesa e duas cadeiras sobre uma extensa faixa de carpete; sem fotos, sem enfeites, apenas um vaso com suas belas rosas sobre a mesa lúgubre.

Caminhou até a mesa e, acariciando suavemente uma pétala aveludada, falou ao interfone.

– Relatórios de progresso, Erling.

A porta se abriu quase de imediato e um jovem loiro entrou carregando várias pastas. Steiner não se preocupou em olhar na direção dele enquanto se sentava à mesa.

– Vamos começar com os interrogatórios – disse o comissário.

O jovem hesitou, ainda de pé ao lado de uma das cadeiras, incapaz de se sentar na presença daquele homem até que lhe fosse permitido.

– Sim, senhor. – Tentou abrir as pastas com eficiência, sem ousar colocá-las na mesa, até que Steiner indicou brevemente a cadeira vazia.

Erling começou.

– Um total de vinte e três estudantes e cinco professores universitários... – Sua voz sumiu quando Steiner levantou a mão discretamente.

– Não, não. – A voz calma. – O interrogatório das mulheres.

Erling selecionou apressadamente outro arquivo e pigarreou, nervoso.

– Há oitenta e três operárias que são as primeiras a chegar ao local de trabalho pela manhã. Sessenta delas foram interrogadas ontem, as restantes estão sendo interrogadas agora de manhã. Dessas sessenta primeiras, dezessete estavam na companhia de outras pessoas que estão dispostas a declarar que as operárias não estavam carregando nada. Nenhuma das demais conseguiu comprovar que não entregou nenhum impresso em seu local de trabalho, mas nossos interrogadores também não conseguiram desmentir as alegações. – Fez uma pausa. Lançou um olhar ansioso para o homem quieto à sua frente e se desculpou. – Temo que essa linha de questionamento não tenha sido muito proveitosa.

Steiner fez pouco caso.

– Era de se esperar. Essas mulheres são muito bem organizadas para serem desmascaradas tão facilmente. Foi apenas uma operação de limpeza. – Ele se inclinou um pouco para a frente e encarou o jovem pela primeira vez. – Lembre-se, Erling: a primeira regra de qualquer investigação é "limpar o terreno". Investiga-se todas as possibilidades, por mais óbvias, remotas, absurdas que sejam, e então elimina-se uma possibilidade após a outra até que a verdade floresça.

Steiner se recostou e retomou sua posição anterior, mãos unidas na frente do rosto, olhos na beleza do vaso de rosas, e Erling reconheceu a deixa para continuar.

– Bem... ao que parece, diferentes tipos de papel foram usados na impressão. Não há quantidades suficientes de qualquer um deles para nos permitir determinar a origem. No entanto, todas as operárias de empresas que usam qualquer um desses papéis estão sob vigilância.

Steiner assentiu distraidamente.

– O método de impressão usado foi tipografia – Erling continuou. – Há várias centenas dessas prensas para serem verificadas, os homens estão trabalhando nisso. Analisamos a tinta, mas receio que a situação seja semelhante à do papel. Uma investigação está verificando todos os imóveis para detectar qualquer ruído incomum. – Ele olhou para Steiner, tentando avaliar sua reação ao relatório, mas o rosto do homem estava impassível, como se nem estivesse ouvindo-o. – Eu, pessoalmente, segui sua sugestão sobre o consumo de eletricidade nos albergues das operárias, mas não houve aumento significativo em nenhum deles.

Steiner assentiu lentamente, lábios ligeiramente franzidos.

– Certo, certo. Estamos limpando bem o terreno, muito bem.

Ele se levantou e caminhou de novo para perto da janela. Mãos cruzadas atrás das costas, balançando suavemente para frente e para trás na ponta dos pés. Era um homem absorto em seus pensamentos, alheio ao jovem capitão inquieto em sua mesa. Falava quase para si mesmo.

– Elas teriam que imprimir onde já houvesse barulho, e à noite, e onde contassem com uma fonte de energia elétrica. Elas são cuidadosas, muito cuidadosas. Papel de diferentes origens, e devem ter construído a própria impressora. – Virou-se bruscamente. – Verifique todas elas, de qualquer maneira. – Deu as costas para o rapaz e estudou suas pequenas mãos bem cuidadas, os dedos bem abertos, enquanto o silêncio na sala se alongava. Voltou para a mesa, as mãos entrelaçadas no queixo em uma pose afetada e peculiar. – Certo, Erling. Agora verificaremos todas as fábricas que operam em turnos noturnos. Vigiaremos todas as operárias e revistaremos as pessoas em busca de vestígios de tinta de gráfica.

Ele olhou com firmeza para Erling e o jovem se remexeu no assento, constrangido sob aquele olhar, tocando nervosamente os papéis à sua frente, os olhos fixos na madeira brilhante do tampo da mesa.

O olhar de Steiner estava absorto enquanto ele repassava os próprios pensamentos.

– Sim, sim, elas são muito inteligentes, mas confiantes demais. Alegam que publicarão novamente em duas semanas. Tolo, muito tolo. Mas houve uma profundidade de planejamento que é intrigante. Estou ansioso para conhecê-las. – Dirigiu o olhar para Erling e sorriu sombriamente. – Será uma ocasião interessante.

Apontou para uma pasta ainda fechada.

– E aquilo ali?

– Relatórios de vigilância sobre Marsham, senhor – respondeu Erling. – Imaginei que gostaria de vê-los.

– Ah, sim, o Sr. Marsham. Alguma coisa que eu precise saber de imediato?

– Não, senhor. O único contato que ele teve com James Foster e Brian Martin ontem foi durante a reunião de gabinete, embora tenha ido para a reunião no mesmo carro que Martin.

– E o motorista?

– Receio não termos nada. Marsham insiste em sempre contar com seu motorista particular. Nunca usa um carro oficial.

– E por que não grampeamos o carro dele? – A voz de Steiner ainda era suave, mas Erling estava consciente da frieza que havia por trás.

– O senhor ordenou uma vigilância de segundo grau – o jovem respondeu. – Isso não inclui a instalação de dispositivos de escuta.

– Sem problemas, cuidarei disso. Amplie a vigilância sobre ele.

Erling percebeu que era hora de se retirar e se levantou, hesitante.

– Os alunos, senhor. As prisões feitas ontem...

Steiner estava com um botão de rosa entre as mãos e aspirava seu perfume com ar de enfado.

– O que tem eles?

– O senhor deu instruções para que os obrigássemos a confessar. – Erling limpou a boca com as costas da mão, hesitando em continuar. Steiner aguardava impassível, e o rapaz se jogou de cabeça. – Bem, eles não falaram nada, senhor. E então... bem, o que gostaria que fosse feito do restante?

Steiner pensou por um minuto.

– Mantenha-os em um dos campos de trabalho... longe dos outros prisioneiros. Precisaremos deles mais tarde. – Abriu o arquivo sobre Marsham e começou a ler.

– O senhor tem uma reunião... sobre o mapa de assentos para a inauguração oficial do Hall do Povo.

Steiner olhou para ele.

– Eu sei, Erling. Qual é mesmo o nome do sujeito?

– Nesbitt, senhor. Geralmente ele traz alguém para tomar notas.

– E o nome desse sujeito é...?

– É uma operária, senhor.

Steiner recostou-se na cadeira.

– Ah, olha só, quem diria. Sabe o nome dela?

– Hillard, senhor.

– Hillard. Preciso me lembrar disso. Mande-os entrar assim que chegarem. E Erling, não precisaremos de nenhuma cadeira extra.

Sarah podia ver a tensão em Nesbitt enquanto esperavam, na recepção envidraçada do quartel-general da polícia, pela autorização para subir. Ele começou a vociferar, a voz um tom acima do normal, dizendo ao policial com cara de estátua de cera que tinha uma reunião com o comissário Steiner. Conforme a espera se prolongava, a autoconfiança fingida de Nesbitt se desvanecia, até o momento em que lhe restou apenas ficar de pé, remexendo na própria maleta.

O nervosismo dele a confortava. Momentos antes, quando passaram pelos guardas armados para chegar àquela área vasta e envidraçada, sem sombras nem esconderijos, ela sentiu um medo crescente, como se todos os seus pavores ocultos e pesadelos esquecidos estivessem à espreita daquele único momento. Sentira o rosto tenso e estranho por trás de sua máscara de impassibilidade, e mantivera os olhos baixos para que ninguém visse além deles. Sua mente tivera de lutar para recuperar o controle. Nesbitt estava irracionalmente nervoso. Era esse o efeito que Steiner provocava em quem cruzava seu caminho. Steiner não sabia nada sobre ela, sobre o conhecimento que havia dentro dela. Apenas a própria fraqueza poderia traí-la.

E então, em sua mente, surgiram as imagens que Mary pintara naquele porão desolador. Imagens de corpos fragmentados e cérebros paralisados, os quais passaram seus últimos momentos conscientes em uma escuridão de terror e dor. Tentou bani-las. Precisava ver Steiner como ele era. Precisava apartá-lo de seu poder, sua crueldade, seus assassinos armados. Precisava ir além de todas essas coisas e entender que tipo de adversário ele era de verdade. Precisava despojá-lo de seus aparatos de terror e enxergar o homem que havia por trás. Tudo o que ela não precisava era projetar sua fantasia aterrorizante sobre a realidade.

– Neste elevador, por gentileza, senhor. Último andar. Alguém estará lá para recebê-lo.

Ela seguiu Nesbitt em um reflexo automático, ainda se esforçando para manter o controle, mas sua mente continuava se perdendo em irrelevâncias. O elevador era rápido, suave, eficiente; dezoito andares em silêncio, Nesbitt segurando a alça da maleta com força demais.

– Bom dia, Sr. Nesbitt. – Um homem os cumprimentou à porta do elevador. – O comissário Steiner está à sua espera.

Tapete felpudo; nenhum barulho; nenhum grito; corredores sem fim; siga aquela cabeça loira.

E então, eles se viram na presença de um homem magro, bem-arrumado, contido. Steiner.

– Sr. Nesbitt, temos apenas alguns detalhes finais para resolver – disse ele, ignorando-a.

Era como se ela não existisse, e aos poucos seu pânico diminuiu. Permaneceu parada perto da porta, caderno na mão. Não havia lugar para ela se sentar, e a conversa dos homens a atravessava.

– Às duas e quarenta e cinco, a comitiva oficial chegará seguindo a ordem que consta na página três – Nesbitt estava dizendo.

Ela olhou a sala ao redor, ainda incapaz de se obrigar a encarar o homem que instilava tanto medo. Não havia nada para ver, exceto paredes vazias e, através da janela, um vislumbre do telhado e de um jardim de beleza destoante. Ela se aprumou e olhou para os dois homens que analisavam o mapa de assentos. A altura e o porte de Nesbitt faziam Steiner parecer pequeno, e o nervosismo dele havia evaporado diante da afabilidade civilizada daquela figura leve e precisa. Sarah conseguiu ver ali as características mais conhecidas do comissário: atenção aos detalhes, precisão, meticulosidade. Mas o que havia além? De repente, ela notou a rosa, e a visão prendeu sua atenção. Devia ter vindo do jardim lá fora; seria dele aquele jardim? Tentou imaginá-lo cuidando das flores, regando-as e, quando enfim conseguiu olhar diretamente para ele, foi capaz de enxergar. Mas... como? Como corpos mortos podiam coexistir na mesma mente que rosas vivas?

– Sua empresa sempre lida com estes assuntos de maneira excepcional, com grande atenção aos detalhes. Será uma ocasião magnífica. – Steiner falava com suavidade, a voz sedutora ao enunciar frases corriqueiras.

Nesbitt agarrou-se ao elogio banal.

– Muito gentil da sua parte, muito gentil. Tentamos fazer o nosso melhor.

– Nesbitt, é seu costume andar por aí acompanhado de uma operária? – As palavras cortaram a sala, os tons frios e arrepiantes pairando no silêncio perplexo.

– Ah... é que... – Nesbitt estava atônito.

Steiner encarou o homem gaguejante, o rosto inexpressivo, o corpo imóvel. A tensão aumentou quando Nesbitt caiu em um silêncio desesperador.

– Hillard, não é? Que falha a minha. – Ele estava ao lado de Sarah agora, a mão sob o braço dela. – E de pé esse tempo todo.

Steiner a levou até a cadeira em que Nesbitt estava e gesticulou para que ela se sentasse. Ela ainda sentia o toque dele em seu braço e a proximidade de seu corpo. O pânico começou a ressurgir.

– Gosta de flores, Hillard? – Steiner perguntou. – Notei que estava admirando meu jardim.

Então ele estivera observando-a, ainda que ela tivesse certeza de que ele não havia olhado em sua direção. Sua mente estava a mil e ainda se apegava àquela palavra, "Hillard". Era uma manobra: a mudança de humor, a pretensão de onisciência, até mesmo a ausência de uma cadeira, tudo cuidadosamente planejado. Mas ele a chamara de Hillard, e, agindo como Hillard, Sarah ainda poderia recorrer aos anos de respostas cuidadosamente programadas, se necessário. Fitou-o com olhos inexpressivos.

– São muito bonitas – disse calmamente.

– E, é claro, você não tem permissão para cultivar flores no jardim de seu albergue.

Ele a estava provocando.

– Os jardins foram cimentados – ela respondeu, sem emoção. – É mais prático dessa maneira.

– Ainda assim, é uma pena. Há uma grande satisfação em conceber algo e ver o resultado ganhar vida.

Steiner manteve o olhar fixo no cabelo de Sarah enquanto retirava uma rosa do vaso e a erguia lentamente até o rosto. Deslizou os olhos pelo corpo dela e então voltou a olhar para cima, encarando-a de repente.

– Talvez você esteja certa. Concreto é mais prático. – Inclinou-se na direção de Sarah, a mão estendida, segurando a rosa. – Para você, Hillard. Para lembrá-la de sua visita aqui esta manhã.

Sete

Dirigiram de volta para o escritório em silêncio, cada um envolvido nos próprios pensamentos. Sarah havia conhecido o homem que estava entre ela e Gorston, aquele que poderia destruir todos os seus planos, que não hesitaria em matar suas amigas.

Nesbitt estacionou o carro perto demais do meio-fio, resmungando enquanto manobrava e batendo a porta ao sair. Ele subiu os degraus do prédio sem nem olhar na direção de Sarah.

Quando ela chegou ao escritório, ele já estava em sua sala, com a porta fechada. Ela encheu um copo com água e depositou a rosa com cuidado. Admirou sua beleza enquanto pendurava o casaco e então caminhou até sua mesa, sentando-se para estudá-la mais de perto. Era como se Steiner fosse um segredo encerrado em sua fragilidade. Ela percebeu que o medo cego que sentia dele havia desaparecido no momento em que encontrou coragem para encará-lo através dos olhos vazios de Hillard. Havia notado que o olhar dele se demorara em seu cabelo e vagara pelo seu corpo, mas sabia que, quando ele fitara seu rosto, não a estava vendo de verdade; via apenas o que ele mesmo projetava ali, uma imagem criada em sua própria mente. Sarah ainda temia o poder de Steiner e o que aconteceria se ele a derrotasse, mas agora seria um conflito pessoal no campo do intelecto – ações e reações; seu pequeno grupo de mulheres contra todos os recursos dele; um jogo de xadrez em que todos os peões do comissário seriam sacrificados sem pestanejar, ao passo que os dela seriam valorizados e protegidos.

– Pode me telefonar em casa se precisar de mim. – Nesbitt entrou na sala dela, o rosto corado. Ambos sabiam que ela não precisaria dele e que ele não estaria em casa, mas no bar mais próximo, terminando a sessão de bebedeira que obviamente havia começado no escritório. Nesbitt ainda estava assustado pelo encontro com Steiner, intrigado com a humilhação de ser obrigado a ficar de pé enquanto ela se sentava em sua cadeira. Sarah se perguntou, por um instante, como seria a esposa dele. Tinham se visto uma vez em um evento promocional, mas fora impossível conhecê-la melhor naquele breve encontro. A mulher demonstrara o mal-estar típico das esposas quando confrontadas por uma das Cinzentas. Perguntara sobre o trabalho de Sarah, que, para evitar o tédio, dera uma resposta lacônica. Depois disso, não encontraram mais nenhum assunto em comum, e a conversa se transformou em um silêncio constrangedor. Ocasiões como essa entristeciam Sarah muito mais do que a arrogância cega dos homens. Ela apanhou o maço de papéis que Nesbitt havia colocado em sua mesa antes de sair e notou que era a versão final do mapa de assentos. Elaborou os cronogramas com atenção e se acomodou para datilografar instruções detalhadas para toda a equipe.

Trabalhou com afinco por horas a fio, a pilha de páginas datilografadas crescendo, as várias pastas se enchendo enquanto planejava o dia da inauguração oficial nos mínimos detalhes, até que enfim se recostou e interfonou para a recepção.

– Joan, você poderia mandar a mensageira subir? Preciso que ela distribua alguns relatórios.

– Eles só serão entregues amanhã – respondeu Joan. – Já está bem tarde.

– Eu sei, não tem problema – disse Sarah. – Só quero que sejam despachados logo cedo para que todos os tenham em mãos na segunda-feira de manhã.

– Sarah – a voz de Joan soou tensa –, você já está de saída? Gostaria de falar com você.

– Te encontro no guarda-volumes em alguns minutos – Sarah respondeu de imediato.

Olhou pensativamente para o interfone depois de desligar. Por que Joan estava tão tensa? Talvez o enviado de Steiner também a tivesse interrogado esta manhã, embora não houvesse necessidade real de fazê-lo. Joan nunca era a primeira a chegar ao escritório e não tinha as chaves. Não, ela com certeza queria falar sobre outra coisa.

O corpo de Joan estava rígido e tenso quando Sarah entrou no pequeno guarda-volumes. A mulher imediatamente perguntou:

– É verdade o que estão dizendo sobre o ataque à universidade ontem?

Então era isso. Sarah assentiu firmemente.

– Mary viu as consequências do interrogatório.

– Mas por quê? – Joan protestou. – Não podem achar que foram eles que publicaram o jornal.

– Não, eles não acham isso. Sabem que fomos nós, e não consigo entender por que prenderam os alunos e estão fingindo acreditar que eles são os responsáveis. – Enquanto falava, Sarah se lembrou novamente da expressão de Steiner quando fitou seu cabelo, do olhar dele enquanto admirava a rosa, e sabia que, para encontrar a resposta, precisava entender aquela mente distorcida. – Preciso pensar melhor. Podemos discutir isso amanhã. Você está livre? Queria finalizar o conteúdo da próxima edição.

Joan assentiu, mas com o pensamento ainda na prisão dos alunos.

– Sim, estarei lá no horário de sempre – prometeu Joan. Mas, quando se levantou, sua expressão ainda estava tensa e retraída. Era óbvio que havia algo mais que ela queria dizer.

Sarah tirou o casaco do cabide e começou a vesti-lo, observando Joan remexer nos óculos.

– Sarah. – O rosto da mulher estava tenso, e ela passava a mão sobre os olhos. – Tenho pensado muito sobre isso desde que ouvi os rumores pela primeira vez... Se eu for presa, acho que não vou aguentar. – Encarou a companheira, e Sarah viu o medo em seus olhos.

– Não pense nisso, Joan – disse calmamente. – Você não vai ser presa. Se começarmos a nos preocupar com essas coisas, não vamos conseguir fazer mais nada.

– Não, me escute. – O medo ainda estava lá, e ela estava determinada a falar a respeito. – Preciso pensar nisso. Sei que não seria forte o suficiente para aguentar a barra se fosse presa. É o sentimento de desamparo que mais me assusta. Eles fariam o que quisessem comigo, e não teria nada que eu pudesse fazer para impedi-los. – Joan se virou como se quisesse se esconder do olhar de Sarah, mas sua voz continuou firme. – Se eu fosse presa, desejaria ter a opção de me matar sem demora, antes que pudessem fazer algo comigo. Quero que pergunte a Stephanie se ela consegue me trazer algo do hospital. Algo que eu possa levar comigo caso me prendam. – Ela se virou de súbito e encarou Sarah. – É a única maneira segura. Sei que não sou forte o suficiente para resistir. Correríamos o risco de eu abrir a boca e destruir todas as nossas esperanças.

As palavras de Joan ecoavam os medos e pensamentos de Sarah, e ela chegou à mesma conclusão. Sua voz soou gentil quando estendeu a mão para tocar a companheira tensa.

– Você está certa, Joan, eu sinto o mesmo. Vou falar com Stephanie hoje à noite. Se ela conseguir algo, sugiro que o disponibilizemos para todas as mulheres que queiram.

Joan assentiu em silêncio e as duas se entreolharam por um longo momento. Sarah virou-se em direção à porta, rompendo o clima tenso.

– Vamos, Joan. Tomarei essa providência ainda esta noite, mas não precisaremos disso, você vai ver. Vamos conseguir.

Sarah trancou a porta principal atrás de si e saiu para a noite quente ainda sentindo a morte e o horror à sua volta. Precisava tirar isso da cabeça, ou o medo paralisaria seus pensamentos. Revisaria o conteúdo final da segunda edição no dia seguinte, e assim que fosse impressa, elas poderiam destruir a prensa.

Pensou nas longas horas que Eli havia passado construindo a máquina a partir das peças descartadas que todas elas haviam coletado tão diligentemente ao longo dos meses. Acompanhar a prensa ganhando forma foi a primeira experiência da concretização de seus planos, e o fato acabou ganhando um significado que ia muito além de sua verdadeira importância. Foi o primeiro passo depois de mais de dois anos de planejamento, de recrutamento cuidadoso das mulheres, de sonhos com a vida que teriam depois que Gorston fosse deposto. Seria uma pena destruí-la.

Sarah parou à beira da calçada, esperando uma brecha no trânsito intenso do fim de tarde. Um dos carros trafegava muito mais devagar do que os outros, colado ao meio-fio para que os demais o ultrapassassem. Ela esperou o carro se aproximar, sentindo a tensão no estômago e observando com atenção se o motorista era um dos capangas de Steiner.

O carro parou e Carl Tolland saiu. Quando Sarah o encarou, a memória dos murais a invadiu novamente.

– Fui muito grosseiro ontem – disse ele. – Eu não sabia.

O encontro com Steiner a empurrara de volta para o mundo onde as coisas retratadas nas pinturas de Carl não existiam. O encontro com Mary no prédio abandonado apagara de sua mente quaisquer pensamentos sobre as alegrias da vida. Sarah olhou para os olhos azuis que a observavam tão seriamente e desejou compartilhar com ele sua visão de vida por apenas um momento. Ele ainda a observava, esperando que dissesse algo. O que ele estava fazendo ali?

– Não há necessidade de explicar suas atitudes – ela disse secamente.

– Resolvi o problema do café. – Ele se inclinou dentro do carro e estendeu uma garrafa térmica para ela, um sorriso travesso no rosto. – Achei que talvez pudéssemos beber perto do canal. Tem uns trechos muito bonitos ali. – Ele parou por um momento, tentando encontrar uma reação no rosto dela. – Seria um sinal de que aceita minhas desculpas.

Ele a confundia. Por que esperara do lado de fora do escritório para falar com ela? Será que achava que ela tinha influência suficiente para conseguir-lhe o emprego de designer-chefe? O rosto de Sarah continuava inexpressivo quando respondeu.

– Sr. Tolland, não há necessidade de se desculpar comigo. E não deveríamos estar conversando aqui, desse jeito. – Olhou ao redor para ver se alguém estava prestando atenção.

– Mas ontem eu te ofendi – Carl insistiu. – Eu não conhecia as leis, e o que eu disse foi bem grosseiro.

Ela fitou seus olhos azuis. Não conseguia realmente acreditar que o emprego era tão importante para ele. Ao que parece, depois que o vira no dia anterior, ele andara fazendo perguntas sobre as regras da sociedade. Talvez quisesse pedir que ela as explicasse um pouco mais. De repente, Sarah se lembrou vividamente de sua reação aos murais quando atravessou o saguão de entrada imponente e opressivo e mergulhou na cor e na vitalidade do trabalho dele, e sua necessidade de falar sobre isso voltou tão forte quanto antes. Queria conversar com ele, ouvi-lo falar sobre a vida, confirmar suas ideias de como a vida deveria ser. Mas ouviu-se dizendo, fria e distante: – Sinto muito, Sr. Tolland, não tenho permissão para me encontrar com o senhor.

Os olhos azuis agora mostravam decepção e algo mais: teimosia. Ele disse que poderiam dirigir ao longo do canal até encontrarem um lugar mais tranquilo. Ele ainda não sabia como era viver naquele país. De repente, Sarah percebeu que desejava que ele permanecesse alheio à repressão e ao medo que definiam seu cotidiano. Que ele mantivesse sua visão de vida intacta. Mas também queria ouvir dele como era seu conceito de vida.

– Não posso entrar no carro com o senhor, Sr. Tolland – ela disse. – Mas posso encontrá-lo amanhã em outro lugar.

– Ótimo. Onde? – Ele sorriu, mais relaxado.

– Há um lugar perto do rio, a uns quinze, dezesseis quilômetros da cidade. Siga por esta estrada até chegar a uma ponte em forma de arco. Pegue uma pequena estrada à sua esquerda, logo depois da ponte, e ela o levará até lá.

– Pode deixar. E como você vai chegar até lá? Você tem carro?

A inocência dele era lancinante, assim como sua empolgação pela vida. Valeria a pena correr o risco de conversar com ele, e encontrá-lo naquele lugar não seria tão arriscado.

– Não, Sr. Tolland. Vou pegar um ônibus.

– Mas posso buscá-la em algum lugar. Algum lugar tranquilo. Não há necessidade de você ir de ônibus.

Sarah olhou para ele, depois lentamente para o carro, e de volta para o rosto dele. Sentia que ele estava vulnerável, mas não conseguia entender por quê. Ela não podia machucá-lo.

– O senhor não entende – disse calmamente. – Não posso ficar em um espaço fechado com o senhor. – Uma onda de choque percorreu o rosto dele, depois raiva, e... algo que ela não conseguia interpretar. – Não posso ficar em um espaço fechado com nenhum homem.

Ela notou os olhos dele percorrerem brevemente seu cabelo, suas roupas, detendo-se por um longo tempo em seus sapatos. Por fim, ele a encarou.

– Eu não te entendo.

As palavras a surpreenderam. Por que ele queria entendê-la? E como poderia fazê-lo se nem a conhecia? Ele estava tentando ver além do vazio no rosto dela. Significava que ele esperava encontrar algo mais? Sarah olhou intensamente nos olhos dele, tentando ler o que se passava naquela cabeça. Era um homem. Será que estava realmente tentando ver se havia algo por trás da máscara?

– Não há nada para entender, Sr. Tolland – ela disse, enfim. – Estou acostumada com a segregação, só isso.

Ele ficou ali, olhando para o carro por um longo tempo enquanto ela observava as emoções se alternarem em seu rosto. Por fim, virou-se para ela.

– Você deve odiar os homens.

Ela sentiu uma breve conexão com ele, sentiu que ele a entendia.

– Não mais. Mas por muito tempo eu odiei, sim. – O entendimento ficou subentendido.

– Você não disse o horário amanhã. – Ele sorriu.

– Estarei lá às três horas.

Ele entrou no carro e a encarou outra vez.

– Vejo você lá então. E vou levar mais café.

Oito

A rua estava deserta, com a típica quietude que assoma os bairros comerciais aos fins de semana, quando os trabalhadores voltam para os seus minúsculos dormitórios suburbanos. Sarah esperou um carro solitário passar antes de atravessar para o ponto de ônibus vazio.

O encontro com Joan tinha corrido bem. Sarah passara a ela todas as informações que havia reunido ao longo dos anos sobre a ascensão de Gorston ao poder: as razões econômicas, os preconceitos cegos, e então listara a corrosão das liberdades pessoais. A partir de suas anotações esparsas e tentativas vacilantes de explicar suas crenças sobre a humanidade, Joan escrevera um artigo que se destacava por sua honestidade e lucidez. Sarah o lera com uma animação crescente, incapaz de fazer qualquer comentário além de "Isso, isso mesmo!", até que a risada de Joan a arrancara do transe.

Sarah se lembrou da proximidade entre as duas, os olhos de Joan zombando gentilmente dela por trás dos óculos, as mãos fazendo gestos exagerados de exasperação quando se inclinou para tocar seu braço.

– Você não existe, Sarah – ela dissera. – Só escrevi o que você me disse, o que disse a todas nós.

Sarah releu o artigo e percebeu que Joan estava certa. A diferença era que seus medos e dúvidas interiores não estavam no papel. Era assim que as mulheres a viam, alguém lúcida em seu pensamento, sua compreensão, suas emoções? E acima de tudo, alguém confiante em si mesma e no próprio sucesso?

O ônibus parcialmente vazio parou com um estrondo e ela esperou para ver se o condutor a deixaria entrar.

– Tudo bem – ele disse, relutante.

Sarah caminhou até o pequeno compartimento na parte de trás e, passando a mão pela alça de couro, ajustou seu equilíbrio aos solavancos e balanços. Os outros poucos passageiros estavam sentados no centro do veículo. Ela era a única Cinzenta a bordo, então ficou sozinha naquele compartimento pequeno e sujo. Observou duas mulheres, muito engajadas em uma conversa, que de vez em quando faziam um aceno distraído na tentativa de controlar a horda de crianças que se enxameava sobre os assentos vazios.

– Ah, sim, ele é muito bondoso – uma delas dizia. – Agora com o carro, então, ele tem levado o meu mais velho ao jogo de futebol todo sábado. Claro que ele não fazia isso antes. Antes de ter o carro, quero dizer. Não era de se esperar que fizesse, né? As crianças viram umas pestes dentro do ônibus. – Ela colocou uma criança chorona no colo, murmurando sons automáticos de afeto. Depois se virou para dar uma bronca na garotinha sentada bem quieta no banco de trás. – O que você pensa que está fazendo aí, hein? Já não disse para cuidar do Eamon? E olhe para a cara do Jimmy, ele está imundo.

Sarah estremeceu quando a mão da mulher desceu sobre a cabeça da menina. As outras crianças ficaram em silêncio, parando a brincadeira para assistir à cena com olhares ansiosos, a expectativa estampada no rosto. Sarah fechou os olhos para bloquear a visão daquele prazer deturpado. Tudo começava tão cedo.

Ela se forçou a pensar em outra coisa, em seu encontro com Carl. Queria conversar com ele sobre suas pinturas, perguntar se o que ele retratava era experiência ou sonho, mas também queria saber muito mais do que isso. Lembrou-se da imagem dele parado na calçada, olhando para ela atentamente, os olhos azuis perspicazes, questionadores; suaves rugas ao redor dos olhos que se acentuavam quando ele falava; lábios que sorriam sem impedimento, sem necessidade de se esconder. Era isso.

Ela queria saber por que ele confiava nas pessoas a ponto de deixar que o vissem como ele é.

O ônibus havia deixado os subúrbios para trás e agora estava vazio, exceto pelas duas mulheres e seus filhos. Sarah ajustou a mão na alça do ônibus e desejou que já fosse hora de descer. Seus músculos doíam de tentar manter o equilíbrio enquanto o veículo balançava e sacudia na estrada esburacada, e sua mão estava dormente. Queria sair daquele compartimento sujo e abafado, sair de trás daquela divisória de ripas que ao mesmo tempo a ocultava e expunha, uma criatura à parte.

Ela sentiu a presença de alguém e, ao baixar os olhos, encontrou a garotinha encarando-a, as lágrimas secas manchando as bochechas rechonchudas, os olhos arregalados de medo e admiração. Observou a criança por um longo momento, vendo ali os primeiros sinais do comportamento que transformaria aquele olhar infantil em uma expressão vazia e defensiva.

– Você sabe falar? – a garota perguntou.

– Sim, mas é melhor você voltar para a sua mãe.

A criança continuou ali, observando-a como se ela fosse uma alienígena.

– Você tem sentimentos?

Sarah prendeu a respiração, paralisada no tempo por aqueles olhos arregalados esperando por uma resposta, e então sussurrou:

– Sim, eu tenho.

A criança recuou, ainda olhando para o rosto dela.

– Susan, o que você está fazendo? – A voz da mãe estrilou no silêncio do pequeno compartimento. A criança lançou um olhar assustado para o centro do ônibus e então aproximou-se de Sarah novamente, chutando-a na canela com violência antes de correr de volta para seu assento. Sarah estremeceu de dor enquanto a risada estridente dos meninos ecoava pelas paredes de metal. Todo mundo precisava de uma vítima.

Esperou na beira da estrada até que o ônibus estivesse fora de vista e então pegou uma pequena trilha ladeada por sarças e espinheiros, a grama reivindicando seu espaço em meio à superfície quebrada do asfalto. Sarah parou assim que a trilha fez uma curva e ficou fora de vista da estrada, sentindo a quietude ao redor. O ar limpou de sua garganta a fumaça do combustível e o fedor enjoativo de suor. O suave farfalhar das sebes e o gorjeio belo e extravagante dos pássaros a fizeram esquecer o desamparo da cidade, a feiura do ônibus. Ela passava todo o seu tempo livre enfrentando viagens de ônibus desagradáveis para chegar à paz e à liberdade de lugares como este. Levantou a cabeça e olhou para o céu azul-claro, e o medo dentro dela desapareceu. Talvez aquilo fosse o que ela passaria a fazer quando o pesadelo acabasse. Até então, nunca conseguira imaginar sua vida depois que tivessem vencido a luta e ela não tivesse mais nada a contribuir. Talvez não fizesse nada, apenas viver em um lugar como aquele e deixar que a paz limpasse todos os horrores pelos quais ela tinha passado. A ideia lhe trouxesse uma onda de bem-estar, e ela abriu os braços para abraçar o sonho.

A trilha se abriu de repente em uma ampla clareira de grama baixa, protegida por árvores altas, o rio fluindo e ondulando em um fluxo abundante entre touceiras intermitentes de juncos. A beleza tranquila a impressionava toda vez que visitava aquele lugar.

O carro estava parado sob uma árvore, mas não havia sinal dele. Caminhou até a beira da água, satisfeita em saborear o silêncio contínuo.

– Estava observando você chegar. – A voz dele estava próxima.

Ela o viu descer da árvore e caminhar em sua direção, sorrindo e retirando folhinhas e gravetos do cabelo e do suéter.

– Estou feliz que tenha vindo. – Parecia aliviado em vê-la, como se não a estivesse esperando.

– Mas eu disse que viria – ela respondeu. – Estou atrasada?

Ele balançou a cabeça, ainda sorrindo, e apontou para uma cesta de piquenique na beira do rio.

– Achei que pudesse estar com fome. Eu estou; não quis almoçar antes.

Sarah olhou para a cesta, mas não fez nenhum movimento em direção a ela. Será que ele perguntaria sobre a sociedade em que ela vivia? Porque agora ela sabia que a vida dele era muito diferente da vida dos homens com quem tratava no trabalho ou que observava ao seu redor. Lembrou-se do choque de quando ele a convidou para tomar um café e ela tentou encontrar um sinal de crueldade em seu rosto. Era difícil conciliar o fato de que ele não conhecia as leis.

– É um lugar lindo – ele disse, abrindo os braços e abraçando toda a cena. – Olha só as sombras que o sol faz quando atravessa as árvores. E os pássaros, está ouvindo? – Virou-se para ela e meneou a cabeça com um ar brincalhão. – Mas é claro que sim. Você costuma vir aqui, não é?

– Com bastante frequência, sim – ela admitiu.

Ele tentou recuperar a breve conexão que tiveram na noite anterior.

– Vamos tomar um café? Posso trazer a cesta aqui para a clareira.

Sarah reconheceu a tentativa de conciliação e caminhou até o cesto. Sentou-se e mergulhou os dedos na água ondulante. Era a primeira vez que não estava sozinha ali, mas ele não era um intruso; de um jeito peculiar, ele se mesclava à atmosfera. Ela deixou a mente vagar pelos acontecimentos dos dias anteriores: o sentimento que pensou ser medo quando o homem de Steiner apareceu na frente dela; a emoção cega e avassaladora, um medo real, quando passou pelas portas do quartel-general da polícia; a sensação de desamparo e insignificância quando sentiu a mão de Steiner em seu braço, o horror de sua proximidade. E, o tempo todo, o rosto de Mary sob a luz forte, como se ela já estivesse na sala de interrogatório. Fechou os olhos, imaginando seu corpo torturado, mas era o rosto calmo e racional de Joan que lhe vinha à mente, pedindo-lhe algo para cessar a dor. Como conversar com este homem sobre sua visão de vida quando sua realidade era feiura e morte?

Sarah o encarou, mirando nos olhos azuis que a observavam com atenção.

– Por que veio aqui nesta tarde? – ela perguntou.

A voz dele soou gentil, mas havia incerteza no olhar que dirigiu a ela. Ele se sentou mais aprumado, mais veemente, e abraçou os joelhos, entrelaçando as mãos.

– Preciso te dizer que sou um estrangeiro. Nasci aqui, mas não sei nada sobre este país ou esta sociedade.

Ela o observou se remexer e encarar as próprias mãos, depois levantar os olhos para o rosto dela em busca de algum sinal de encorajamento, mas ela ainda não conseguia dar. Ele continuou:

– Ontem, quando me disse que estava restrita a certos lugares para comer, não acreditei em você. Pensei que... quer dizer, não sei bem o que pensei. Mas decidi descobrir se o que você tinha dito era verdade. – Ele ainda a observava, ainda procurava uma reação às suas palavras. – Descobri algumas coisas, mas não as entendo.

Então ele realmente queria que ela contasse sobre a sociedade, sobre o vazio, o isolamento e o medo, sobre a gaiola diminuta a que ela estava confinada, sobre todas as gaiolas diminutas às quais todas as mulheres estavam confinadas. Mas por que ele macularia sua visão de vida com aquele horror? Era algo que não tinha lugar naqueles murais tão alegres.

Ele se inclinou para ela, exasperado, inflexível.

– Eu quero saber. Por que você usa essas roupas? Por que esconde a cor do seu cabelo? Por que fica aí me olhando como se eu não existisse?

Sarah observou a raiva crescer dentro dele, mas isso não a ameaçava. Carl precisava saber sobre ela, assim como ela precisava saber sobre as pinturas dele. Mas por quê? Será que ele só queria conversar sobre a sociedade que a havia formado, uma curiosidade diletante despertada por sua apatia em relação a ele? Sarah sabia que Carl não conseguia lidar com sua inexpressividade e falta de reação; era algo que o irritava, dava para perceber no olhar dele, sentir na tensão em seu corpo. Mas por que ele esperava uma reação dela? Ninguém mais esperava que tivesse reações. Ela havia sido ensinada a não ter nenhuma. Por isso, usava a máscara que a sociedade havia colocado sobre seu rosto e vivia em segredo e em segurança por trás dela. Exceto quando estava com as outras mulheres. Não havia necessidade da máscara ali. Elas se conheciam e aceitavam que havia diferentes moldes por baixo das máscaras que pareciam iguais.

Era isso que ele estava tentando fazer? Seria mais do que apenas curiosidade que o atraía para o vazio dela? Será que ele estava tentando ir além? Será que ele sabia que, sob aquele corpo masculino, era um ser humano igual a ela? Ou estaria ele, dentro da consciência de seu próprio ser, tentando descobrir se ela existia? Sarah observava com atenção enquanto Carl se reclinava contra o tronco da árvore, os olhos dele ainda fixos em seu rosto. Teria sido possível pintar aqueles murais se ele não tivesse consciência das pessoas que existiam sob os corpos? Ela se lembrou da beleza e do equilíbrio das pinturas. Finalmente, disse:

– Você não retratou nenhuma morte em suas pinturas.

As palavras o desconcertaram.

– Retratei, sim; havia morte ali – ele respondeu.

– Não notei. Não vi nenhuma feiura.

– Mas a morte não precisa ser feia. – Carl estava atônito.

Sarah o encarou, vendo em sua mente os corpos quebrados que Mary havia pintado para ela no porão abandonado. Depois, viu de novo o ímpeto arrojado dos murais que alcançavam a escuridão do teto abobadado.

– A vida pode ser mesmo tão bonita daquele jeito?

Sarah percebeu pelo olhar de Carl que ele finalmente estava começando a encontrar algum sentido nos pensamentos dela. Os olhos vagaram por seu rosto e seus cabelos, pelas roupas cinzentas disformes, as meias cinzentas grossas que embotavam qualquer identidade de suas pernas e seus tornozelos, os sapatos pretos de salto baixo que a prendiam firmemente no vazio do anonimato. Ele deixou a cabeça cair sobre o peito, seus dedos arrancando inadvertidamente as folhas de grama entre os pés. Por fim, virou-se para ela, e seu rosto parecia vazio, o rosto de um homem que teve a coragem de olhar para os próprios pensamentos e não gostou do que lhe foi mostrado.

– Então é verdade – ele disse baixinho. – Todas as coisas que vi e ouvi ontem, é tudo verdade. Tentei ignorá-las. Não queria que fossem reais.

Sarah percebeu uma ligeira aflição na voz dele e se perguntou se ele estava angustiado por si mesmo ou pela sociedade em que se encontrava. De súbito, inclinou-se para encará-lo, outro pensamento surgindo em sua mente: aquela aflição poderia ser por ela?

Carl passou as mãos pelos cabelos em um gesto inconsciente de concentração.

– Você pinta o cabelo e usa essas roupas porque é uma Operária. Você come em restaurantes separados, restaurantes sórdidos e horríveis. E você não tem permissão para falar comigo porque é uma Operária. E olha para mim como se eu não existisse porque... – A dúvida estampava seu rosto enquanto ele tentava pensar em uma conclusão. Balançou a cabeça lentamente. – Não sei. – Olhou para ela e levantou as mãos em um ligeiro gesto de derrota. – Eu não sei. Deve ter algo a ver com todo o resto.

Sarah percebeu o conflito dentro dele e de repente, para a própria surpresa, teve vontade de ajudá-lo. Mas primeiro ela precisava se assegurar de uma coisa. Inclinou-se na direção dele, que ficou admirado por essa atitude.

– Diga-me – ela sussurrou –, a vida pode ser tão bonita daquele jeito?

Ele assentiu, sem entender.

– Claro, a vida pode ser muito bonita. Mais bonita do que consigo retratar.

Ela acreditava nele. Não tinha induzido as mulheres a se revoltarem com base em fantasias; tudo o que ela acreditava, bem lá no fundo de si, estava certo.

– Durante toda a minha vida, me ensinaram que eu não existo – ela disse, e ele a encarou em um silêncio congelado. Ela continuou com a mesma voz calma, sustentando o olhar. – Me ensinaram que tenho um corpo, braços e pernas que devem trabalhar em funções medíocres para o bem do Estado, e que não tenho nenhuma outra função. Não tenho inteligência, nem raciocínio, nem emoções, nem necessidades.

Ela viu o medo nos olhos de Carl enquanto ele a encarava em silêncio. Medo de quê? Estaria com medo dela? Ou estaria sentindo medo por ela? Será que ele a via como uma pessoa que tinha sido obrigada a se curvar e se moldar até ficar irreconhecível, ou ele achava que a máscara era a realidade?

Sarah percebeu nos olhos dele que as perguntas começavam a surgir e sentiu como se estivesse suspensa no espaço e no tempo. Ele seria capaz de aceitar que ela ainda existia sob a máscara? Ele teria coragem, interesse para perguntar? Ficou sentada, observando-o com os olhos vazios, o rosto inexpressivo.

Carl se levantou e caminhou até a grande árvore. Ficou olhando para os galhos mais altos, onde tinha se sentado enquanto esperava por ela. Então se virou abruptamente e olhou para trás, por cima da clareira gramada que os separava.

– Eu vi! – ele gritou em desafio, seus braços para o alto em direção à copa da árvore. – Está me ouvindo? Eu vi *você*.

Caminhou de volta para ela, as mãos semicerradas, fitando seus olhos cinzentos. Ele se curvou ligeiramente em direção a ela, sustentando seu olhar, o corpo tenso.

– Você não acredita em nada disso.

Sarah fechou os olhos. Aquele estrangeiro, aquele ser humano que habitava a carcaça de um homem, estendera a mão e a tocara. Ele percebera que ela existia – não duvidara, não questionara. Carl *sabia* que ela ainda existia. Sentiu uma ternura por aquele estranho, uma afabilidade que até então só sentira pelas mulheres.

– Não – ela sorriu. – Não acredito em nada disso.

Olharam-se por um longo tempo enquanto a tensão abandonava os músculos de Carl, e Sarah permitiu que ele visse a felicidade em seus olhos. Ele se jogou de corpo inteiro na grama, deitando-se com as mãos atrás da cabeça, olhando para o céu azul e as nuvens que passavam antes de se virar para olhá-la novamente, as emoções borbulhando por dentro e se alternando em seu rosto – felicidade, descoberta, curiosidade.

Ergueu o corpo com urgência e se sentou, inclinando-se na direção dela.

– Mas por que eles fazem isso? Quer dizer que realmente ensinam todas essas coisas a vocês? E as roupas e... – Fez um gesto que englobava todo o corpo dela. – Existem leis? Quero dizer, você estaria realmente descumprindo alguma lei se não usasse essas roupas?

Sarah sorriu diante da impaciência dele, da necessidade de entender. Teria que contar-lhe tudo, teria que responder a todas as perguntas. Acabaria contando sobre a destruição e a humilhação, porque ele não a via presa em uma gaiola. Também tinha certeza de que haveria muito tempo para contar. Não sabia por que, mas sentia que os laços formados entre os dois se fortaleceriam ainda mais, desabrochando em algo que, naquele momento, estava além de sua compreensão.

Sarah olhou ao redor, absorvendo a beleza do local: a água reluzente, as pequenas aves aquáticas nadando apressadas contra a correnteza, o leve perfume das urzes e madressilvas, a sensação de quietude que escondia a vida abundante nas sebes. E então se deu conta de que não queria revelar a feiura daquela sociedade, ainda não. Queria desfrutar do contato inesperado com outro ser humano sem conflito, sem engano, sem medo.

Olhou para a garrafa de café esquecida, ainda fechada, e para o cesto, ainda cheio de pacotes.

– Vou te contar tudo, mas mais tarde. – Ela olhou para Carl com cara de interrogação. Se ele insistisse, contaria-lhe tudo naquele minuto. Mas ele pareceu perceber seu estado de espírito ao seguir seu olhar através da água e das árvores.

Carl sorriu.

– Estou morrendo de fome. Vamos comer.

Ele tinha se esforçado muito com o piquenique: salada, frango, pãezinhos crocantes, queijos. Sarah impressionou-se com a abundância, protestando contra a quantidade que ele tentava persuadi-la a comer, cobrindo o prato com as mãos em falso desespero enquanto ele lhe servia mais porções. Ela se recostou e o observou comer com prazer, maravilhada com a ligação que havia entre eles.

– Você não come o suficiente – ele disse.

– Não estou acostumada a tanta comida.

Lembrou-se da mulher atrás do balcão do café onde se sentava todas as noites. Também ela dissera que Sarah não comia o suficiente.

– Você está se enclausurando de novo. – A voz dele interrompeu seus pensamentos, mas com gentileza, o sorriso em seus olhos afastando qualquer possibilidade de ofensa. Sarah o encarou, aturdida. – Seus olhos – ele continuou. – Você estava olhando através de mim de novo, como se eu não existisse.

– Não. – Sorriu para ele. – Eu só estava pensando em uma mulher que eu conheço. Ela era bioquímica quando Gorston chegou ao poder, era casada, tinha um filho. Quando as novas leis entraram em vigor, foi enviada para um dos centros de reabilitação. Agora ela trabalha em um pequeno café. Não sei o que aconteceu com a criança.

– Mas como essas coisas podem acontecer? E por quê?

Ele se atentara para não fazer perguntas enquanto comiam, mas a provocara galantemente sobre a comida que ela não comera, gabando-se – em tom de brincadeira – de suas habilidades como cozinheiro e assegurando a ela que havia cozinhado o frango e preparado as várias saladas sozinho. Mas Sarah sabia que as perguntas estavam se acumulando na cabeça dele.

Ela olhou para as próprias mãos, tentando escolher as palavras para contar sobre todo o horror.

– Como? – ela começou. – Bem, o povo o elegeu como ditador. Os poderes que ele não tinha no começo, ele tomou para si. Por quê...? – Olhou para ele e deu de ombros. – Não sei se tenho a resposta completa. – Seu olhar afastou-se de Carl, deslizando para longe, como se tentasse resolver um problema familiar que ainda escapava à sua compreensão. – Foi como se uma histeria oculta tivesse tomado conta. Gorston não a criou; apenas a alimentou e a trouxe à tona. – Ela o encarou, a perplexidade nítida em seus olhos. – Foi como uma onda de medo e ódio liberada contra as mulheres. Já havia injustiças contra as mulheres antes de Gorston. Recebíamos salários mais baixos. Havia certos empregos que não conseguíamos manter. Os benefícios da previdência social eram distribuídos injustamente. Várias coisas assim. Mas quando Gorston começou a discursar que os homens eram as únicas pessoas significativas para a economia e que as mulheres eram adequadas apenas para cuidar deles e dar-lhes filhos, foi como se verbalizasse todos os sentimentos que estavam ocultos. Gorston não criou a situação, a situação o criou. E quando a Igreja o apoiou e disse que o lugar da mulher era em casa, gerando filhos, bem, isso trouxe o aval religioso para a coisa toda.

Carl ouvia com atenção, tentando entender. Tinha o rosto sério, a testa franzida de concentração.

– Mas impedir as mulheres casadas de trabalhar fora durante uma recessão econômica com certeza está muito longe do que está acontecendo agora, certo?

Sarah o encarou, consternada. Será que ele não percebia? Será que era como todos os homens, com um conjunto de valores e justiça para si e um conjunto diferente para as mulheres? Ela olhou diretamente nos olhos dele, e sua voz saiu baixa.

– Está mesmo?

Ele percebeu a reação dela e se apressou a completar.

– Quero dizer... Como é que isso se transformou nesta sociedade atual?

– Muito facilmente. A economia não conseguia se equilibrar sem as mulheres que trabalhavam fora. Então, para sustentar o discurso de que apenas os homens eram importantes, as mulheres receberam permissão para executar apenas trabalhos braçais. Calculou-se o número de mulheres necessárias para manter a economia, e essa porcentagem foi extraída da população feminina. As demais tiveram que se casar.

– Mas por que ele não deixou as mulheres que queriam trabalhar simplesmente trabalharem? – De repente, deu-se conta de uma expressão que Sarah tinha usado. – O que você quis dizer com "foi extraída"?

Sarah fechou os olhos. Havia prometido responder às perguntas dele e queria muito manter sua palavra. Mas não conseguiria olhar para ele quando contasse essa parte.

– Aos dez anos de idade... – Sua voz sumiu quando as memórias enterradas ressurgiram. Sua infância, a escola especial, o regimento, o anonimato forçado, a corrosão de sua personalidade, os livros escolares, os professores, a aula de catecismo. Deus, Deus, Deus, a aula de catecismo! "Repita, Hillard! Repita, Hillard! De novo, Hillard!" Ela parou, afastando-se das memórias, abrindo os olhos para lembrar a si mesma que estava ali, no rio, sob o céu aberto.

– Espere.

Sarah sentiu um toque suave no braço e fitou os olhos azuis cheios de preocupação. Ela balançou a cabeça, muda, incapaz de controlar sua voz, suas mãos tremulando desesperadamente, sua respiração presa.

– Sinto muito – ele disse. – Teremos tempo para isso. Pode deixar para me contar outro dia.

Ela ainda não conseguia falar, mas seus pensamentos gritavam para ele "Não, agora!". Precisava controlar sua voz, seu corpo. O que havia de errado com ela? Já havia sentido emoções fortes antes, mas sempre fora capaz de enterrá-las bem fundo nos lugares escuros em que ninguém podia vê-las. Precisava reprimi-las. Agora, agora. Sentiu medo ao olhar para ele. Aquilo significaria que, uma vez que deixasse alguém ver além da máscara, nunca mais poderia usá-la? Era um passo do qual não podia voltar atrás? Ao se abrir para outro ser humano e se deixar envolver, essa conexão a impediria de seguir outro caminho?

Sarah olhou para o céu, desejando que seu corpo parasse de tremer. Inclinou-se adiante, colocando a mão na água corrente, observando-a escorrer por entre os dedos, fria e clara. Enxugou os dedos na manga e se levantou. Tinha recuperado a calma na voz e a frieza nos olhos quando o encarou de novo.

– Preciso ir. Está ficando tarde.

Nove

– Ele está doente, muito doente.

Marsham recostou-se em uma poltrona confortável, fumando seu cachimbo. Sempre se sentia bem naquela sala, com as paredes forradas de livros e o brilho lustroso de madeira polida e couro antigo.

– Mas já sabemos disso – respondeu o outro homem, Brian Martin. – As leis que ele propõe foram ficando cada vez mais tresloucadas ao longo dos anos. Suas soluções para os problemas da economia estão mais extremas. E essas mudanças de humor, bem...

Marsham olhou para o amigo. Era estranha a afinidade que tinham. Devia haver, o quê, uns vinte anos de diferença entre eles? Mas Martin era um dos poucos homens com quem conseguia conversar de igual para igual sem se entediar por ter que explicar sua linha de raciocínio. Ele o surpreendera com essa, no entanto. Sentiu uma satisfação impetuosa com a ideia.

– Não, não quis dizer *doentio* – disse. – Quis dizer *doente* mesmo, me referindo à sua saúde física.

Martin olhou para ele, subitamente alerta.

– Então conseguiu arrancar algo de Werner.

Marsham balançou o cachimbo no ar, um sorriso gentil e inocente no rosto.

– Agora você entendeu, Brian. Direto da fonte, por assim dizer.

– Ora, continue. – Martin não estava a fim de brincar de adivinhação, e Marsham percebeu o entusiasmo reprimido do amigo.

– Ao que parece, Gorston pode ter um ataque fulminante a qualquer momento – explicou Marsham. – Era sobre isso que Werner queria conversar. Ele me pediu para não sugerir que as mulheres são as responsáveis pelo jornal. Tivera que aplicar um forte sedativo em Gorston na noite anterior e estava muito preocupado com a reunião do gabinete. – Ele pegou o cachimbo de novo, revirando-o distraidamente entre as mãos. – O engraçado é que tive a sensação de que ele estava tentando me dizer mais do que realmente disse. Ele está velho e cansado, e tem algo em mente com o qual não consegue mais lidar.

– Tem ideia do que seja?

– Não. – Marsham estava pensativo, lembrando-se do rosto exausto de Werner, dos olhos fechados em derrota. – Mas ele parecia preocupado com o novo programa educacional. Levantou esse assunto logo depois de me dizer o quanto Gorston está doente.

– Se ele está mal assim, podemos agir de imediato. – O terceiro homem, que até então estivera sentado em silêncio, apenas ouvindo, levantou-se num salto. – Podemos, certo? Se ele está tão doente quanto você diz, a morte dele pode facilmente parecer natural. Estamos de prontidão, você sabe. Poderíamos assumir amanhã. – Virou-se para os outros dois, encarando-os com ar de desafio, primeiro Marsham e depois Martin, e insistiu. – Podemos ou não podemos?

– Não é bem assim, James. Não é bem assim. – Marsham se levantou e deu um tapinha em seu ombro. – Há mais coisas a serem consideradas.

– Como o quê? – O tom de James Foster era truculento.

– Como essa história das mulheres. – A voz fria e incisiva de Martin cortou a impaciência de Foster, enquanto Marsham assentia em concordância silenciosa.

Foster olhou de um para o outro, sem entender.

– Mas quanto mais agitação, melhor – disse.

– James. – Marsham o dirigiu gentilmente de volta para a cadeira. – Escute. Quando aquele jornal foi distribuído, todos ficamos surpresos, chocados até. Ainda não entendi como elas conseguiram burlar o condicionamento e realizar um feito desses. Mas o fato é que conseguiram. Isso significa que agora há outra força a ser considerada. Elas não são muito fortes. Não têm poder para fazer nada. Mas são um grupo unido, por menor que seja. Se Gorston morrer, elas podem reagir; é óbvio que o veem como a personificação de todos os males. Se ele morrer, elas podem ser tolas o suficiente para fazer algo precipitado. Não sei bem o que, mas pode levar a uma desordem generalizada. E essa é a última coisa que queremos quando assumirmos o poder.

Martin interrompeu com menos paciência do que Marsham.

– A tomada de poder tem que ser suave, sem sinais externos de violência, sem sinais externos de mudança. Este país é um barril de pólvora, e o povo nem sabe disso. Se queimarmos o pavio rápido demais, ou se deixarmos transparecer que ele está aceso, tudo explodirá na nossa cara.

Foster, jovem e inexperiente, ainda não estava satisfeito.

– Mas nosso plano não é usar a inquietação dos homens? Você a provocou.

Martin se remexeu na cadeira, a exasperação clara em seu rosto, mas Marsham o acalmou com um rápido aceno. Enxergava um reflexo da própria impaciência juvenil no jovem sério e só queria aquietar aquela avidez com a experiência adquirida ao longo dos anos.

– A agitação dos homens está sob controle – explicou com cuidado. – Sim, nós os instigamos, selecionando alguns deles e envolvendo apenas aqueles que estavam nos lugares certos. Quando assumirmos o poder, esses homens nos apoiarão publicamente, liderando os demais ao redor deles, tranquilizando-os, prometendo-lhes reformas. E haverá reformas.

Pequenas no início; depois, aos poucos, maiores, até que este país volte a funcionar como deve.

Foster ficou incomodado com o sermão.

– Já sei de tudo isso. O que não consigo entender é por que não podemos fazer a mesma coisa com as mulheres. Sei que você não as ajudou a se organizarem, mas elas *estão* organizadas, como você mesmo disse. Então por que não podemos abordá-las e oferecer-lhes reformas, assim como fizemos com os homens?

– Pelo amor de Deus, James! – A irritação reprimida de Martin enfim explodiu. – O que há de errado com você? Sei que não se interessa por mulheres, mas achei que mesmo assim conseguiria perceber a diferença entre as duas situações.

O jovem se pôs de pé, um rubor de raiva percorrendo seu rosto, até que Marsham interferiu educadamente.

– É uma diferença que demorei um tempo para perceber. – A mentira era evidente, mas devolveu ao jovem sua dignidade. – Mas, se pensarmos bem, é algo muito importante. Ao que me consta, teríamos grande dificuldade em contatá-las. Você acha que teria chances de abordar qualquer uma dessas mulheres e estabelecer uma conexão com ela? Tudo bem, sabemos que algumas estão usando o vazio do olhar como disfarce, que estão pensando por trás da máscara. Mas quem? Quantas? E como identificá-las? – Marsham deu de ombros acintosamente, prosseguindo com a farsa da empatia. – Eu nem saberia por onde começar. E acho que há um problema ainda maior. Suponhamos que conseguíssemos encontrar uma dessas pensantes, alguém que, sabe-se lá como, conseguiu se livrar da lavagem cerebral de Gorston. Ainda assim estaríamos lidando com uma mulher, alguém que reage a partir das emoções, que é incapaz de ver as implicações mais amplas de uma situação, que raciocina com instinto, e não com lógica. Como explicar a importância de uma abordagem fria e calma para alguém assim?

O silêncio se estendeu enquanto os dois amigos observavam Foster, aguardando sua reação. Por fim, ele disse:

– Então, se o que você está dizendo estiver correto, haverá uma reação das mulheres assim que Gorston morrer, e essa reação é o que pode desencadear uma explosão no barril de pólvora de Brian?

Marsham assentiu, o professor generoso com seu aluno favorito.

– Isso mesmo. E nem precisaria ser uma reação muito dramática. Meros aplausos nas ruas podem provocá-la – disse, e sorriu diante do quadro ridículo que havia pintado.

– Há outro ponto – disse Brian, mais calmo e contente por Marsham ter assumido a responsabilidade pelas explicações tediosas. Ele inclinou a cabeça para Foster. – Você leu o jornal delas? – O jovem assentiu. – Então sabe que elas estavam falando sobre todos os seres humanos serem iguais, certo? Sobre oportunidades iguais para mulheres, esse tipo de coisa.

– Sim.

– Bem, é isso que elas querem de nós. – Martin gesticulava expansivamente. – Tudo bem, não é grande coisa. Poderíamos até prometer igualdade a elas, e as chances são de que elas progridam um pouco mais do que atualmente, mas nada significativo. – Inclinou-se para a frente na cadeira, batendo no joelho com o dedo, dando ênfase às palavras. – A questão é que as pessoas não veriam dessa forma. Veriam como uma ameaça e, em vez de nos apoiar, bem... – Ele deu de ombros expressivamente.

Foster olhou de um homem para o outro.

– Então, o que faremos? – perguntou.

– Nada. – O tom de Marsham era assertivo, sem brecha para discordância. – Vamos esperar essa investida das mulheres cair por terra. Elas mandaram seu recado. Não há mais nada que possam fazer. E nenhum grupo consegue se manter em solidariedade quando está respirando por aparelhos. Além disso, Steiner não vai demorar muito para prendê-las. – Ele olhou ao redor da sala, apreciando a cor que o sol da tarde trazia aos tons suaves, e então abriu seu melhor sorriso inocente.

– Só temos que torcer para que Gorston aguente um pouco mais. Até que gosto dessa ironia.

Os dois amigos permaneceram sentados em um silêncio amistoso, relaxando na companhia um do outro depois que Foster se despediu.

– Não devia ter dito aquelas coisas para ele, Brian – Marsham o repreendeu. – O rapaz é muito vulnerável.

– Eu sei, mas às vezes ele me dá nos nervos.

Marsham falava de forma suave e afetuosa enquanto executava seus movimentos ritualísticos com o cachimbo.

– Você implica demais com ele. Ele é jovem, precisamos de gente assim. Serão os nossos sucessores, sabia?

– Algum indício de um bebê a caminho? – Martin retrucou.

Marsham acatou a mudança de assunto com facilidade e familiaridade.

– Não. E não acho que haverá.

– Há quanto tempo ele está casado? – Martin esticou as pernas, acomodando-se mais profundamente no conforto da poltrona de couro.

– Vai fazer três anos no Natal, acho.

– Logo, logo o pessoal vai bater na porta dele.

– É, eu sei. Eles sempre adiantam a checagem de casamentos tardios. Mas ele conseguiu um adiamento de dois anos por causa dos estudos extra, não foi? – Marsham se levantou preguiçosamente da poltrona e caminhou até a mesinha de bebidas, onde serviu generosas doses de uísque em dois copos, adicionando gelo a um deles e entregando-o a Martin sem nem perguntar nada. – Tentei tocar no assunto dia desses. Disse a ele que logo os caras apareceriam e que ele deveria fazer algo a respeito. Talvez conversar com um amigo que pudesse fazer as honras. – Marsham lançou um sorriso maroto para Martin. – Falei até que eu ficaria mais do que feliz em ajudar, mas não sei se ainda consigo armar a barraca, se é que me entende.

Martin não deu sinal de ter achado graça na sugestão.

– Bom, não importa se ele não consegue comparecer ou se não está a fim, é melhor conseguir alguém para fazer o serviço na mulher dele, antes que comecem a investigar. Não queremos nenhum dos nossos chamando a atenção de um burocrata qualquer justo agora. São essas besteiras que podem colocar tudo a perder.

– Acho que ele está contando que tomaremos o poder antes disso.

– Notei que você o distraiu antes que perguntasse o que faremos se Gorston morrer antes de Steiner prender as mulheres – disse Martin.

– Sim, mas tenho pensado muito nisso.

– Imagino que sim, seu bode velho espertalhão. E aposto que sei qual é a sua solução.

– Aceito a aposta – respondeu Marsham de pronto, animado com a perspectiva de seu jogo favorito. – O perdedor paga o almoço amanhã.

– Pois bem. Se Gorston morrer antes de Steiner prender as mulheres... – Martin recostou-se na cadeira, olhando para o teto, tentando entrar na cabeça de Marsham. – Nós vamos... nós vamos substituir todos os homens de confiança de Gorston pelos nossos, como planejado desde o princípio. Com exceção de Steiner. Vamos abordar Steiner e persuadi-lo de que, a menos que um homem forte substitua Gorston imediatamente etc, etc, etc, seu próprio cargo estará em risco. Ele vai acreditar nisso. Então colocaremos alguém para vigiar Steiner e aguardaremos que ele se livre das mulheres.

– Muito bem. – Marsham riu. – Você me conhece muito bem. E o que mais?

– Mais? Tem mais?

– Claro que tem. Depois que Steiner acabar com as mulheres, nós o matamos e você assume o posto como combinado.

Martin lançou um olhar sombrio para Marsham, e de repente a brincadeira deixou de ser divertida.

– Claro – disse ele. – É isso que você faria.

– Certo, acredito que empatamos. O que você acha da solução?

– Tem seus riscos – respondeu Martin, depois de pensar um pouco. – Acha que Steiner sabe da doença de Gorston?

– Ah, creio que esteja fadado a saber. Os homens dele estão em todo lugar.

– Então tá. Se eu fosse Steiner, ficaria de olho em qualquer um que eu acreditasse estar interessado em assumir o lugar de Gorston e me esmeraria para preparar meu próprio candidato a presidente. Sabemos que Steiner não quer esse trabalho para si; ele gosta de ser a ameaça por trás do trono. Ainda pensando como ele, quando Gorston morresse, eu me certificaria de tomar a iniciativa primeiro.

– Excelente. – Marsham sorriu do outro lado da sala. – Você corrobora minha análise sem tirar nem pôr.

Martin se levantou para encher seu copo e caminhou até o velho amigo.

– Tudo bem, eu te conheço. O que está esperando para contra-atacar?

– Paciência, paciência. – O prazer de Marsham com o jogo de adivinhação intelectual era grande demais para permitir que fosse apressado. – Então... – Olhou para o amigo com expectativa, esperando que passasse para a próxima etapa.

Martin ficou pensativo, girando o copo devagar, observando o líquido âmbar rodopiar em círculos suaves. Marsham o observava de perto. De repente, o mais jovem jogou a cabeça para trás e deu uma risada.

– Seu malandro! Você sabe quem é o homem de Steiner!

Marsham assentiu, extasiado.

– Sei, sim. E essa é a chave para a nossa solução! Se o candidato de Steiner morrer um pouco antes ou logo depois de Gorston, o comissário terá que aceitar nossa oferta. Mesmo que seja apenas para dar a si mesmo um tempo para pensar.

– Mas e aí? Quem é o escolhido de Steiner? – Martin, impaciente, exigiu saber.

Marsham acendeu o cachimbo devagar, com calma, enquanto Martin se remexia com exasperação. Por fim, olhou através da fumaça ondulante e abriu um sorriso de menino.

– Blake.

– Blake? – Martin o encarou incrédulo, para grande satisfação do mais velho, que pitava o cachimbo com vigor. – Mas o sujeito é um zero à esquerda!

– Tem razão – Marsham assentiu com ar pensativo. – Mas não é exatamente disso que Steiner precisa? Alguém que possa ser controlado facilmente, que as pessoas associem a Gorston, que siga a cartilha de Gorston? Blake se encaixa nesse perfil em todos os aspectos. Ele poderia ocupar aquela cadeira por anos com Steiner nos bastidores.

– Só se não houvesse mais ninguém pressionando pelo poder – Martin retrucou.

– Ah, aí é que está. – Marsham recostou-se, acenando o cachimbo para o amigo, que o encarava tenso – Assim que Gorston morrer, seja por meios naturais ou não, Steiner terá que agir contra todos que estiverem interessados em ocupar o lugar do morto. Mas, se Blake estiver morto também, ele estará em xeque. E assim que eliminar as mulheres... xeque-mate.

Martin caminhou lentamente de volta para sua poltrona, repassando mentalmente as teorias do amigo, sondando os pontos fracos.

– O que aconteceu com o novo programa educacional depois da reunião de ontem? – perguntou enfim.

Marsham o encarou desconfiado, tentando imaginar para onde os pensamentos do amigo estavam se encaminhando.

– Tudo correu exatamente como esperado. Gorston propôs suas teorias e a moção foi aprovada. A implementação deve ser imediata. Todo o trabalho preliminar já foi feito. Essa reunião foi uma mera formalidade.

– Estou tentando avaliar se essa nova medida causará ainda mais agitação entre as mulheres – explicou Martin.

– É mais provável que elas vejam isso como uma retaliação – disse Marsham. – Pode até ser que as cale um pouco, embora haja grandes chances de que Steiner as detenha antes mesmo de o programa começar para valer. Ainda há alguns detalhes administrativos a serem implementados.

Martin não estava satisfeito.

– Não sei. Não descarto a importância das mulheres tão rapidamente quanto você. Até agora, elas nos surpreenderam.

– Ah, francamente, Brian. O que elas podem fazer? Há cerca de quarenta delas. Vamos, podemos conversar sobre isso de novo após o jantar. Você vai ficar, não vai? – Marsham foi até uma pequena mesa em que havia um jogo de xadrez em andamento. – Vamos jogar mais um pouco antes de comer.

Dez

Sarah cruzou a porta do albergue, grata pela viagem de ônibus ter terminado. Precisava da solidão de seu quarto para organizar a balbúrdia de pensamentos e emoções que rodopiava em sua mente por conta de seu encontro com Carl. Estava cansada, sentindo as pernas pesadas enquanto subia as escadas devagar. Ela nem queria pensar. Só queria dormir.

No albergue, deparou-se com o estranho vazio que parecia se instalar nos fins de semana, dando a ilusão de um prédio deserto, mas que na verdade esconde seus moradores atrás de portas trancadas. Os tênues acordes de Chopin vindos de um dos quartos apenas ressaltavam o isolamento.

– Estava esperando você chegar – disse uma voz bem perto. O pânico no rosto de Stephanie era evidente quando ela puxou Sarah para dentro do quarto, recostando-se na porta fechada como se quisesse manter os perigos invisíveis do lado de fora. – Achei que nunca mais fosse voltar.

– Steph, o que foi? – Sarah questionou, encarando a mulher assustada que a olhava fixamente e tentava encontrar palavras para os medos que tinha vivido durante a longa tarde. – Do começo, Steph, conte do começo. – Sarah sentia a tensão crescendo dentro de si enquanto esperava, segurando-se para não chacoalhar a mulher que a encarava sem dizer nada e arrancar a informação à força.

– Levaram a Joan – Steph finalmente falou.

Ah, não. Quando? Naquela tarde? Depois da reunião? Os artigos. Será que Joan ainda levava os artigos consigo? De repente, lembrou-se do rosto da amiga, calmo, moderado, dizendo que gostaria de poder se matar caso fosse presa. E Sarah não tinha providenciado nada para ela. Pegou Stephanie pelo braço e a levou até uma cadeira, desejando que controlasse o pânico e lhe contasse, em detalhes, o que tinha acontecido.

– Quando foi isso? Como você sabe o que aconteceu? Vamos, Steph, você tem que me contar tudo.

– Foi nesta tarde, por volta das duas horas – Steph gaguejou. Depois, se aprumou e obrigou suas palavras a seguirem uma ordem. – Eu estava voltando do trabalho quando uma mulher do meu grupo me contatou. Ela mora no mesmo albergue que Joan e viu dois homens chegarem em um carro e saírem quase imediatamente com ela. O curioso é que os homens não usavam o uniforme da polícia. – Virou-se para Sarah com um olhar suplicante. – Eu não sabia o que fazer. Sabia que você tinha saído para um de seus passeios pelo campo e...

A imagem do rio e do piquenique e de Carl vieram à mente de Sarah. Tudo isso acontecera quando ela estava a caminho de encontrá-lo. Não deveria ter ido.

A voz fraca e ofegante de Steph ainda estava relatando.

– ... então entrei em contato com Ann e Eli. Arrisquei. A mulher do café local também é do meu grupo, e nos encontramos na salinha nos fundos. Eu tinha que fazer alguma coisa, Sarah.

– Eu sei, eu sei. Continue.

– Bom, Eli disse que precisávamos entrar em contato com Mary para ver se alguma mulher do grupo dela sabia para qual Centro de Detenção tinham levado Joan. Mas não podíamos fazer isso antes das quatro horas. E Ann ficava se perguntando por que os homens não estavam de uniforme nem usando um carro oficial.

Sim, Sarah pensou, Ann perceberia isso. Era a única esperança que ela tinha. Por que Steiner enviaria homens à paisana? E será que eram mesmo membros da polícia de Steiner? Se não, quem eram eles?

– Então Ann disse que talvez estivéssemos tirando conclusões precipitadas – Steph continuou. – Presumimos que Joan tivesse sido presa por sua participação no jornal, mas Ann disse que devíamos considerar outras coisas que poderiam ter acontecido.

Sarah quase conseguia ouvir a voz lógica de Ann acalmando o pânico de Stephanie, controlando a agressividade escancarada de Eli.

– E então?

– Ann sugeriu contatar nossos grupos e verificar se levaram outras mulheres também. E eu não entendo por quê, Sarah, mas levaram. Foram três mulheres da minha rede e uma do grupo de Eli. Pode haver mais. Ainda não recebemos todos os relatórios. Eli foi tentar se encontrar com Mary, então ainda esta noite devemos receber alguma informação sobre onde elas estão.

Sarah caminhou até a janela, olhando para a rua vazia. Se não eram os homens de Steiner, quem eram? Qual era a conexão entre Joan e as outras mulheres? Eles tinham encontrado os artigos?

– Steph, escute bem – ela disse, sentando-se diante da amiga, que ainda estava nervosa, mas cuja tensão havia diminuído um pouco agora que não era mais responsável por organizar os próximos passos. – Que tipo de trabalho as outras mulheres fazem? Elas moram perto de Joan? Temos que pensar em algo que as conecte.

– As três mulheres do meu grupo trabalham em hospitais ou em serviços afins – respondeu Steph. – A mulher do grupo de Eli trabalha em uma fábrica. Todas moram em albergues diferentes.

– Essas três que trabalham em hospitais, elas fazem o quê?

– Duas são faxineiras, a outra é auxiliar de enfermagem, assim como eu.

– Já sabemos se falta alguma mulher na rede de Joan? – Sarah insistiu.

– Ainda não conseguimos verificar isso. Nenhuma de nós tem como entrar em contato com a equipe dela.

A mente de Sarah reagiu como sempre fazia em emergências. Todo o cansaço havia desaparecido, seus pensamentos agora estavam completamente dedicados a resolver o problema.

– Vou sair – avisou. – Sei como entrar em contato com o grupo de Joan.

Stephanie sentou-se encolhida na cama, desanimada. Não estava preparada para lidar com situações como aquela. Sarah sentou-se ao seu lado, querendo aliviar o peso da tristeza.

– Sinto muito por não estar aqui na hora, Steph, mas você fez tudo o que tinha que ser feito. As mulheres vão para o porão hoje à noite? – Sarah perguntou, e Stephanie assentiu. – Tudo bem, vai descansar. Você precisa estar de volta ao trabalho às seis. Tente dormir um pouco antes da reunião. – Sarah se despediu da amiga, ainda encolhida na cama, sabendo que Steph passaria as horas seguintes imaginando os horrores que Joan e as outras mulheres estariam sofrendo, esperando mais carros chegarem, mais homens empurrarem mais de suas amigas para dentro deles, até que chegasse sua vez.

Sarah caminhou depressa em direção ao centro da cidade. O choque que sentira ao ouvir a notícia pela primeira vez havia passado. Estava se arriscando ao tentar entrar em contato com a mulher nos correios, mas era a única no grupo de Joan que ela conhecia. A mulher responderia a ela? Como Joan costumava contatá-la?

Ela cruzou a ponte larga e movimentada que levava à rua principal da cidade, passando pela estátua de Gorston, um bronze imponente que ofuscava as demais efígies dos heróis históricos nacionais, e pelos grandes pilares que ladeavam a entrada do correio central. O corredor estava movimentado com a correria de última hora de clientes, e Sarah procurou ansiosamente pelo rosto que tinha visto apenas uma vez. Encontrou a mulher, que estava atendendo no balcão de telegramas. Após um momento de hesitação, Sarah apanhou um formulário no escaninho e rabiscou uma mensagem apressada antes de entrar na fila. Analisava o rosto da outra com atenção enquanto se dirigia a passos lentos para o balcão. Como a mulher reagiria a uma estranha? E, mesmo que a reconhecesse, como se comunicaria com ela? Sarah se aproximou do balcão e entregou o pequeno formulário através da grade.

– Gostaria de enviar este telegrama, por favor.

Os olhos da mulher pairaram sobre Sarah sem interesse e caíram de novo sobre o pedaço de papel.

– Sinto muito. Vai precisar de uma autorização para enviar isso. Sabe aonde ir?

Sarah entendeu a dica da mulher e, sem dizer nada, balançou a cabeça em negativa.

– Se vier comigo, posso lhe mostrar. – A mulher se virou e gesticulou para uma jovem tomar seu lugar no balcão. Encontrou Sarah no centro do saguão e caminharam rapidamente em direção à escada. Sarah a seguiu até uma salinha vazia no primeiro andar. A mulher fechou a porta e voltou-se para encará-la, sem se dar ao trabalho de iniciar um diálogo.

– Levaram a Joan – Sarah disse, sem preâmbulos. – Ainda não sabemos se foi a polícia. Outras quatro mulheres estão desaparecidas e estou tentando descobrir se há mais. – Sua voz era cortante, incisiva. Precisava fazer com que aquela mulher a aceitasse de uma vez. – Você poderia entrar em contato com as mulheres do seu grupo e descobrir se alguma delas está desaparecida?

A expressão da mulher permaneceu vazia enquanto ela olhava fixamente para Sarah por mais um momento, e então deu lugar à preocupação.

– Quando isso aconteceu? – ela perguntou.

– Esta tarde. – Sarah relaxou um pouco.

– Levaram uma mulher lá do albergue onde eu moro. Foi de manhã, quando estava vindo trabalhar.

Sarah deu um passo em direção a ela. Outra peça do quebra-cabeça?

– Esta mulher, ela pertence ao seu grupo?

– Não – a outra respondeu. – Acho que ela não faz parte de grupo nenhum. É bem quieta, muito tímida. Vive aterrorizada com tudo. Não acho que alguém a teria abordado para falar da organização.

– E os homens, deu para ver quem eram?

– Não olhei para eles por muito tempo, mas o que vi foi suficiente. Senti que havia algo peculiar neles. Não estavam de uniforme, mas algo no carro me pareceu familiar. – Sarah aguardou, tensa, sem ousar ter esperança de que um olhar de relance lhe desse a pista que estava procurando. – Logo de cara, não consegui atinar o que era, mas, quando cheguei ao trabalho, me dei conta. Era a placa do carro. Nós lidamos com os registros do governo aqui, e aquela placa pertence a um lote que foi registrado aqui pelo Departamento de Saúde há cerca de um mês. Fui eu que cuidei dos trâmites e os números simplesmente ficaram na minha memória.

Sarah pensou em como o vazio nos olhos da mulher conseguia esconder tão efetivamente a mente por trás. O Departamento de Saúde? Um nó se formou em seu estômago quando ela encaixou essa nova informação no quebra-cabeça. O programa educacional de Gorston. Mas não era para começar agora. As mulheres estavam monitorando o desenvolvimento do programa com atenção desde que ouviram falar dele pela primeira vez. Era para levar mais seis semanas até que estivesse pronto para ser implementado. Tinha sido essa informação que decidira a data do Levante. Sarah afastou os pensamentos. Por ora, tinha que providenciar para que essa mulher tomasse o lugar de Joan como líder do grupo. Uma amiga se fora e ela tinha que preencher essa lacuna na organização.

– Contatamos todas as mulheres possíveis em todos os centros de detenção, masculinos e femininos. Temos certeza de que as desaparecidas não foram levadas para nenhum deles.

– Mas elas têm que estar em um desses lugares! – Eli desafiou, andando pela sala, queimando de raiva. – Essas mulheres devem ter deixado passar alguma coisa. Não é possível.

Mary balançou a cabeça gentilmente, seus olhos nublados por uma dor pessoal.

– Não, Eli, elas não deixaram passar nada. As desaparecidas não estão em nenhum dos centros de detenção.

Eli chutou para longe um pedaço de entulho, sem se importar com o barulho.

– Então elas devem ter sido levadas direto para... para aquele buraco do inferno. – Nem mesmo Eli, com toda a sua raiva, conseguia dizer em voz alta o nome do lugar que era, para todas elas, sinônimo de terror.

– Não – disse Mary. – Se elas tivessem sido enviadas para lá, isso teria aparecido nos registros principais. Ninguém foi mandado para lá nos últimos onze dias.

Eli estacou na beirada do círculo de luz que a fraca lâmpada formava no chão.

– O quartel-general da polícia – disse entre dentes, batendo o punho fechado sobre a palma aberta da outra mão, em um gesto inconsciente de ira e violência. – Deve ser por causa daquele maldito jornal. Steiner as levou para lá, deve estar interrogando cada uma pessoalmente. – Virou-se para Sarah, precisando despejar seu ódio em alguém. – Avisei para você não publicar aquele jornal. Deveríamos ter atacado sem dar a eles nenhum indício de que existimos. Mas, não, você insistiu naquela baboseira psicológica de que as mulheres precisavam de provas de que podiam desafiar a sociedade antes de aceitarem que são fortes o suficiente para destruí-la. – Ela deu um passo na direção de Sarah, que estava sentada em silêncio e não respondeu ao gesto ameaçador. – Agora eles levaram Joan e as outras mulheres lá para cima e estão torturando todas elas para obter informações sobre o Levante.

– Eli, pare com isso. – A voz de Ann cortou a torrente de palavras. – Sarah estava certa. Antes de publicarmos o jornal, as mulheres não acreditavam que tínhamos chances de destruir Gorston e tudo o que ele representa. Achavam que a estrutura era inabalável demais para nós. Mas desde que o jornal foi distribuído, dá para sentir a diferença. Elas mesmas provaram que a sociedade de Gorston não é onipotente e agora acreditam, e acreditam de verdade, que venceremos. – Ela falou com a voz calma, apaziguando as tentativas de interrupção da colega. – De qualquer forma, Eli, não é isso que deveríamos estar discutindo. As mulheres que foram levadas são muito mais importantes do que sentimentos pessoais neste momento. – Ann sustentou o olhar da outra com tranquilidade por alguns minutos antes de apontar para uma cadeira vazia. – Vamos. Precisamos conversar sobre o que aconteceu.

Eli caminhou pelo chão bagunçado, ainda insatisfeita, ainda voltando sua raiva contra Sarah, que não dissera nada durante toda a discussão.

– Stephanie ainda não chegou – ela declarou. – Eles a levaram também?

– Ela vai se atrasar um pouco. – Era a primeira vez que Sarah falava alguma coisa desde que chegara ao porão e encontrara as outras mulheres conversando sobre os acontecimentos do dia. Já sabia que reação esperar de cada uma, e a explosão de Eli não foi surpresa. Aguardou até que tivessem terminado para começar a explicar suas teorias. – Pedi que ela fosse investigar umas coisas. Não deve demorar.

Ann compreendeu na hora o significado daquilo.

– Você sabe onde elas estão?

Sarah encarou o rosto preocupado das três mulheres e soube que as palavras que diria em seguida só fariam aumentar esse sentimento. Respondeu com a voz grave.

– Acho que sim. Ainda não sei direito como, nem por quê, mas talvez eu saiba quem raptou essas mulheres. Acho que o programa já começou. – Por alguns instantes, as palavras pairaram no silêncio do olhar das outras mulheres, que tentavam compreender o que de fato estava acontecendo e esboçavam uma reação.

– Não, Sarah. Você deve estar enganada. – A angústia na voz de Mary atravessou o porão.

– Não pode ser. Sabemos que eles ainda precisam de pelo menos seis semanas para estarem minimamente organizados. – Ann começou a recitar os dados que sabia de cor, tentando provar que Sarah estava errada. – Eles acabaram de receber as primeiras avaliações do computador sobre a adequação genealógica. Ainda precisam parear grupos sanguíneos e fatores de fertilidade, organizar substituições. Faltam mais três semanas de trabalho de pesquisa antes que possam começar a montar as clínicas.

Não havia nada que Sarah quisesse mais do que estar errada, mas, em seu íntimo, sabia que alguma coisa tinha escapado dos cálculos cuidadosos que fizeram. Não sabia como, mas as autoridades estavam prontas para começar.

– Sei de tudo isso, Ann. Falei que não sei direito como eles conseguiram se organizar tão rápido. Mas o fato é que os carros que apanharam as mulheres não eram da polícia de Steiner. Estão registrados no Departamento de Saúde. As mulheres que desapareceram não têm nenhuma ligação entre si; uma delas nem participa da nossa organização. As mulheres do grupo de Mary relataram que ninguém foi levada para nenhum dos centros de detenção. O que pedi a Stephanie foi que checasse com as mulheres do grupo dela se houve alguma movimentação diferente nos hospitais nos últimos dias.

– Tudo bem, vamos supor que você esteja certa. O que faremos? Vamos ficar sentadas aqui e deixar que a coisa siga em frente? – Eli estava sentada na ponta da cadeira, desafiando as colegas, forçando-as a tomarem uma atitude. – Definimos o dia do Levante para um mês antes da data prevista para eles darem início a esse horror. Foi a notícia desse último decreto que nos impeliu a traçar os próximos passos. Se Sarah estiver certa, nós erramos feio nos cálculos. E precisamos fazer alguma coisa agora. Temos que antecipar a nossa data.

Sarah observou que Ann ponderava a sugestão de Eli, que, por sua vez, estava tentando sobrepujá-la com um olhar incisivo que carregava todo o peso de sua personalidade enérgica. Por que raios Eli escolhera aquele momento para desafiá-la? Sarah sabia que algo assim aconteceria mais cedo ou mais tarde, mas imaginou que viria mais perto da data do Levante.

– Bom – disse Ann, por fim –, desconsiderando o fato de que precisamos de pelo menos quarenta e oito horas para organizar o Levante, tendo a concordar com Eli. A gota d'água, o que nos uniu a todas, foi descobrir o que Gorston estava planejando com seu programa educacional. Foi o que nos permitiu, finalmente, romper com os anos de lavagem cerebral que muitas mulheres ainda aceitavam. E nós as decepcionamos. Deixamos que isso acontecesse. Acho que devemos antecipar a data antes que mais mulheres sejam capturadas.

Sarah inclinou-se para a frente na cadeira e disse, em tom de urgência.

– Mas Ann, você está se esquecendo de uma coisa. Eles só levaram seis mulheres hoje cedo; a primeira foi levada às oito e meia da manhã. Nenhuma delas voltou. Por quê? A inseminação artificial leva apenas alguns minutos. E por que só seis? Sabemos que eles planejavam obter um rendimento de trezentas mulheres por sessão em cada clínica. É isso o que não faz sentido para mim, foi por isso que pedi para Stephanie investigar.

Sarah parou de falar quando ouviu um barulho ao longe, vindo da escada, e seus músculos se retesaram como de costume, até que Stephanie entrou no porão. Pela expressão no rosto dela, as mulheres entenderam que seus medos tinham fundamento, e Sarah se viu enclausurada pelo silêncio. Sentiu um aperto no peito.

– Vá em frente, Steph – alguém falou. – Conta tudo.

– Em parte, a gente tinha razão – disse Steph. – Tem a ver com o programa educacional, mas ainda não começou para valer.

Eli, que já estava impaciente para entender o que Stephanie queria dizer, fez menção de interromper, mas Sarah levantou a mão para que ela ficasse em silêncio.

– Elas estão no hospital onde eu trabalho – continuou Steph. – Todas elas. Devem ter chegado lá depois que fui embora. Elas vão... – Steph parou de falar, incapaz de pronunciar as palavras. Estendeu as mãos para a frente, gesticulando de um jeito que Sarah não conseguiu interpretar: estaria pedindo ajuda, oferecendo ajuda...?

Sarah se aproximou dela e segurou aquelas mãos que expressavam tanto desamparo.

– O que vai acontecer, Steph? – perguntou com ternura.

– Elas vão servir de treinamento para os técnicos.

Sarah sentiu o estômago revirar. Ninguém conseguiu dizer nada depois daquela notícia, e ela sentiu o silêncio pesar sobre si, interrompido apenas por uma respiração pesada e profunda. Parecia vir de muito longe, de outro mundo até, mas Sarah sabia que era Mary, sentada rígida e tensa a apenas alguns metros de distância. Lutou contra a náusea que a assomava, respirando fundo para dominar seu corpo e sua mente. Precisava retomar o controle. Precisava raciocinar. Sua voz soou fria, prática.

– Eles já começaram?

– Não. Fizeram alguns testes hoje. O treinamento começa amanhã de manhã.

– A Joan... As mulheres sabem o motivo de estarem no hospital?

– Não.

– E elas estão juntas? Estão todas no mesmo quarto?

– Sim – Mary respondeu, quase um sussurro.

– E você sabe exatamente onde elas estão? – Sarah insistiu.

– Sarah, no que você está pensando? – Ann a encarava intensamente, sua expressão tomada ao mesmo tempo por animação, medo e dúvida.

– Vamos atrás delas. Hoje à noite. – Sarah percebeu a descrença na expressão das colegas, até na de Eli, e se apressou, determinada a convencê-las de sua decisão. – Stephanie, quero que desenhe a planta do hospital, com todas as entradas e saídas, o local onde as mulheres estão, tudo em detalhes.

– Mas como!? Elas estão no primeiro andar. A gente não pode simplesmente entrar e tirá-las de lá. – Stephanie a olhava em completa incredulidade.

– Podemos, sim. E é exatamente o que vamos fazer. Vamos, Steph, não temos muito tempo. Preciso dessa planta. – Virou-se para as demais e disse: – Eles querem que sejamos cinzentas e anônimas, então é isso que vamos ser.

Sentiam o chão molhado sob seus pés enquanto esperavam, em silêncio, nos arbustos densos que ladeavam o estacionamento. Sarah conseguia sentir o cheiro doce e úmido das folhas. Engraçado, ela achava que a onda de calor teria secado até mesmo a vegetação rasteira mais densa. Sentia a tensão de Ann enquanto olhavam atentamente para a pequena porta verde que dava para a cozinha do hospital. Tinha a impressão de que Stephanie tinha entrado lá havia horas. Será que encontrara alguém que sabia que ela não estava no turno da noite esta semana? Ou será que alguém a vira entrar no consultório?

Ann se inclinou para perto dela, a boca junto de sua orelha. Apontou para além do telhado baixo em direção ao brilho do grande relógio do hospital, que ocupava o alto do bloco principal.

– Olhe. Faz só sete minutos que ela entrou.

Sarah sentiu um choque de surpresa e manteve os olhos fixos no mostrador grande e brilhante, vendo o movimento do ponteiro escrevendo cada minuto, até que Ann apertou seu braço.

– Ela está vindo.

– Peguei tudo – Steph sussurrou. – A emergência está um caos, ninguém nem reparou em mim.

Ann colocou a touca de enfermeira, pouco familiarizada com a vestimenta, enquanto Sarah observava os formulários em branco que Stephanie lhe dera. Inclinando-se perto de Stephanie, Sarah sussurrou:

– Tem certeza de que esta é a papelada que eles usam no St. Mary's?

– Tenho. Browne é consultor em ambos os hospitais. Ele guarda o material dos dois em seu consultório. – Stephanie se ocupou de incrementar o uniforme de enfermeira de Ann com relógio e crachá e depois deu um passo para trás para conferir o resultado. Enquanto isso, Sarah rabiscou apressadamente uma mensagem no formulário, assinando-o com um garrancho indecifrável, e prendeu na prancheta que Stephanie trouxera, o que dava à coisa toda um ar de oficialidade. As três mulheres se entreolharam por um breve momento.

– Tudo bem, Ann. Pode ir.

Sarah observou enquanto Ann atravessava a extensa área descoberta do estacionamento e passava depressa pela entrada lateral, fazendo um leve aceno para os guardas distraídos que estavam no portão antes de virar na rua em direção à área da enfermagem.

– Três minutos – Sarah sussurrou. – Só mais três minutos se Eli estiver lá.

– É melhor você ir.

– Vou esperar até elas chegarem.

Sarah e Stephanie esperaram em meio à tensão e a folhagem úmida, os olhos fixos no trecho da rua. Ao longe, Sarah ouvia o barulho da cozinha do hospital começando a agitação de mais um dia, o pulsar constante do sistema de ar-condicionado que parecia seguir o ritmo das batidas fortes do seu coração.

– Ela conseguiu! – Steph exclamou.

As duas observaram uma ambulância descer a rua, as luzes piscando. O veículo atravessou o portão principal, passou pelos guardas distraídos e parou bem na entrada ampla e iluminada. Elas viram quando Ann desceu do veículo, com calma e sem pressa, prancheta na mão, parecendo uma estranha naquele uniforme que lhes era pouco familiar. Ela desapareceu pelas portas de vidro, engolida pelas luzes brilhantes. Nas sombras da cabine escura, estava Eli, à espera.

– Tome, elas vão precisar de comida. – Sarah apanhou a sacola das mãos de Stephanie e assentiu brevemente antes de ir embora, andando em meio aos arbustos densos que arranhavam seu corpo sem que ela notasse, agachando-se para evitar os galhos mais grossos. Ela abraçou as sombras profundas das ruelas, passando pelas casas escuras e silenciosas, em direção à imponência do Hall do Povo.

Apoiou a cabeça na porta lateral estreita, que ainda estava cercada de entulho da construção. Não tinha visto ninguém nas ruas vazias e, agora que alcançara a sombra do grande edifício, estava a salvo em meio a bagunça de andaimes e pedras quebradas. Se tudo corresse bem, a ambulância chegaria em quinze minutos. Tirou a chave de dentro do forro do casaco e girou-a na fechadura com cuidado. Levou alguns segundos para seus olhos se ajustarem à escuridão mais profunda, e então ela avistou as escadas estreitas que escalavam a parede de pedra até as galerias menores no telhado. Já estava familiarizada com o local para onde levaria as mulheres, então não havia necessidade de subir até lá antes que elas chegassem. Mas seus pés pareciam se mover por vontade própria, carregando-a pelas escadas sinuosas, a pedra da parede roçando fria contra seu ombro, o metal da chave ficando mais quente em sua mão. Subia, rumo à longa galeria com vista para o salão principal.

Já tinham começado a construir o palanque enfeitado que serviria de palco para as autoridades oficiais durante a inauguração. Ela distinguiu os contornos escuros da plataforma elevada, os mastros arqueados que carregariam as bandeiras e o retrato indefectível de Gorston. Sua mente formou a imagem dele ali, de braços abertos para o público, o salão lotado de convidados, a multidão obediente do lado de fora do prédio gritando seu nome. Sarah conseguia sentir o peso da arma nas mãos enquanto esperava que ele começasse seu discurso; conseguia ver o corpo caindo; gritos, consternação, pânico. O silêncio da morte se instalando sobre o homem que destruíra tanta gente.

Não tinha outro jeito, Sarah sabia disso. Quando planejaram o Levante, todas estavam determinadas a evitar derramamento de sangue. Como poderiam proclamar os valores e a dignidade da vida se os usurpassem dos outros e os tomassem para si mesmas? Ela passara meses planejando, estudando cronogramas e movimentações, garantindo que pudessem ter sucesso sem uma rebelião sangrenta. Mas o tempo todo, no fundo de sua mente, ela sabia. Gorston teria que morrer. E ela sabia que teria que assumir a responsabilidade sozinha. Será que a vida só poderia crescer a partir da morte? Pensou nos murais, que não conseguia ver, mas estavam a uma curta distância dela. Carl estava errado. A morte era sempre feia. E a morte dela seria feia. Havia planejado uma rota de fuga daquela galeria longa e fria, mas sabia que teria poucas chances de conseguir se afastar do corpo de Gorston e chegar à luz do dia. Ela não viveria muitos minutos a mais do que o homem que tentou destrui-la.

Sarah afastou o futuro da mente e desceu as escadas estreitas. Esperava pela ambulância, pelas mulheres; planejava onde escondê-las dos homens de Steiner. Elas poderiam passar a noite ali. Foi o melhor lugar em que conseguiu pensar. Mas teria que transferi-las para outro lugar antes que os trabalhadores chegassem na segunda-feira. Elas estavam atrasadas. Há quanto tempo ela estava na galeria? Por quanto tempo ficara escondida nos arbustos com Stephanie, observando a ambulância estacionar em frente às luzes brilhantes do hospital? Imaginou Ann tranquila, o rosto inexpressivo e a espera sem fim pela liberação oficial das mulheres com base em um pedaço de papel sem valor. Será que desconfiariam de alguma coisa? Bastava um breve telefonema. Alarmes, policiais. Estariam elas a caminho do centro de detenção? Houvera tão pouco tempo. Talvez Sarah tivesse se esquecido de alguma coisa, alguma norma desconhecida. Lembrou-se de Stephanie tentando responder a todas as suas perguntas, perdendo a certeza do que já sabia justamente porque as respostas eram tão importantes. De repente, a espera se tornou coisa do passado. A ambulância surgiu avançando lentamente pelo caminho inacabado que levava à entrada, o barulho do motor quebrando o silêncio por segundos intermináveis antes de Eli estacionar sob as árvores, quando o barulho se tornou um eco no silêncio.

Tensa, Sarah olhava fixamente para a porta aberta da ambulância, contando aquelas figuras sombrias conforme emergiam naquela luz sombria. Três, quatro, cinco. Tinham conseguido. Sua respiração saiu em um longo suspiro, suas pernas estavam fracas quando se dirigiu ao pequeno grupo e sussurrou:

– Por aqui.

– Foi tudo impecável. Ann apenas ficou lá parada e eles trouxeram as mulheres e as entregaram aos nossos cuidados – disse Eli, exultante, sorrindo para Sarah, a animosidade de momentos antes já varrida da memória. – Olha, não foi fácil ficar sentada naquela maldita ambulância, tentando parecer um homem, mas vou te contar... Ann ali de pé, encarando as luzes brilhantes da recepção, aquelas pessoas todas andando ao seu redor? Não sei como ela conseguiu. – Eli voltou-se para a ambulância, agora vazia. – Deixei Ann na esquina. Vou te dar alguns minutos para levar as mulheres para dentro e depois vou jogar isso aqui no rio.

– Tome cuidado, Eli – advertiu Sarah. Os perigos da noite ainda não tinham passado. Mas não era fácil conter Eli.

– Não se preocupe. Ninguém vai encontrar isso aqui tão cedo. E olha só, acho que tenho lido muitos livros policiais. – Ela estendeu as mãos, o sorriso se alargando. – Mandei todo mundo fazer a mesma coisa.

Sarah olhou para as mãos dela, envolvidas em lenços, e caiu na gargalhada.

– Eli, sua tonta!

Então Sarah conduziu as mulheres pela porta lateral e subiu os degraus de pedra, passando pela longa galeria sem hesitação, levando-as para os recônditos mais altos do prédio. O silêncio era interrompido apenas pelos soluços de uma das mulheres.

– Por aqui. Vocês estarão bem seguras aqui – disse ela suavemente, tentando passar confiança enquanto as fazia entrar na salinha vazia. Observou os contornos sombrios das mulheres sentadas no chão vazio. Duas delas tentavam confortar a que ainda soluçava.

De repente, Sarah foi tomada pelo cansaço. Deixou suas costas deslizarem pela parede de pedra e sentou-se no chão junto das outras, apoiando a cabeça na dureza da pedra. Teria Eli contado a elas por que tinham sido capturadas? Estava cansada demais para falar.

– Sarah, por que nos resgatou? O que eles queriam conosco? – Era Joan, sentada à sua frente. O rosto iluminado pela fraca luz do amanhecer era um borrão branco em contraste com a escuridão ao redor. Sarah a encarou em silêncio, feliz por elas terem sobrevivido àquele longo dia sem saber o que as esperava pela manhã.

– Eles fizeram alguma coisa com você? – Sarah perguntou, sua voz monótona e letárgica, enquanto tentava se livrar do cansaço incipiente.

– Nada. No começo, achei que os homens tinham sido enviados por Steiner, mas depois eles só me levaram para o hospital e me deixaram em um quarto com as outras. Nem me revistaram. Não vimos ninguém o dia todo, exceto a enfermeira que veio para medir a pressão, e ela também não sabia o que estava acontecendo.

Sarah ainda não queria falar. Apoiou a cabeça na parede, ouvindo os sussurros silenciosos das outras mulheres e os primeiros chamados dos pássaros da cidade anunciando outro dia, sentindo o cheiro da pedra mofada do edifício de Gorston. Ela se mexeu um pouco, lutando contra a letargia.

– Vai ficar tudo bem, Joan – conseguiu finalmente dizer. – Stephanie mandou um pouco de comida. Vocês podem ficar aqui o dia todo e depois vamos levar vocês para um lugar mais seguro.

Ela sentiu a mão de Joan em seu braço, insistindo gentilmente.

– Tinha algo a ver com o programa educacional, não tinha?

Sarah afastou seu corpo relutante da parede, vendo no rosto de Joan a tensão do dia anterior, que já havia formado sombras sob os olhos calmos.

– Sim. Eles iam usar vocês para treinamento. Os técnicos iam praticar em vocês. Todos eles.

Onze

Blake estava contente. Esticou as perninhas curtas e reparou que sua barriga um tanto protuberante estava rosada por conta do sol. O dia estava lindo, e ele não tinha nada para fazer além de relaxar no jardim e talvez cuidar das flores mais tarde. Fitou o canteirinho de rosas, franzindo a testa com um aborrecimento passageiro ao notar o tom amarronzado das pétalas ligeiramente murchas. Jamais conseguira fazer seus botões florescerem como as flores de Steiner, com tanta perfeição. Seguia à risca tudo o que os livros de jardinagem recomendavam, mas toda vez que via as belíssimas rosas do escritório de Steiner, dava-se conta de que seus esforços não passavam de tentativas medíocres. Teria que pedir algumas dicas a Steiner quando o encontrasse mais tarde. Era óbvio que o homem gostava dele. E pensar que ele, Blake, o temera por tantos anos. O que só prova que nunca se deve dar ouvidos a boatos. Aquela conversa toda sobre Steiner instilar o terror por onde passava, ou obrigar seus policiais a fazerem certas coisas, ou perambular pelos alojamentos das operárias durante o dia, quando estavam vazios, não porque estivesse procurando alguém ou alguma coisa, mas apenas para estar ali... Tudo bobagem. O homem era um cavalheiro. Blake sentiu um quentinho no peito ao pensar que era amigo do homem mais poderoso do país – depois do presidente, é claro.

Nas raras ocasiões em que se permitia certo grau de honestidade consigo mesmo, Blake sabia que ainda tinha medo de Steiner, que os gestos amigáveis escondiam um motivo mais profundo do que a amizade. Mas essas eram verdades desagradáveis que ele mantinha afastadas de sua mente consciente.

– Telefone para você, querido – chamou sua esposa.

Blake lançou um olhar preguiçoso para a mulher de meia-idade: as ancas alargadas por múltiplas gestações, os seios pesados e flácidos pela força da sucção de tantas bocas infantis. Era uma boa esposa. É verdade que, a princípio, ela se opusera às ordens de Gorston que exigiam que engravidasse todos os anos, o que a forçou a deixar o emprego que tinha quando se casaram. Mas isso acontecera havia muito tempo, e ela acabara assumindo o papel de esposa e mãe, dedicando-se a tornar a vida em família o mais agradável possível e acolhendo cada um de seus caprichos com discrição.

E pensar que, naquele início, ela era tão cheia de vida! De repente ele se lembrou, com certo choque, da risada dela nas primeiras férias que passaram juntos, do charminho que fazia à beira-mar, reclamando que a água estava fria demais. Tinha se esquecido de que ela costumava rir daquele jeito. Que estranho lembrar disso agora.

Ele se levantou da espreguiçadeira.

– Quem é? – perguntou.

– Alguém do seu escritório. Disse que era importante.

O que diabos poderiam querer com ele num domingo? O que alguém estaria fazendo no escritório num domingo? Sentiu a sala fria quando atendeu ao telefone, impaciente para voltar ao calor do jardim.

– Alô, aqui é Blake. Quem? Ah, Thorpe. Diga.

Ouviu a voz constrangida. Seis operárias tinham desaparecido. Que operárias? Hospital, ambulância? Do que o homem estava falando? Das cobaias, elas desapareceram. Blake interrompeu as explicações apressadas, seu tom irritado.

– Escute aqui, Thorpe, não tem como seis operárias desaparecerem assim. Elas não são bugigangas para se perderem por aí. Deve ter havido alguma confusão entre os hospitais. Resolva isso e não venha me pedir socorro a cada incompetência do departamento.

Que sujeito ridículo, perturbando seu domingo com um absurdo desses. Mas Blake o colocara em seu lugar. O sujeito não o perturbaria de novo tão cedo. Voltou para o jardim cheio de uma autoconfiança inconsciente em seu corpinho rechonchudo.

A brisa quente da noite trazia o perfume das rosas, e enquanto os dois homens prolongavam a conversa com seus conhaques, Blake desabrochava sob a atenção cuidadosa de Steiner. Até onde sabia, era o primeiro homem a ser convidado para a casa do reservado comissário, e a sensação de ser aceito por alguém tão poderoso apaziguava seus medos e inseguranças. O ambiente era lindo. Os tons frios de verde destacavam o mobiliário escolhido com esmero, um exemplo de bom gosto, como a primeira pincelada delicada de uma aquarela à espera dos toques finais do artista para ganhar vida. Isso porque, apesar da beleza, o cômodo permanecia sem alma, tão impessoal e estéril quanto o grande escritório na sede da polícia, sem quadros nas paredes, sem adornos sobre a madeira polida.

Blake aceitou o charuto que lhe foi oferecido, apreciando o ritual, recostando-se na cadeira para observar a lenta espiral da fumaça azulada. Steiner realmente era um homem encantador. De súbito, Blake sentiu-se insatisfeito com a bagunça acumulada em sua própria casa. Seria bom jogar tudo fora e recomeçar do zero. Agora ele podia se dar a esse luxo. Na verdade, já podia há algum tempo. Deveria ter pensado nisso antes. Devia isso a si mesmo – um homem em sua posição precisava de um lar à altura de seu status. Imaginou sua casa cheia de tralhas transformada numa réplica daquele ambiente elegante. Claro, as crianças teriam que ser mantidas longe. Não poderia permitir que estragassem a sofisticação do espaço com toda aquela bagunça espalhada.

Blake se perguntou, sem muito interesse, quantos filhos Steiner teria. Era curioso o quão pouco sabia sobre ele. Pensando bem, nunca vira sua esposa, e Steiner jamais a mencionava.

Talvez estivesse morta. Blake fez uma anotação mental para nunca tocar no assunto. O pobre homem devia sentir tanto a falta dela que preferira apagar qualquer vestígio de sua existência.

– Estou muito preocupado com Gorston – disse Steiner, num tom baixo, impregnado de preocupação e confidencialidade. Seu rosto pálido estava inexpressivo, mas os olhos escuros revelavam inquietação.

– Preocupado? Com Gorston? Por quê?

Steiner descartou com cuidado a cinza acumulada do charuto.

– Achei que também tivesse reparado. Ele não anda muito bem de saúde. É muito preocupante.

Blake inclinou-se um pouco para a frente, ansioso pelas confidências que reforçariam a amizade entre os dois.

– Ah, claro – concordou, meio atrapalhado. – Notei que ele tem demonstrado sinais de cansaço nos últimos tempos, mas imaginei que fosse só o problema de sempre, excesso de trabalho. Ele realmente se esforça demais, não faz bem para a saúde. Outro dia mesmo comentei com ele que deveria deixar os ministros assumirem parte do fardo. Não que qualquer um de nós possa lidar com os assuntos mais importantes, é claro, mas pelo menos as questões rotineiras, compreende?

– Você é muito perspicaz, Blake – respondeu Steiner, suavemente. – Ele confia muito em você, sabia?

– Bem... – Blake fez um pequeno gesto de falsa modéstia, o prazer visível em seu rosto. – Faço o que posso. Ele é um grande homem. Os avanços que conquistou para o país nos últimos trinta anos... – Ele balançou a cabeça, admirado.

– É verdade. Ele jamais poderá ser substituído.

– Não, de forma alguma – respondeu Blake de imediato. – Claro, um dia teremos que encarar essa realidade desagradável... mas quero crer que não tão cedo, certo?

– É isso que me preocupa. – Steiner se levantou da mesa, o anfitrião perfeito, sempre atento ao bem-estar do convidado. – Vamos terminar nossas bebidas perto da lareira? As noites ficam bem frias depois do calor do dia.

Blake se ajeitou na poltrona, visivelmente sem jeito, evitando macular o brilho impecável dos apoios de braço envernizados.

– Pois então, como eu dizia, é isso que me preocupa. Receio que o estado de saúde de Gorston seja muito mais grave do que imaginávamos. – Steiner girou o líquido dourado no copo e lançou um olhar atento a Blake, que continuava sentado na beirada da cadeira. – Receio que talvez tenhamos que considerar a possibilidade de que nosso grande presidente não vai conseguir nos liderar por muito mais tempo.

– Mas isso é terrível! Tem certeza? Quer dizer... não pode haver um engano?

Steiner cruzou uma perna sobre a outra e observou o rosto apreensivo à sua frente.

– Não, infelizmente, não há engano. Foi um grande choque. Assim como está sendo para você, pelo visto. O problema é o coração. Pelo que sei, ele já teve dois ataques sérios. E, como você mesmo disse, ninguém consegue convencê-lo a diminuir o ritmo.

O silêncio se prolongou enquanto Blake terminava seu conhaque num gole só, encarando o copo vazio.

– Escureceu bastante – disse Steiner, por fim. – Acho que precisamos de um pouco de luz.

Blake o observou atravessar a sala, invejando seu autocontrole. Claramente, Steiner estava tão preocupado quanto ele com essa notícia terrível, mas não deixava transparecer. Com gestos precisos, ajustou o abajur para que a luz quente iluminasse a área ao redor da lareira. A mente de Blake, no entanto, estava um turbilhão. Não conseguia imaginar o país sem a figura forte de Gorston no comando. Quem poderia substituí-lo? Quem teria força suficiente para assumir uma responsabilidade dessas?

Steiner recostou-se na cadeira.

– É lógico que devemos garantir que nada do trabalho dele seja perdido, que mantenhamos sua visão ampla e nos asseguremos de que o país continue avançando conforme seus planos. – Steiner se inclinou para a frente, olhando fixamente para Blake. – Você não concorda que são prioridades que devem vir antes de qualquer sofrimento pessoal?

– Mas é claro, claro – Blake se apressou a responder. – Foi só o choque. Leva um tempo para assimilar. Você tem razão. Precisamos garantir que o legado dele continue, que seja um monumento perpétuo à sua grandeza. – Ele mexeu no copo vazio, buscando algo eficiente para dizer, sentindo-se aquém da compreensão mais ampla de Steiner sobre a situação. Não havia ninguém que pudesse substituir Gorston.

– Foi por isso que o convidei para vir aqui esta noite, para discutir essa situação – continuou Steiner. – Para mim, está claro que o único homem capaz de dar continuidade ao trabalho de Gorston, da forma como ele próprio gostaria, é você.

Blake ficou imóvel, em silêncio, completamente aturdido. Ele? Substituir Gorston? Seus olhos se fixaram nos lábios de Steiner, esperando, mas sem ousar acreditar que tivesse ouvido direito.

– Claro – acrescentou Steiner com naturalidade –, sei que essa possibilidade nunca lhe passou pela cabeça. Sua lealdade ao presidente é tão inquestionável quanto a minha. Mas, pelo bem do país, precisamos ao menos conversar sobre essas circunstâncias infelizes. E, meu caro Blake, se você tem um defeito, é a modéstia em excesso.

Ele não tinha entendido errado. Steiner *realmente* achava que ele era o homem certo para o cargo. Blake se imaginou atravessando a sala do conselho, tomando a grande cadeira à cabeceira da mesa enquanto os ministros se apressavam para ocupar seus lugares inferiores.

– Deixe-me encher seu copo. – Steiner se pôs ao lado dele, atencioso e solícito.

A pequena alma de Blake se expandiu ao entregar o copo ao amigo, o homem temido por todo o país. Recostou-se na cadeira e esticou as pernas, tomado por uma onda de euforia. E pensar que estivera cogitando redecorar aquela casa sem graça... Logo mais estaria morando no Palácio Presidencial. Ele interrompeu esses pensamentos bruscamente.

– Mas isso ainda vai demorar. Quero dizer, precisamos garantir que o presidente descanse, cuide melhor da saúde. Um homem pode viver muito tempo com um problema cardíaco grave, se tomar os devidos cuidados.

Sem perceber a transparência dos próprios pensamentos, Blake observou Steiner caminhar até a janela e olhar para o jardim recortado pela escuridão.

– Sem dúvida. Devemos rezar para que esse dia esteja muito distante. Mas também precisamos estar preparados. Devemos isso ao presidente.

Com essas palavras, Steiner libertou Blake da culpa por seus animados devaneios, e então ele se entregou por completo. Faria algumas mudanças, nada muito drástico. Sempre achara um desperdício Gorston ser tão avesso a visitas de Estado. O Palácio Presidencial era o cenário perfeito para receber líderes estrangeiros. E, claro, haveria as viagens de volta. Blake já se via descendo de um avião em terras estrangeiras, sendo recebido por honras militares, bandas entoando o hino nacional. Talvez precisasse modificar a letra. Do jeito que estava, Gorston era mencionado em quase todas as estrofes. Não que ele quisesse diminuir a grandeza do homem, claro, mas não causaria uma boa impressão perante os outros governos se aparentassem ser um país vivendo à sombra de um líder morto.

E nunca mais teria que tratar com os burocratas insignificantes que o importunavam; seus ministros se encarregariam disso. Sua mente vagou, irritada, pelas ligações que haviam estragado seu dia até aquele momento. A companhia de Steiner havia restaurado sua dignidade. Aliás, precisava admitir, até que conseguira resolver bem todo aquele imbróglio, em especial com aquele médico insolente. A audácia do homem! Ligar para ele, um ministro, em sua própria casa, para reclamar de um erro banal cometido por subordinados. Blake olhou para Steiner, que havia retornado ao seu lugar e o observava em silêncio. Decidiu mostrar como lidava bem com esse tipo de aborrecimento. Girou o conhaque no copo, imitando, sem perceber, o gesto de Steiner.

– Aconteceu algo curioso hoje – ele começou –, embora, na hora, eu tenha ficado bastante irritado. Thorpe, um dos meus assistentes, me ligou com uma história absurda sobre seis operárias desaparecidas. Bem, claro, eu disse a ele que ninguém consegue perder seis operárias assim, elas são grandes demais para sumirem. Mas, então, esse médico me ligou. Um sujeito realmente petulante. Pretendo dar um jeito nele. Alegou que todo o cronograma de treinamento foi prejudicado pela ineficiência do meu departamento. Ora, isso eu não tolero. O programa tem avançado com precisão impecável. Semana passada mesmo, eu disse ao presidente que conseguimos recuperar uma semana inteira no cronograma original. E esse doutorzinho vem me acusar de fracasso! Então eu disse a ele: "Se, por incompetência da sua própria equipe, você perdeu seu suprimento de operárias, sugiro que entre em contato com o setor responsável e solicite outras seis. Não vou permitir que o cronograma do programa educacional atrase por sua incapacidade de treinar os técnicos a tempo". Isso o calou, pode apostar.

Blake recostou-se na cadeira, esperando a aprovação de Steiner. Mas o silêncio se prolongou. Steiner não esboçava reação.

– Cancele. – A palavra cortou o ar, fria, incisiva, implacável.

Blake ficou confuso. Steiner devia ter entendido errado.

– Não, não, isso não pode ser cancelado – retrucou. – Estou falando do cronograma de treinamento do programa educacional. Vamos usar seis operárias para os técnicos praticarem. O programa começa em três semanas. – A imobilidade intensa de Steiner fez um calafrio percorrer o estômago de Blake. Suas mãos ficaram subitamente suadas e frias. Apressou-se a continuar: – Não pode ser cancelado. Veja bem, Gorston quer que eu cumpra o cronograma à risca. Passei meses trabalhando dia e noite para cumprir o prazo. Foi uma tarefa quase impossível, mas consegui. Gorston ficou encantado.

Steiner permaneceu imóvel, silencioso. A sensação cálida que Blake sentira havia pouco deu lugar a um frio paralisante. O homem à sua frente, que há minutos o fizera florescer, tornara-se uma presença ameaçadora, que lhe contraía o estômago e trazia o gosto amargo do medo à garganta.

O silêncio se estendia, e Blake enfim cedeu.

– Tudo bem, sim, claro. Você sabe o que é melhor. Vou cancelar o treinamento imediatamente. – Precisava deixar aquele ambiente pesado para trás, respirar ar puro, afastar-se daquele homem assustador. – Vou para casa agora e cancelo tudo. Acordo quem for preciso.

Steiner se levantou e o acompanhou até a porta, o rosto inexpressivo. Ao sair para a noite quente e suave, Blake virou-se para se despedir, as cortesias de costume já na ponta da língua, mas Steiner o interrompeu:

– Continuaremos essa conversa em breve.

As palavras secaram na garganta de Blake. Em silêncio, ele se apressou até o carro, as mãos tremendo ao abrir a porta, ansioso para se afastar do homem parado na soleira.

Doze

Steiner fechou a porta atrás do homenzinho e caminhou a passos lentos até o escritório. Todos os seus instintos lhe diziam que o desaparecimento de seis mulheres não era um simples erro burocrático. Era coincidência demais, uma coisa dessas ocorrer tão pouco tempo depois da publicação do jornal. Ele pegou o telefone.

– Erling, algumas operárias sumiram do hospital central. Eram cobaias do programa de educação. Envie alguns homens para lá e depois me passe um relatório. Houve alguma ocorrência incomum nas últimas vinte e quatro horas da qual eu ainda não fui informado?

– Bem, houve uma, senhor. Eu estava discutindo isso com o departamento de crimes civis há poucos minutos. Uma ambulância foi encontrada abandonada perto do rio nesta manhã. Foi roubada do Hospital St. Mary, mas não há indícios de que tenha sido usada em algum crime.

– Quero um relatório completo sobre isso quando me trouxer as outras informações – disse Steiner, ríspido.

Pelo visto, as mulheres estavam dispostas a ir além da simples publicação de um jornal. Ele se sentou na cadeira, entrelaçando os dedos diante do rosto. Pensava estar lidando com um grupo de infelizes que expressavam suas frustrações escrevinhando palavras desleixadas no papel. Mas isso era diferente. E elas agiam rápido. As operárias haviam sido detidas na manhã anterior e resgatadas do hospital na mesma noite. Steiner pensou em Blake remexendo-se na cadeira e se sentindo miserável, girando o copo vazio nas mãos, e fez um gesto inconsciente de repulsa. Por causa daquele imbecil, havia perdido quase doze horas na busca pelas mulheres. Pelo menos conseguira impedir que ele piorasse ainda mais a situação ao requisitar mais operárias. A partir de agora, qualquer ordem nesse sentido partiria dele e apenas quando se encaixasse em seus planos.

Mas onde ela as esconderia? Steiner tinha certeza de que estava lidando com uma única mulher, alguém que transformara um pequeno grupo de operárias em uma organização eficiente. Alguém que fora capaz, também, de resistir ao processo de lavagem cerebral. Mais que isso, alguém que conseguira desfazer as respostas condicionadas nas outras mulheres, permitindo que voltassem a pensar por si mesmas. Seria interessante entrar na mente dela, entender sua forma de pensar, antecipar seus próximos passos.

Ele se recostou na cadeira, passando os dedos distraidamente pelo telefone. Sim, isso seria divertido. E o fato de estar lidando com uma Cinzenta tornava tudo ainda mais estimulante. Ele sorriu de esguelha ante a perspectiva de uma de suas próprias criações estar tentando se rebelar contra ele. Era quase como uma de suas rosas se recusando a florescer. Com certeza, ele iria saborear essa caçada. E, no final, teria o prazer supremo da captura.

Apertou um botão no telefone. Em primeiro lugar, precisava conhecê-la melhor.

– Erling, me traga o arquivo sobre a investigação do jornal imediatamente.

Steiner entrou na sala de jantar, onde os restos da refeição ainda estavam espalhados pela mesa, e serviu-se de mais uma dose de conhaque antes de sair para o jardim escuro. As cores vibrantes das flores haviam sido substituídas pelo azul profundo da noite de verão, iluminado apenas pelo feixe de luz que escapava das portas abertas enquanto ele percorria os caminhos e gramados, o copo bojudo entre as mãos. De repente, faróis varreram a relva e ele apressou-se em direção ao carro, pegando o arquivo das mãos do motorista sem dizer sequer uma palavra antes de voltar para o escritório. O relatório era detalhado: entrevistas, vigilâncias, testes laboratoriais, investigações. Nada ali era novidade para Steiner, mas, desta vez, ele não estava em busca de fatos. Queria conhecer a mente por trás da operação.

Ela era meticulosa, atenta aos detalhes, era de se admirar. Abriu um exemplar do jornal e começou a ler com atenção. Talvez ela mesma tivesse escrito alguns dos artigos, e o estilo poderia revelar mais sobre sua personalidade. A sala mergulhou ainda mais no silêncio da noite enquanto ele lia, fazendo anotações de vez em quando, voltando às páginas anteriores, até finalmente dobrar o jornal e devolvê-lo cuidadosamente ao arquivo. Havia profundidade no pensamento exposto ali, um raciocínio lógico nos argumentos. Mas também havia um leve floreio no estilo que não combinava exatamente com o perfil que traçava de sua presa. Havia um quê de emotividade que destoava da frieza e precisão que caracterizavam sua abordagem.

Ele recostou-se, fitando o teto enquanto ponderava sobre o que parecia ser um paradoxo. Era óbvio que ela fizera outra pessoa escrever os artigos. Tinha quase certeza de que haviam sido escritos por uma única pessoa, mas não por quem orquestrara toda a movimentação das mulheres. Por quê? Por que alguém deixaria de colocar no papel algo que claramente defendera com convicção vezes sem conta? Deixou a questão de lado, por ora. O conteúdo do jornal lhe revelara algo mais urgente: ela era ousada em suas ideias, equilibrada em seus conceitos. Falava de igualdade, de restauração do equilíbrio, de um povo unido e do fato de que a administração de Gorston carregava dentro de si as sementes da própria destruição. Entrelaçou os dedos novamente, pensativo. Ela daria um jeito de usar Gorston para esconder as mulheres. Mas como? Sua mente percorreu as instituições criadas pelo regime. Escolas? Não, todas as escolas especiais operavam em regime de internato e estariam ocupadas aos fins de semana. Igrejas? Um dos artigos enfatizava o papel da igreja no apoio a Gorston e na sustentação de suas ideias bizarras. Mas as igrejas eram trancadas ao anoitecer, e nenhuma Cinzenta tinha acesso a elas. Além disso, os serviços começavam às seis e meia da manhã. Ela não correria esse risco. Tamborilou os dedos, absorto. Não, ela escolheria um lugar mais representativo, um símbolo inconfundível de Gorston. Listou mentalmente os prédios apropriados – palácio, tribunais, parlamento –, apenas para descartá-los um a um. Então, subitamente, deu um salto. O Hall do Povo. Ela escondera as mulheres no Hall do Povo. O prédio estava vazio, usado apenas por operários que não trabalhavam aos fins de semana e, acima de tudo, era um presente de Gorston ao povo, um de seus marcos. Essa era a resposta, sim. Sabia que estava certo. Mas, graças ao idiota do Blake, seus homens chegariam tarde demais. Ela já teria levado as mulheres para um esconderijo mais permanente. O salão seria apenas um abrigo temporário. Mas talvez ela ainda não tivesse tido tempo de encontrar um local alternativo. Não era fácil esconder seis mulheres.

Steiner apanhou o telefone, os dedos tamborilando impacientes.

– Erling, envie homens para o Hall do Povo. Vasculhem tudo de cima a baixo. Quero que busquem qualquer sinal das mulheres desaparecidas. Se elas não estiverem lá, tragam qualquer indício de ocupação recente. *Qualquer coisa.*

Talvez seus homens ainda chegassem a tempo, mas Steiner duvidava. De qualquer forma, ele estava cada vez mais próximo de compreendê-la. E talvez ela tivesse deixado novas pistas no salão. Logo ele descobriria para onde pretendia levar as mulheres e onde planejava imprimir a próxima edição do jornal. Os próximos dias seriam interessantes. E então, quando soubesse seus pontos fracos, encontraria-se com ela. Cara a cara.

Ele se remexeu na cadeira, sentindo uma chama de satisfação aquecer seu corpo frio.

Treze

Sarah passou rapidamente pela portinha lateral, subindo apressada os degraus em espiral até o local onde as mulheres a aguardavam desde que as deixara naquela manhã. Conseguira a van de que precisava sem maiores dificuldades, mas tivera que esperar até o anoitecer antes de se arriscar a transportá-las. Perguntava-se se tinha feito bem em não deixar Eli acompanhá-la. Se fossem paradas em uma blitz rotineira, talvez fosse melhor tentar escapar à força. Apesar da tensão, Sarah sorriu sozinha ao imaginar Eli atacando um policial desprevenido, com seus anos de estudos teóricos se transformando em uma confusão de gritos e golpes de judô.

As mulheres estavam tensas e silenciosas quando ela abriu a porta, o desgaste das últimas vinte e quatro horas estampado no rosto de cada uma.

– Vamos sair agora – disse rapidamente. – A van está lá embaixo. Certifiquem-se de levar tudo com vocês. Não deixem nada para trás.

– Para onde vamos? – perguntou Joan.

– Eles vão nos encontrar onde quer que a gente vá. – A mulher mais quieta, que não fazia parte de nenhum grupo, começou a chorar baixinho.

Sarah olhou para Joan e depois para as outras. Por que confiariam nela para protegê-las dos homens de Steiner? Elas não a conheciam. Mas conheciam Steiner. Sabiam que ele era poderoso. E Sarah, o que tinha a oferecer? Apenas a esperança, ou a ilusão, de que Carl não se recusaria a ajudar quando ela aparecesse em sua porta com seis mulheres pedindo abrigo. E se ele dissesse não? Sarah não queria nem cogitar. Passara o dia todo procurando outra solução, sem sucesso. Lembrou-se da angústia dele quando ela desabou à beira do rio. Tinha certeza de que ele gostaria de ajudar. Mas então se lembrou da expressão confusa e magoada no rosto dele quando ela foi embora. Talvez ele não quisesse se envolver mais.

Joan recolhia os restos de comida, movendo-se com uma eficiência silenciosa pelo pequeno cômodo, apagando qualquer sinal de que estiveram ali.

– Esta é a Sarah – disse às outras. – Se ela encontrou um lugar para nos abrigar, então estaremos seguras.

Sarah agradeceu mentalmente a rapidez com que Joan compreendera a situação. Na troca breve de sorrisos confiantes entre elas, não havia sinal das dúvidas que partilhavam.

As mulheres se reuniram em silêncio junto à porta enquanto Sarah dava uma última olhada no quarto frio antes de conduzilas para baixo, pelas estreitas escadas de pedra, e depois para fora, na penumbra do entardecer. Ela havia estacionado a van de manutenção de telefones junto às árvores, mas o tamanho desajeitado do veículo ainda dominava a pequena entrada.

– Entrem atrás e se deitem sob as lonas – disse Sarah. – Temos cerca de trinta quilômetros pela frente.

Ela começou a subir no banco do motorista, mas parou, olhando de volta para a portinha. Correu até ela, trancou com cuidado e, pegando um pedaço de andaime quebrado no entulho, forçou a porta de novo, fazendo a madeira estalar. Entrou depressa na van, ligou o motor e, com ar decidido, dirigiu em direção ao fluxo de tráfego do domingo à noite.

– Para onde estamos indo? – perguntou a voz abafada de Joan, debaixo da lona.

Sarah hesitou. Ainda não sabia como contar às mulheres que pretendia pedir ajuda a um homem e que iria deixá-las na casa dele. Como reagiriam?

Concentrava-se em sentir o peso do veículo, passando as marchas com cuidado. Sua única experiência ao volante era quando Nesbitt insistia que ela o levasse a reuniões com clientes importantes.

– É segredo? – O rosto de Joan surgiu quase aos pés de Sarah, ainda parcialmente escondido pela lona. O sorriso curioso disfarçava a tensão, e Sarah sabia que a amiga havia percebido sua insegurança e tentava apoiá-la.

Ela olhou para trás, avaliando a distância das outras mulheres.

– Estamos indo para uma cabana, a uns trinta quilômetros daqui. Não sei exatamente onde é, mas tenho um mapa e já tracei o caminho.

– A cabana está vazia?

Sarah manteve os olhos fixos no para-brisa.

– Não. É de um homem. Ele mora lá. – Concentrou-se no trânsito até que o silêncio se tornasse incômodo. Olhou para Joan, que a observava com atenção, buscando respostas, o medo de novo surgindo no olhar. – Não, Joan – continuou. – Ele é diferente. Não tem nada a ver com os homens que conhecemos. – Sarah contava com a confiança que Joan depositava nela. Mas como esperar que as outras também confiassem? Precisava do apoio de Joan para convencê-las.

– Você diz que ele é diferente – repetiu Joan, com incerteza na voz, buscando segurança.

Sarah manobrava a van pesada no trânsito congestionado.

– Ele é. Não se comporta como os outros homens. Vê as pessoas como elas são e se deixa ver como realmente é. Não finge, nem obriga os outros a fingir.

Então por que ela havia fugido? Não confiava nele o suficiente para mostrar sua vulnerabilidade? E, no entanto, estava disposta a confiar nele agora a ponto de deixar aquelas mulheres sob sua responsabilidade. Ele poderia denunciá-las às autoridades, mas ela sabia que não faria isso.

– Vai ser difícil convencer as outras a ficarem lá – disse Joan por fim.

Sarah olhou de novo para o rosto meio escondido nas sombras e acolheu o gesto de confiança.

– Eu sei. Espero que ele tenha um celeiro ou coisa parecida, onde vocês possam ficar. Assim não precisam ter contato com ele até estarem prontas.

– Ele está esperando a gente?

O pânico voltou a tomar conta de Sarah. Aquilo era uma loucura. Como explicaria a situação? "A polícia está procurando essas mulheres porque eu as sequestrei de um hospital. Você pode escondê-las para mim?" Impossível. Mas não havia alternativa. Teria que convencê-lo.

– Não – respondeu secamente.

Elas haviam deixado a cidade para trás, e a van agora parecia chamativa demais naquela estrada quase deserta. Se Joan compreendera a resposta de Sarah, não demonstrou. O silêncio se instalou entre elas enquanto Sarah dirigia com atenção, procurando a saída que a levaria às estradas sinuosas rumo à cabana. Ela havia memorizado o mapa que pegara no escritório mais cedo, quando fora procurar o endereço de Carl nos arquivos. Ninguém demonstrara interesse pela van. Até mesmo a única viatura da polícia que passou por elas seguiu adiante sem prestar atenção. Faltavam apenas alguns quilômetros. Sua mente estava em branco. Preocupara-se tanto com o que dizer que agora não conseguia pensar em mais nada. De repente, lá estava.

– Deve ser ali na frente – disse Sarah. Era hora de convencer Carl.

Encostou a van na margem gramada e olhou a estrada deserta. Não vira sinais de movimento durante os últimos três quilômetros.

– Fiquem aqui e façam silêncio. Não vou demorar.

Luzes brilhavam nas pequenas janelas da cabana, retângulos dourados na noite azul-marinho. Pelo menos ele estava em casa. E havia um celeiro, uma construção grande, antiga e sólida, um pouco afastado da casa. Seria ali que ela pediria que ele abrigasse as mulheres.

O pequeno alpendre exalava o perfume de madressilva quando ela bateu, hesitante, à porta. Sabia, de imediato, que ele não ouviria. Mas a segunda batida soou alta demais, ríspida, autoritária. A porta se abriu e ele apareceu, emoldurado pela luz, olhando para ela, surpreso.

– Hillard.

Ela o fitou, sem saber o que dizer, incapaz de encontrar as palavras para fazer o pedido importante.

– Entre – disse ele, afastando-se, indicando o pequeno cômodo com um gesto, depois hesitando. – Você vai entrar? – O rosto dele continuava surpreso, enquanto ela mantinha o olhar firme, carregado de expectativa.

Ela enfiou as mãos nos bolsos e deu um passo para dentro.

– Você parece cansada. Podemos nos sentar perto da lareira – ele sugeriu.

Ela balançou a cabeça, ainda procurando as palavras.

– Eu... queria pedir... – Sua voz se perdeu no ar. Ele a olhava com um sorriso gentil, tentando facilitar as coisas.

– Pode falar. Não deve ser tão ruim assim.

Ela o encarou, vendo a delicadeza em seu rosto, esperando que se transformasse em recusa quando dissesse as palavras.

– Tem seis mulheres lá fora, em uma van. Precisam de um lugar para se esconder da polícia. Elas poderiam ficar no seu celeiro?

Ele a encarou em silêncio, o som daquelas palavras pairando no ar. Mas ela não conseguiu decifrar a expressão no rosto dele.

– E você? A polícia está te procurando também? – ele perguntou, depois de uma breve pausa.

– Não.

– Não pode me contar mais nada?

Ela não deveria ter ido até ali. Olhando para aquele homem, percebeu que queria protegê-lo, e essa constatação a assustou. Por que sentiria vontade de proteger qualquer homem, mesmo um tão diferente como ele? Ainda assim, sentia. Não podia envolvê-lo na luta das mulheres, nem colocá-lo na mira da polícia. Deveria ter pensado nisso antes de levar as mulheres até ali. E agora? Para onde poderia levá-las? Sentia-se entorpecida e pesada quando se virou para a porta.

– Preciso ir – murmurou.

Já estava quase saindo quando ele se colocou na frente dela, impedindo a passagem.

– Ah, não. Desta vez, não. Você fugiu de mim antes e eu deixei. Mas hoje, nesta noite, você traz seis mulheres até aqui, pede minha ajuda, e tudo o que consegue pensar é em fugir de novo? Por quê?

Sarah conseguia sentir a raiva dele, e também o quanto ele se aproximara, mas não se assustou.

– Me desculpe. Eu não devia ter vindo. Não quero que você corra o risco de ter problemas com a polícia.

– Mas você veio – insistiu ele.

O que foi mesmo que ela dissera a Joan? Que ele não fingia e não exigia fingimento dos outros. Era verdade. Ela não tinha o direito de mentir para ele.

– Achei que não me importaria se você corresse risco... mas isso foi antes de chegar aqui – disse, com esforço.

– E agora você se importa?

Ela assentiu.

– Por favor, me deixe ir.

Ele não se moveu.

– E naquele sábado? Por que foi embora daquele jeito?

Sua mente evitou a lembrança à beira do rio. Não queria confessar o pânico que sentira, o medo de não conseguir vestir novamente a armadura que despira. Ele não tinha o direito de perguntar aquilo. Olhou para o rosto dele, agora em sombras.

– Eu não queria que você visse a minha fraqueza.

O silêncio entre os dois foi preenchido pelos sons da noite, o farfalhar de animais invisíveis em seus jogos de caça e fuga, enquanto os contornos e horizontes desapareciam no escuro, criando uma ilusão de segurança.

– É melhor trazermos as mulheres para dentro – ele disse, com firmeza.

– Não. Vou encontrar outro lugar. – Falar era fácil, difícil era fazer. Para onde poderia levá-las?

A voz dele foi firme ao interrompê-la.

– Agora que você me contou sobre elas, a decisão é minha. Então sugiro que peça para descerem da van.

Um alívio profundo tomou conta de Sarah. As mulheres estariam seguras. Os homens de Steiner não as encontrariam ali. E, assim que o Levante terminasse, elas poderiam voltar para a cidade.

– Elas podem ficar no celeiro?

– Por que no celeiro? A casa é pequena, mas a gente dá um jeito.

Carl ainda não entendia a sociedade em que elas viviam. Não percebia que, tendo o corpo de um homem, ainda que não agisse como um, levaria um tempo para que as mulheres o aceitassem.

– Elas vão preferir o celeiro. Precisam de tempo para entender quem você é. – Fitou-o com um pedido de desculpas no olhar. – Infelizmente, todo mundo projeta uma imagem para os outros, por mais que se tente evitar.

Ele deu as costas, o rosto ainda escondido nas sombras.

– É melhor você ir buscá-las. Vou ver o que consigo arranjar de comida.

As mulheres estavam tensas e exaustas quando Sarah as ajudou a sair da van e as conduziu até o celeiro de pedra. Tateou à procura de um interruptor, arriscando-se a acender a luz porque queria tranquilizá-las. Tinham sido tão pacientes e reprimido tanto os próprios medos, confiando que ela encontraria um lugar seguro para todas. Agora, era hora de contar onde estavam. O celeiro exalava o odor adocicado e mofado do feno, espalhado em grandes montes pelo chão, e Sarah observou enquanto as mulheres se deitavam sobre ele, aliviadas por finalmente poderem esticar os músculos. Sentou-se com elas, mas pensou por um momento antes de falar.

– Vocês estão seguras aqui. Uma pessoa vai trazer comida para vocês. O dono... é um homem. – Sarah apressou-se a continuar, ignorando as expressões alarmadas no rosto das outras. – Por favor, escutem. Estamos lutando contra o sistema porque ele não nos permite sermos quem somos. Eles insistem em nos ver como criaturas sem pensamento, criadas apenas para trabalhar de forma mecânica, ou para servir e entreter os homens. Não aceitam que sejamos mais que isso porque não conseguem nos ver de outra forma. Estamos lutando pelo direito de cada pessoa ser o que é. – Ela olhou com atenção para as mulheres, que a escutavam em silêncio. – Se vocês se recusarem a enxergar esse homem como ele é, vão agir exatamente igual ao que criticamos na sociedade. Vão preferir ver a imagem projetada, e não o ser humano. Acreditem, ele é diferente de todos os homens que vocês conheceram. Talvez porque venha de outra cultura. Eu não sei. Mas vocês precisam tentar vê-lo como ele é, e não como esperam que seja.

O silêncio se seguiu por alguns instantes, até que as perguntas começaram:

– Como sabe que pode confiar nele?

– Por que um homem ajudaria a gente?

A mulher pequena e tímida voltou a chorar baixinho:

– Ele deve estar ligando para a polícia agora mesmo.

Sarah se levantou e encarou o grupo.

– Não acredito que ele vá ligar para a polícia, nem que vá nos trair de alguma forma. Eu confio nele. Não tenho como justificar isso a vocês, mas acredito que ele nos vê como seres humanos. Não penso nisso em termos de um homem ajudando algumas mulheres, e sim como um ser humano ajudando outros seres humanos em necessidade.

O silêncio voltou a se instalar no celeiro enquanto Sarah observava, com ansiedade, os rostos à sua volta.

– Acho que Sarah está certa – disse uma voz. – Estamos organizando o Levante para construirmos uma sociedade baseada no contato e na compreensão. Será ridículo da nossa parte se não estivermos dispostas a dar esse pequeno passo em direção a esse contato agora.

Sarah olhou com gratidão para a mulher de olhos escuros, e então se deu conta de que nem sabia o nome dela. Todas eram estranhas para ela e mesmo assim haviam aceitado sua liderança, do mesmo jeito que ela havia aceitado a responsabilidade pela segurança delas.

– Ele está preparando algo para comer – disse Sarah. – Vou ver se já está pronto. – Ela caminhou até a porta do celeiro, satisfeita por deixá-las discutindo entre si. Ninguém havia se manifestado contra ficar ali, e ela tinha certeza de que conseguiriam lidar com a nova situação.

– Quer que eu vá com você? – perguntou Joan, sempre tão atenta. Elas caminharam juntas até a porta aberta da cabana e entraram.

– Sr. Tolland – disse Sarah, apresentando Carl. Diante da expressão surpresa de Joan, completou: – Sim, o artista.

Carl veio pelo corredor estreito com um pão na mão, surpreso ao ver mais uma mulher com Sarah.

– Sr. Tolland, esta é Bartlett. Nós viemos ajudar.

– Bem, é tudo meio improvisado – disse ele, um pouco tímido –, mas o café é bom e está quentinho.

Elas o seguiram até a cozinha grande e iluminada e pararam, surpresas com a bagunça. Ele acompanhou o olhar das duas.

– Sim, é meio confuso. Acho que faço de um tudo aqui dentro, menos pintar e dormir.

– Não é isso – explicou Sarah. – É que... todas essas coisas são suas?

Ele olhou ao redor, para a barafunda de quadros, estatuetas, livros, discos, fitas, tudo se amontoando entre potes de especiarias e pilhas de frutas.

– São, sim – respondeu, hesitante. – Acho que sou um tanto acumulador.

Sarah se perguntou como ele lidaria com aquilo tudo. Tinha se preocupado tanto com a reação das mulheres a ele que não pensara na reação dele a elas. Será que ele conseguiria lidar com as barreiras, a desconfiança, as reservas? Joan pareceu pensar o mesmo enquanto caminhavam de volta para o celeiro, carregando a comida e a pilha de roupas de cama que Carl havia separado.

– Será que ele vai conseguir lidar com a gente aqui? Ele pareceu meio constrangido.

– Ele não está acostumado com as barreiras que criamos contra os homens. Acho que está acostumado a conversar com as mulheres da mesma forma que elas conversam entre si.

– Você acha mesmo que é assim em outros países? Sem imagens falsas ou barreiras entre homens e mulheres? – A voz de Joan estava cheia de dúvidas.

Sarah sentiu uma incerteza que beirava o medo.

– Eu não sei. Antes eu achava que, uma vez que mudássemos o regime e implantássemos o novo sistema educacional, tudo ficaria bem... – Sentiu a voz falhar enquanto tentava entender os sinais vagos e inquietantes que percebera na atitude de Carl em relação às mulheres. Ele não demonstrara indignação quando ela lhe contara sobre as atitudes da sociedade que originaram a situação atual. Era como se ele não enxergasse nenhuma injustiça nas limitações impostas às mulheres no mercado de trabalho. Parecia que ele só se abalara mesmo quando relatou as injustiças mais extremas.

– Mas agora você não tem tanta certeza? – A voz de Joan interrompeu seus pensamentos. – Acha que o Levante não vai resolver o problema de verdade? Que só vai eliminar as injustiças mais evidentes? – Ela olhava para Sarah com uma nova inquietação quando abriram a porta do celeiro, mas a conversa cessou quando se ocuparam em distribuir comida, café e organizar os locais para dormir. As mulheres foram se acalmando, e com o alívio veio o sono. Depois de se alimentarem, Sarah se sentou em um canto do celeiro, e as conversas esparsas deram lugar ao silêncio enquanto as mulheres se ajeitavam no feno macio, preparando-se para dormir.

– Como você vai devolver a van? – perguntou Joan, sentando-se ao lado dela, falando baixo para não incomodar as outras.

– Uma das mulheres usa a van durante o dia. Vou me encontrar com ela perto do depósito às seis e meia. Ali não deve ser muito arriscado. – Sarah estava exausta. Era a segunda noite sem dormir, e na noite seguinte ainda precisavam imprimir o jornal. – Você avisou as mulheres sobre a impressão na segunda à noite?

– Avisei, mas você ainda pretende fazer a impressão amanhã? – Joan questionou. – Os homens de Steiner estarão por toda parte, procurando a gente.

– Eu sei, mas quanto mais adiarmos, maior é o risco de eles encontrarem a prensa. – Sarah olhou com inveja para os corpos adormecidos, mal visíveis na penumbra do celeiro.

– Mas, Sarah, não dá mais para esconder o jornal entre as mulheres – Joan insistiu, preocupada. – Os agentes de Steiner vão revistar todos os albergues. E você não pode passar mais uma noite sem dormir. Está com uma cara péssima.

– Vou ficar bem. Amanhã resolvo o que fazer com o jornal. – Sarah levantou-se com dificuldade. – Você também devia descansar um pouco. Imagino que não tenha dormido quase nada ontem. – Ao olhar para o rosto pálido de Joan, Sarah se deu conta de que talvez não a visse antes do Levante. Na verdade, havia grandes chances de que não a visse nunca mais. Perceber isso fez com que o dia parecesse cada vez mais perto. O clímax de sete anos de sua vida estava prestes a acontecer, e o pânico tomou conta dela. Precisava de mais tempo. Estava cansada demais. Precisava se sentir mais forte. Queria desesperadamente adiar tudo, mas sabia que era impossível.

– Sarah – disse Joan, tocando-lhe o braço com urgência –, você falou sério lá fora? Está em dúvida sobre ser possível mudar as coisas?

As palavras se embaralhavam na mente de Sarah como num caleidoscópio. Pensou em todos os livros que lera, escritos por homens de todas as épocas, e se lembrou de algumas frases: "O homem é o caçador; a mulher, a caça"; "O homem comanda; a mulher obedece". Afastou a confusão, forçando um sorriso para o rosto tenso que a olhava.

– Foi só o cansaço falando. Não acho que vamos mudar tudo de uma vez. Vai ser uma longa batalha, mas vamos conseguir. – Ela agradeceu pela escuridão, que escondia parcialmente seu rosto dos olhos de Joan. – É melhor eu ir. Preciso falar com o Sr. Tolland. Ele merece uma explicação.

Sarah se inclinou e tocou o cabelo de Joan com a ponta dos dedos.

– De que cor é?

A emoção do momento envolveu as duas num silêncio, cada uma mergulhada nos próprios pensamentos, até que Joan fez um esforço para trazê-las de volta ao presente. Sorriu para Sarah.

– Nada especial. Um castanho escuro qualquer. – Ela tocou o rosto de Sarah com delicadeza. – Se cuida.

A porta da cabana ainda estava entreaberta quando Sarah atravessou o jardim silencioso, tomada pela sensação de que havia se despedido de alguém muito próximo, talvez pela última vez. Viu a silhueta de Carl parado na soleira e caminhou devagar até ele, ficando diante de seu rosto em silêncio.

– Estava esperando por você – disse ele. – Não sabia a que horas você iria embora.

– Acho que te devo uma explicação. Você deve ter muitas perguntas.

Em um convite tácito, Carl se afastou para que ela entrasse. Sarah hesitou por um momento, mas se deixou conduzir até uma sala comprida, de teto baixo. A lareira dominava o espaço, as chamas projetando sombras que dançavam pelas paredes e pelo teto de madeira e se refletiam no brilho do piso de ladrilhos vermelhos. Ela percebeu duas poltronas confortáveis posicionadas diante do fogo e desejou se afundar ali e simplesmente dormir.

– Você parece com frio e cansada – disse Carl, indicando uma das poltronas acolhedoras. Sarah aceitou o café que ele lhe ofereceu, tomando um gole quente enquanto o observava, esperando pelas perguntas. Ele a fitava com atenção, e ela podia ver a confusão no rosto dele, sem saber por onde começar. Ela queria esclarecer as coisas, mas não poderia contar do Levante. Precisaria tomar cuidado; era inevitável que as perguntas dele levassem a esse assunto. Mas talvez Carl se concentrasse nas questões imediatas, sobre as mulheres, e não perguntasse sobre o envolvimento dela, ou por que havia sido ela a levá-las até ali.

Ele se sentou no braço da poltrona à sua frente, e Sarah se deu conta, mais uma vez, de que a proximidade dele, mesmo em um espaço fechado, não a incomodava.

– Por que a polícia está procurando aquelas mulheres? – perguntou ele enfim.

Ela olhou para a xícara, escolhendo as palavras com cuidado, imaginando como ele reagiria ao mais novo ato de horror daquela sociedade.

– Gorston vai implementar o que está chamando de "programa educacional". Ele percebeu que a média de inteligência nacional tem caído nos últimos vinte e cinco anos e pretende reverter isso por meio de reprodução seletiva usando parte da população, as dez por cento mais inteligentes. Essas mulheres foram levadas para treinar os técnicos. – Ela percebeu que ele não entendera, ou talvez não quisesse entender.

– O que quer dizer com "treinar os técnicos"? E essas mulheres, todas elas são Cin...

– Cinzentas – completou Sarah. – Tudo bem. Estamos acostumadas com esse nome.

Ele ficou constrangido com a gafe e continuou rapidamente.

– Me disseram que as operárias nunca se casam. Por que, então, essas mulheres estão envolvidas nesse... programa de reprodução?

A pergunta os levou de volta ao rio, onde Sarah tentara explicar sobre o processo de seleção que ocorria aos dez anos de idade. Desta vez, porém, ela não fechou os olhos. Manteve o olhar fixo no rosto dele, observando as emoções se alternarem, impedindo sua mente de evocar as lembranças que a haviam dominado antes.

– As operárias são escolhidas quando completam dez anos de idade, com base em um teste de inteligência. Quinze por cento das meninas mais inteligentes são enviadas para escolas especiais e treinadas para se tornarem operárias. Elas nunca se casam, nem têm filhos. Parte desse treinamento envolve deixarem de se enxergar como mulheres, no sentido tradicional. Foi isso que causou a queda gradual da média de inteligência nacional. Estimamos que, por enquanto, o declínio não seja tão grande, mas o processo tende a se acelerar, e Gorston quer revertê-lo. O Ministério da Saúde vem coletando doadores voluntários há meses e o programa deve começar nas próximas semanas.

– Doadores? Então trata-se de inseminação artificial?

– Sim.

– E as mulheres, elas são voluntárias?

– Não.

Carl se levantou de repente e caminhou até a lareira, olhando fixamente para as chamas, o corpo tenso. Sarah percebeu a raiva contida em cada movimento, até que ele se virou para ela, a voz rouca.

– Está me dizendo que as operárias serão usadas em uma espécie de programa de reprodução, sem consentimento? E que aquelas mulheres – ele apontou na direção do celeiro, o braço rígido – seriam usadas para treinar os técnicos? Para eles "acertarem a técnica"?

– Sim.

– Quantos técnicos? – ele perguntou, tenso, enquanto a olhava.

– Não sabemos ao certo. Estimamos cerca de trezentos.

Carl ficou imóvel, encarando-a. Estava inexpressivo, até que a raiva explodiu, súbita, surpreendendo Sarah.

– Pelo amor de Deus, o que há com você? Você fica aí sentada me contando esses horrores com toda calma, sem emoção alguma, como se não tivesse nada a ver com você! – Ele andava de um lado para o outro, a fúria vibrando no ar. – Você não se importa? Vocês só ficam sentadas deixando isso acontecer?

A raiva dele não a assustava, mas as acusações a magoaram. Queria se defender, contar da dor e da revolta constantes, da raiva que nascera quando ainda era criança no colégio especial: raiva por resistir às mentiras que a obrigavam a repetir sobre si mesma; por suportar as agressões sem ceder, até que foi forçada a dizer aquelas palavras odiosas, mesmo sem acreditar nelas. Queria contar o que sentia ao olhar para aquelas mulheres e ver seu potencial destruído; ao ver a luta delas para se reconhecerem, desconfiadas, inseguras, porque o que enxergavam dentro de si não correspondia ao que a sociedade dizia que eram. E então, pouco a pouco, ela conseguira ajudá-las a confiar em si mesmas, até que, enfim, pudessem declarar: "Esta sou eu".

Sarah percebeu que a acusação ainda pairava no rosto de Carl, esperando ser negada.

– Elas estão aqui, e não no hospital – disse, baixinho.

A raiva dele desapareceu tão rápido quanto surgira, e ele se sentou novamente.

– Claro. Me desculpe. – Ficou olhando para o fogo enquanto ela o observava. – Mas eles vão capturar outras seis mulheres. Esconder essas não resolve nada.

A conversa tinha chegado ao ponto delicado. Se Sarah não redirecionasse o assunto, logo ele entenderia que as mulheres estavam planejando algo maior. Seus pensamentos voltaram para Steiner. Estaria ele fazendo a mesma suposição? Tentou imaginar a perspectiva do comissário, como ele via as mulheres. Não, ainda não. Steiner ainda estava preso demais às imagens que construíra sobre elas, não conseguiria conceber que fossem capazes de uma ação coordenada e forte. Mas Carl, sim. Carl não as via como robôs descerebrados, embora talvez ainda não enxergasse além da fachada inexpressiva, o que poderia dificultar sua compreensão, mas não a impediria.

– Eu sei – respondeu ela. – Não costumamos agir de forma precipitada.

Ele a fitou com atenção, procurando sarcasmo no rosto dela. Mas Sarah apenas retribuiu o olhar com serenidade.

– Foi você quem as resgatou do hospital?

– Eu ajudei.

– Então a polícia também vai te procurar. Você não pode voltar para a cidade.

– Não, a polícia não sabe quem foi. Estou segura.

– Mas eles vão investigar. Vão descobrir como elas saíram, e aí vão atrás dos responsáveis. – Um pensamento lhe ocorreu. – Como foi que conseguiu tirá-las de lá?

– Não foi difícil. Todas as Cinzentas se parecem. – Ela usou o termo de propósito, sorrindo pela primeira vez naquela noite. – Se você age como um burocrata dentro de uma burocracia, todos te tratam automaticamente da mesma forma. – Ela se esticou para colocar a xícara vazia sobre a mesinha, e ele se lembrou, constrangido, da comida que havia preparado para ela. Ela estava cansada demais para recusar. O calor da sala e o conforto da poltrona haviam relaxado seu corpo tenso, e ela lutava para manter os olhos abertos. Aceitou o prato de comida. Se dormisse agora, não conseguiria acordar às quatro.

Ele a observava com atenção.

– Você precisa dormir mais do que precisa comer.

Ela se concentrou no prato, tentando se manter desperta.

– Não dá, tenho que sair lá pelas quatro.

– Então durma agora. Eu te acordo.

Sua mente estava lenta, sem conseguir se concentrar em nada além da necessidade de não dormir.

– Não, eu... não posso dormir agora. – Seus olhos pesavam. O corpo inteiro estava pesado de exaustão. Percebeu ao longe quando ele tirou o prato de suas mãos e, pouco depois, a cobriu com algo quente, suas mãos roçando de leve seu rosto, e o gesto aumentou a sensação de conforto. Ali, ela poderia dormir para sempre.

– Hillard.

Ela abriu os olhos devagar, desorientada, tentando se lembrar de onde estava, e então encarou os olhos azuis que a observavam com preocupação. Ele lhe oferecia outra xícara de café. Parecia que fazia apenas um momento que ela havia terminado a anterior.

– Já são quase quatro horas – disse ele.

Então ela não havia sonhado. Lembrava-se de ter adormecido, das mãos dele em seu rosto, da proximidade acolhedora, e se levantou, um tanto perturbada por aquelas lembranças.

– Tenho que ir.

– Beba seu café. Ainda tem tempo.

Um impulso repentino de sair dali cresceu dentro dela.

– Não, preciso ir agora.

– Está fugindo de mim outra vez? – Ele sorriu, enquanto ela tentava compreender a confusão que sentia por dentro.

Ela estava confusa, mas não sabia de onde vinha aquela inquietação. Precisava se afastar dele, mas por quê? Ele não representava ameaça. Ela não o temia. Tentou preencher o silêncio entre os dois, carregado de coisas não ditas que ela não compreendia.

– Ainda não sei como te pagar pela comida... para as mulheres. Elas devem ficar aqui por umas duas semanas, se tudo correr bem.

Ele continuava sorrindo, e ela sabia que sua incerteza estava à mostra.

– Sem problemas – respondeu ele. – E acho que consigo bancar a comida.

Ela se dirigiu à porta.

– Obrigada por ajudar. Não sei para onde as teria levado se você tivesse recusado.

– Quando você volta? – A voz dele agora estava séria.

Ela o olhou, confusa. Não tinha intenção de voltar. Planejava mandar alguém buscar Joan na manhã do Levante, e o resto das mulheres retornaria depois que tudo estivesse mais calmo.

– É muito difícil sair da cidade. Não tenho acesso à van com frequência. – Sarah mal percebeu a ironia do que dissera.

– Talvez a gente possa se encontrar no rio – ele sugeriu. – Você não vai querer saber como as mulheres estão passando?

Ele estava parado entre ela e a porta, e ela queria sair. Não queria se comprometer a vê-lo de novo. Mas por quê? Ele fora a única pessoa que ajudara aquelas mulheres. Ele tinha razão, é claro que gostaria de saber como estavam.

– Posso te encontrar no sábado. No mesmo horário de antes.

Ele assentiu.

– E não se preocupe com elas. Estarão seguras aqui.

Ela virou-se para a porta.

– Preciso ir. – Seu corpo enrijeceu ao sentir a mão dele em seu braço, mas ele logo a retirou.

– Hillard. – Ele lhe estendeu um envelope pardo. – Se cuide, por favor.

Ela pegou o envelope em silêncio e apontou para a janelinha com vidros de chumbo, que começava a clarear com o tom azul prateado da aurora.

– Está amanhecendo.

Catorze

Então, ele estava certo.

Steiner fechou o relatório provisório e ficou olhando distraidamente para as flores à sua frente. As mulheres tinham estado no Hall do Povo. Seus homens notaram a entrada forçada e as tentativas apressadas de apagar os sinais de ocupação. Elas foram bastante minuciosas, mas seus agentes não tiveram dificuldade em encontrar restos de comida no chão. Também haviam encontrado rastros parciais de dois veículos pesados; um deles certamente era a ambulância roubada. Até aquele momento, não havia indícios de que nenhum outro veículo tivesse desaparecido, mas ele estava confiante de que seus homens localizariam o segundo veículo sem muito atraso. Estava bastante satisfeito por ter desenhado um quadro preciso de toda a operação. Duas mulheres haviam roubado a ambulância, uma delas disfarçada de enfermeira. A terceira se escondera nos arbustos do hospital para observar de longe a empreitada e aguardar o sucesso da armadilha, depois seguira para o Hall do Povo, forçando a porta lateral para preparar a chegada das demais. Alguns pequenos galhos e folhas haviam ficado grudados em suas roupas enquanto ela se movia pelos arbustos e caíram na galeria longa quando ela procurara um lugar adequado para se esconder. Isso significava que ela não estava familiarizada com o local. Qualquer uma das operárias que trabalhava lá como faxineira saberia que nenhum cômodo dava para a galeria longa. Sentiu satisfação por ter descoberto isso sobre as mulheres. Ainda tinha um caminho longo a percorrer até conseguir prendê-la, mas havia dado os primeiros passos.

Quais seriam os motivos dela? Se conseguisse descobrir isso, estaria muito mais perto do tão aguardado e excitante encontro. Levantou-se da cadeira e caminhou até a janela. Seria outro dia quente e ensolarado; o sol da manhã já começava a secar o orvalho pesado. Abriu as portas de vidro e saiu para o jardim exuberante. As mulheres estavam prestes a imprimir outro jornal. Será que Blake, ao fazer sua seleção aleatória de cobaias, havia escolhido uma das mulheres envolvidas? Andou pelos canteiros de rosas, tocando suavemente as flores perfeitas, parando aqui e ali para se inclinar e sentir o perfume. Suponha-se que uma das cobaias de Blake estivesse envolvida no grupo subversivo – talvez alguém importante para a impressão do jornal; então, as mulheres teriam que resgatá-la sem demora. Uma sombra de aborrecimento cruzou seu rosto quando notou uma rosa amarronzada, morta, que desfigurava a perfeição de um arbusto; voltou depressa para o escritório, avançando direto para o telefone em cima da mesa.

– Erling, quero que essas seis mulheres sejam minuciosamente investigadas. Procure qualquer ponto de intersecção entre elas ou suas colegas, tanto no trabalho quanto nos albergues.

Apanhou um pequeno par de tesouras da gaveta e retornou ao jardim. Seus homens realizariam a investigação, e ele teria o relatório em poucas horas. Mas que outro motivo ela poderia ter para sequestrar as mulheres? Se apenas uma era importante para ela, por que levar as seis? Para esconder o fato de que apenas uma era importante. Mas essa era a única resposta possível? Cortou a rosa morta do galho e caminhou até o gramado para depositá-la com cuidado em uma pilha de compostagem escondida, antes de pegar um graveto e, com indiferença, mexer na matéria em decomposição. Precisava considerar a possibilidade de que ela quisesse as seis mulheres. Por quê? Lembrou-se dos artigos que havia estudado durante boa parte da noite. Ela falava sobre a "dignidade do indivíduo", "os direitos de cada entidade separada". Suponha-se que ela acreditasse de verdade no que havia escrito. Steiner presumira que ela estivesse manipulando as emoções de pessoas tolas para se arvorar como uma líder independente e alternativa, mas sempre era perigoso fazer suposições. E se ela realmente acreditasse no que escrevera no jornal?

Sua excitação aumentou enquanto caminhava de volta para as rosas. Se estivesse certo, se ela tivesse resgatado as seis mulheres por causa de suas crenças, ela teria que repetir o gesto caso outras seis mulheres fossem levadas.

Arrancou uma rosa do caule distraidamente e a segurou perto do rosto, divisando claramente seus próximos passos. Ainda não sabia como as mulheres haviam descoberto tão depressa que as seis haviam sido levadas, ou como descobriram onde estavam sendo mantidas. Seus agentes já tinham verificado todos os envolvidos na seleção e captura das mulheres, e todos haviam sido liberados. Ele fez Blake rever todo o procedimento duas vezes até ficar satisfeito e concluir que a falha não estava ali. Essa mixórdia toda não precisaria atrasar seus planos. Ele garantiria que Blake capturasse mais seis mulheres exatamente da mesma forma, usando o mesmo pessoal, os mesmos veículos, os mesmos locais e o mesmo cronograma. Ele replicaria os eventos do último sábado, e havia grandes chances de que ela fosse descobrir do mesmo jeito que antes. Ela seria forçada, então, a empreender outra tentativa de resgate. Só que dessa vez ele estaria esperando. Olhou para a rosa em sua mão, levemente surpreso ao perceber que estava segurando apenas um caule, as pétalas espalhadas na grama aos seus pés, e voltou para o escritório.

– Erling, telefone para o ministro da Saúde.

Intimaria Blake imediatamente para garantir que ele não estragasse tudo com seus erros. O idiota ainda estava gaguejando de terror quando fora revisar a operação de captura com ele, sem perceber a importância do que havia acontecido. O leve prazer que Steiner sentira ao vê-lo se desmoronar na noite anterior dera lugar a um desinteresse entediado. Mesmo assim, ele era o homem perfeito para seus planos futuros.

– Sinto muito, senhor, o ministro está com o presidente.

O rosto de Steiner permaneceu imóvel enquanto avaliava as possibilidades. Bem, poderia ser apenas uma reunião rotineira, mas ainda assim aquele tonto poderia soltar algo sobre o atraso no programa de treinamento. Lembrou-se do terror do homenzinho quando o alertara para não discutir o assunto com ninguém. O medo dele o manteria em silêncio.

– Quem te passou essa informação? – perguntou.

– Um dos assistentes pessoais dele, senhor.

– Coloque-o na linha. – Sua voz assumiu o mesmo tom suave que usara com Blake na noite anterior. – Aqui é o comissário Steiner. É de extrema importância que eu fale com o ministro imediatamente. Pode me dizer a que horas ele foi ver o presidente? – Ouviu impassivelmente a voz nervosa. Sua única reação visível foi apertar um pouco mais forte o telefone. – E quando isso aconteceu? – A voz chiou outra vez em seu ouvido. – E os meus homens já foram convocados? – Sua voz estava dura, cortante como gelo, atravessando a hesitação da voz do outro lado da linha. Colocou o telefone no gancho, mas imediatamente o pegou novamente. – Erling, houve uma explosão no Depósito Central de Suprimentos da Secretaria de Saúde. Mande os agentes para lá. Quero todos os detalhes de como isso aconteceu. E prepare o meu carro.

Sua mente estava em um turbilhão enquanto caminhava pelo corredor até o elevador. Seu rosto, uma máscara rígida e impassível, escondia a torrente de emoções que preenchia seu ser. Ela havia previsto seu plano. Ela estava estudando sua mente, assim como ele estudava a dela, e havia antecipado seus pensamentos. Uma onda de repulsa o invadiu ao pensar que ela conseguira afetá-lo dessa maneira. Ela sabia que ele montaria uma armadilha, então detonou sua justificativa para montar essa armadilha. Como ele forçaria Blake a pegar mais mulheres para o treinamento agora que ela havia atrasado todo o programa por meses destruindo o banco de sêmen? Se conseguisse chegar a Blake antes que ele se encontrasse com Gorston, ainda poderia impeli-lo a seguir seus planos. Mas, mesmo enquanto pensava nisso, sabia que as chances eram muito pequenas. Assim que Gorston ficasse sabendo da extensão dos danos, insistiria que todo esforço e mão de obra fossem concentrados para repor o banco de sêmen. Gorston sempre considerou o treinamento dos técnicos como um refinamento do programa. E ele era um homem pouco dado a refinamentos.

Steiner entrou no carro que estava à sua espera e deu instruções sucintas ao motorista. Como Gorston reagiria à notícia? Aquilo poderia precipitar seus planos antes que ele, Steiner, estivesse pronto. Uma fúria fria e cega o dominou ao pensar na mulher que havia feito aquilo. Até então, tinha sido um jogo interessante descobrir que uma de suas criações estava tentando desafiá-lo; um exercício intelectual divertido rastreá-la, com a perspectiva animadora de devolver a criatura rebelde ao rebanho. Mas agora ela não estava mais simplesmente o desafiando; estava competindo com ele, usando os mesmos métodos. Ele a destruiria, sem pressa. Começaria pela mente que ousava competir com a sua, se infiltraria e a destruiria, pouco a pouco, até que a deixasse em frangalhos. E então ele a reconstruiria, muito lentamente, para que se tornasse uma tábula rasa, de modo que não fosse capaz de compreender nada além do que ele inscrevesse ali. O mundo dela seria limitado pela criação dele, e apenas por essa consciência limitada ela agiria, como uma marionete seguindo a vontade de seu mestre.

O carro parou na porta principal do Palácio Presidencial, trazendo-o de volta à realidade. Ele permaneceu sentado, imóvel e frio; nenhum sinal em seu rosto da tormenta interna que estava consumindo seus recantos mais escuros.

– O ministro Blake recebeu sua mensagem, senhor. Está à sua espera na antessala. – Steiner não demonstrou perceber a presença daquela figura anônima, um servidor público de baixa categoria parado à porta do carro, segurando-a aberta com servilismo. – A reunião dele com o presidente é daqui a quinze minutos, senhor.

Sem dizer nada, Steiner saiu do carro e caminhou depressa pelos longos corredores acarpetados até o local onde Blake o esperava. Pelo menos chegara antes que o outro se encontrasse com Gorston.

Blake estava de pé, de costas para a porta, quando Steiner entrou. As mãozinhas gorduchas se agitavam erráticas enquanto tentava controlar o pânico.

– Steiner, ficou sabendo? É terrível!

– Qual a extensão dos danos? – A voz de Steiner cortou o jorro de palavras que hesitava sair dos lábios de Blake.

– O lugar inteiro foi destruído – Blake gaguejou. – Está tudo arruinado. Mais de cinco meses de trabalho, tudo perdido em segundos. Isso vai atrasar o programa por meses.

– Você já falou com Gorston?

– Pelo telefone, sim. Tinha que informar para ele na hora.

– O que você disse?

O medo que consumira Blake até então foi aos poucos dando lugar ao medo mais imediato do homem frio e imóvel à sua frente.

– Ah, precisei explicar o que aconteceu. Disse que o banco de sêmen tinha sido destruído em uma explosão, que um cilindro de gás arrebentara no corredor e as câmaras de refrigeração tinham sido as maiores afetadas pelo impacto.

– Algo mais?

– Não mencionei o atraso no treinamento, se é isso que quer saber, mas falei que o programa inteiro teria que ser adiado por meses. – Blake desabou pesadamente na cadeira, seu tom de voz aumentando em uma maré de pânico. – Ele insiste que o programa comece na data marcada. Já falei que é impossível, mas ele está teimando. Não consigo fazer isso, não dá.

– Blake. – A voz fria de Steiner silenciou seus protestos. – Você vai dizer a Gorston que sua reação à notícia foi exagerada. Que os danos não são tão extensos quanto pensou a princípio e que, com mais mão de obra, vai conseguir cumprir o prazo estipulado. Que o programa vai começar em três semanas.

– Mas não tem como fazer isso, Steiner.

– Tem, e será feito. – A voz de Steiner não permitia contestação. – Alguns dos meus agentes ajudarão a repor o estoque dos bancos. Diga a Gorston que, em vez de iniciar a operação toda de uma vez, você pretende implementá-la de forma gradual, começando em uma escala menor e aumentando até o fluxo total em um período de três semanas.

Uma centelha de esperança cruzou o rosto de Blake à medida que a confiança do homem à sua frente começava a desfazer seu próprio desespero.

– Você realmente acha que é possível?

– Com a minha ajuda, será possível. – A afirmação tranquila completou o processo, e Blake se levantou com alívio.

– Você tem razão, Steiner. Como posso agradecê-lo? Claro que é possível. Com mais mão de obra e começando em uma escala menor, podemos começar em três semanas. De quantos homens você pode dispor?

– De quantos você precisar. – Steiner respondeu. – Quero que siga em frente com o cronograma de treinamento. Tudo deve ser feito para acelerar as coisas.

– Sim, claro. – Blake parecia confuso. – Mas você tinha me dito para cancelar.

– As circunstâncias mudaram. Você vai providenciar que mais seis mulheres sejam capturadas no próximo sábado. Elas serão apanhadas exatamente da mesma forma que antes e levadas ao mesmo hospital. Vamos discutir os detalhes depois. – Ele viu a aceitação cega no rosto de Blake e se virou para ir embora. – A propósito, não há necessidade de mencionar o treinamento ao presidente. Temos a responsabilidade de blindá-lo da pressão o máximo possível, e os eventos desta manhã devem tê-lo sobrecarregado. Você sabe o quanto esse programa significa para ele, então precisa tranquilizá-lo de que não haverá atrasos significativos.

– Claro, claro.

Antes de dar as costas e seguir em direção ao carro, Steiner olhou de esguelha para Blake, que agora transbordava a confiança excessiva típica dos homens medíocres quando a responsabilidade é assumida por outros. Blake acreditava no que queria acreditar. Todos os homens acreditam. Ele convenceria Gorston de que seu programa educacional continuaria com um atraso mínimo, e Gorston – cuja mente, em geral incisiva, estava nublada pelo ódio às mulheres e pela necessidade de implementar seu plano mais recente – também acreditaria porque queria acreditar.

Seis operárias, Steiner sabia, seriam capturadas no sábado, forçando aquela mulher a fazer mais uma tentativa de resgate. Ele segurava de novo os cordões da marionete firmemente nas mãos, e ela já estava seguindo suas instruções.

Quinze

Sarah trancou a porta da frente dos escritórios e enfiou a chave no bolso, aliviada com o término do expediente. Não se lembrava direito dos detalhes do dia. Executara as tarefas rotineiras em meio a uma névoa de cansaço, despertando apenas por um instante quando a voz estranha soou no telefone da recepção, relembrando-a dos acontecimentos das últimas vinte e quatro horas. Talvez devesse cancelar a impressão do jornal naquela noite. Eli já tinha recolhido os artigos do quarto de Joan quando se encontraram do lado de fora do Depósito Central de Suprimentos, e agora os papéis estavam bem escondidos no forro de seu casaco. Talvez fosse mais seguro adiar a impressão até conseguir dormir um pouco. Sua mente estava nublada pela falta de sono, e ela sabia que era em momentos assim que os erros aconteciam. Por outro lado, qualquer atraso daria a Steiner mais tempo para descobrir o paradeiro da impressora. No que será que ele estaria focando agora: na impressão do jornal, na fuga das mulheres ou na explosão do banco de sêmen? No fundo, ela já sabia a resposta. Steiner estaria seguindo todas as pistas que, nos últimos dois dias, ela fora obrigada a deixar. O resgate das mulheres a forçara a agir, dando a ele a dianteira. Tentara recuperar o controle com a explosão do banco de sêmen, mas teria apagado todos os rastros?

Pouco a pouco, Sarah percebeu uma ligeira inquietação que a puxou de seus pensamentos de volta às calçadas áridas e empoeiradas. Nada parecia fora do comum em seu caminho habitual até o albergue. Os prédios comerciais ostentavam o mesmo ar de grandeza e abandono, com fachadas gastas tentando evocar, em vão, a imponência dos tempos de outrora, antes que o som das máquinas de escrever suplantasse o som das festas e celebrações, antes que pequenas firmas de engenharia substituíssem cavalos e carruagens nas generosas cocheiras. As poucas figuras apressadas eram as mesmas de sempre; os carros da hora do rush passavam com a velha indiferença. Ela virou na rua que levava ao albergue, e então percebeu que não era a única figura que seguia apressada contra o fluxo de pedestres.

O albergue ficava em um oásis estéril de concreto, cercado pelos terraços decadentes de uma elegância extinta havia muito tempo, agora servindo ao comércio. Naquela hora do dia, Sarah era mais uma entre as muitas mulheres que caminhavam em direção àquela área. Por toda a cidade, havia mulheres indo dos escritórios para casa, para os albergues. Estaria imaginando coisas? Teria visto mesmo alguém dobrar a esquina depois dela? Aproximou-se das grades que protegiam o porão dos prédios e tropeçou de propósito, agarrando-se às barras para se apoiar enquanto olhava discretamente para trás. Tinha razão. Um homem caminhava casualmente em sua direção. Não havia nada de suspeito em sua aparência ou seu jeito, exceto o simples fato de estar ali, àquela hora. Sarah atravessou o espaço aberto e concretado, lançando um último olhar para trás. Viu o homem seguir em frente apressadamente. Talvez fosse apenas seu cansaço criando ilusões. Talvez ele tivesse alguma reunião de última hora em um dos escritórios mais adiante.

Seu quarto estava abafado com o calor do dia. Sarah foi direto abrir a janela, largando o casaco sobre a cama depois de retirar os artigos que Joan escrevera. A brisa fraca trouxe o cheiro misturado de concreto e fumaça de carros, o substituto urbano para o perfume do campo. Ela espiou: o homem estava lá, agora sem os passos apressados. Assustada, recuou rapidamente e sentou-se na cama. Estava sendo seguida. Mas por quê? Pense. Sua mente cansada só via cenas isoladas, sem conseguir compor o todo. Tinham deixado algum rastro. Mas onde? *Pense*. Com calma, com lógica. Comece pelo jornal.

Sarah se levantou, parando no meio do quarto, tentando organizar os pensamentos que insistiam em se atropelar. Cruzou o espaço até a mesinha onde tantas vezes se sentara para planejar, quando os planos ainda eram teorias alentadoras e não realidades assustadoras. Comece pelo jornal. Repassou mentalmente os detalhes da primeira impressão e distribuição. Não, não havia nada ali que pudesse levar Steiner até ela. Ele teria que alcançá-la através de uma cadeia de mulheres, e nenhuma fora presa naquele dia. Ela teria sabido. Então só podia ser o resgate ou a explosão.

Reviveu a imagem de Eli à sua espera e do furgão seguindo pela rua deserta; a caminhada silenciosa até os fundos do prédio; o sorriso de Eli ao apontar para a janela aberta, sem sinal de arrombamento. Lembrou-se do cheiro forte de tinta e desinfetante impregnando os corredores enquanto posicionavam cuidadosamente os cilindros. Recordava os grandes refrigeradores brancos que guardavam o sêmen – e o horror escondido atrás de suas portas anônimas. Depois, Eli puxando-a em direção à saída, meneando a cabeça, satisfeita, o pequeno frasco sibilando baixinho em cima de um dos cilindros. A volta tranquila pelas ruas vazias, a espera interminável pela explosão. Não, nada disso ligava Steiner a ela. Só restava o resgate. A não ser que... Apoiou a cabeça nas mãos. Estava cansada. Não estava pensando como Steiner pensaria. Claro: ele investigaria as seis mulheres resgatadas e todo mundo com quem elas mantivessem contato. E ela, por trabalhar com Joan, era uma dessas pessoas. Era uma vigilância de rotina. Abrangente, anônima. Sentiu um alívio breve antes de compreender o que aquilo implicava: escrutínio constante.

Sarah atravessou o quarto em poucos passos e pegou os artigos escondidos. Precisava cancelar a impressão. Quem mais estaria sendo seguida? Todas as mulheres que moravam ou trabalhavam nos mesmos lugares das resgatadas. Mas quem eram elas? Não poderia agir antes de saber. Foi até a janela e a fechou, usando o gesto como desculpa para espiar. O homem ainda estava lá, misturando-se às sombras do prédio vizinho. Precisava avisar as outras.

Bateu de leve na porta de Stephanie antes de entrar depressa no quarto idêntico ao seu.

– Sarah – disse Steph, preocupada. – Você está bem? Parece exausta. E as mulheres, estão seguras?

– Sim. Estarão seguras. Você ouviu falar do banco de sêmen?

– Então foi você!

– Eli e eu.

Stephanie colocou diante dela uma inevitável xícara de café, aguardando para ouvir os detalhes.

– Estou sendo seguida, Steph – disse Sarah rapidamente, acelerando a fala ao ver a expressão alarmada da amiga. – Não se preocupe. É apenas vigilância de rotina de quem tinha contato com as seis mulheres. Mas preciso avisar as outras. Talvez elas não tenham notado que estão sendo seguidas. Três das resgatadas estavam na sua rede. Alguma delas está diretamente ligada a você?

– Não – respondeu Stephanie sem hesitar.

– Então, você precisa avisar os contatos delas. E também os das mulheres da rede de Eli. Elas também devem ser alertadas.

– Eu cuido disso – garantiu Steph. – E quanto à rede de Joan?

Sarah hesitou. Nos últimos tempos, muita coisa estava recaindo sobre Stephanie, e Sarah sabia que ela não era a mais preparada para lidar com tanta pressão.

– Eu ia encontrá-las esta noite, mas agora não posso mais. – Tomou uma decisão e inclinou-se para frente. – Você consegue entrar em contato com Ann hoje à noite?

– Sim, entre nove e dez horas.

– Ótimo. Encontre-a o mais perto das nove que puder e entregue isto a ela – disse, passando a pequena pilha de artigos, os papéis amassados por terem sido escondidos no casaco. – Deixei um bilhete explicando a situação e onde ela pode encontrar a substituta de Joan. – Sarah viu a expressão de surpresa no rosto da amiga e sentiu uma necessidade irracional de se justificar. – Foi preciso substituí-la imediatamente. Ninguém pode se dar ao luxo de ser indispensável.

Stephanie pegou os papéis em silêncio e Sarah continuou.

– Diga a Ann para discutir o assunto com essa outra mulher e verificar se alguma das envolvidas na impressão tem ligação com as resgatadas. Se tiverem, precisam ser avisadas e afastadas do trabalho de impressão. Quero que as que estiverem fora de suspeita se encontrem no local da impressão hoje à noite, como combinado.

– Mas por quê? – perguntou Stephanie. – O jornal só sai na semana que vem.

O cansaço deixou Sarah impaciente, e a irritação transpareceu em sua voz.

– Eu sei, Steph, mas quero desmontar a prensa o quanto antes. As mulheres sabem o que fazer. Já planejamos isso há semanas.

– Quer que Ann ajude na impressão?

Sarah hesitou, lembrando-se do rosto da funcionária dos correios, a mulher que fizera de substituta de Joan. Sequer perguntara o nome dela, mas sabia que era capaz e fria. Recordou-se de como ela lidara com a entrega da mensagem, tão naturalmente.

– Não. Só diga a ela para passar o recado e deixar que as outras cuidem do resto. Depois marque um encontro para amanhã, para termos um relatório do que foi feito.

– E os jornais? Onde vamos escondê-los?

Sarah não queria lidar com aquilo naquele momento. Ainda não tinha um plano, mas sabia que só conseguiria raciocinar com clareza depois de dormir.

– Diga para deixarem tudo lá até amanhã à noite. Até lá vou pensar numa solução. – Vendo a expressão preocupada de Stephanie, apressou-se em acrescentar. – Não se preocupe.

Eu já tinha planejado imprimir hoje. As mulheres estão esperando por mim. A única diferença é que não poderei ir. – Levantou-se devagar, sentindo o cansaço dominá-la agora que as decisões estavam tomadas. Estava quase aliviada pelas circunstâncias a obrigarem a recuar. Talvez conseguisse dormir.

– Você vai ver o homem quando sair – explicou enquanto caminhava até a porta. – Quarenta e poucos anos, terno azul-escuro, altura média. Da última vez que vi, estava encostado na entrada do bloco seguinte, misturado às sombras. Ele não vai demonstrar nenhum interesse por você.

Sarah voltou devagar ao seu quarto. Cada movimento parecia mais lento. Cruzou de novo o cômodo até a janela e fechou as cortinas, como se pudesse afastar o olhar vigilante do homem. O jornal seria impresso naquela noite, a prensa desmontada. No dia seguinte, decidiria onde esconder os exemplares. Tornou a pensar no homem e se perguntou quanto tempo duraria aquela vigilância. Ainda estaria lá no sábado? Se estivesse, não poderia encontrar Carl. Franziu a testa, antecipando a decepção. Mas por que se decepcionar? O encontro era só para saber notícias das mulheres. Sentou-se pesadamente na cama e se lembrou do clima acolhedor da casa dele: a bagunça da cozinha, o calor da sala, o fogo da lareira lançando sombras nas paredes, a sensação meio onírica de contentamento quando ele tocara seu rosto. O envelope. Tinha se esquecido dele no meio da tensão daquela manhã. Ainda estava onde o escondera logo cedo, quando voltou de seu encontro com Eli.

Levantou-se e caminhou até a estante, pegando o envelope escondido atrás de uma fileira de livros. Virou-o nas mãos antes de finalmente rasgá-lo. Dois desenhos de seu rosto encararam-na das folhas de papel. Olhou atentamente para um deles: o cabelo grisalho puxado para trás com força, os lábios fechados e firmes, os ossos das bochechas bem marcados subindo até as sobrancelhas bem moldadas, e os olhos... Sentiu um choque percorrer seu corpo. Olhos largos, claros, cinzentos e vazios, completamente sem expressão. Era mais que uma falta de emoção; era um vazio absoluto. Seria assim que ele a via? Seria assim que todos a viam? Fitou os olhos novamente e não conseguiu reconhecê-los como seus. Por que eles não mostravam nada do que se passava dentro dela? Como podiam esconder todas as incertezas, todas as dúvidas, refletindo apenas um nada absoluto? Não viu nada de si mesma naqueles olhos vazios, e isso a assustou. Cobriu rapidamente os desenhos, como se pudesse apagar o que vira, e começou a se despir às pressas, vestindo o áspero roupão cinzento e pegando a toalha e o sabonete para o banho. Os chuveiros estariam vazios àquela hora, e depois, finalmente, dormiria. Parou um instante à porta, olhando de volta para o lugar onde deixara os desenhos, mas os olhos vazios ainda estavam vívidos em sua mente. Se era assim que ele a via, ela deveria ser capaz de se ver assim também. Com um gesto impulsivo, pegou os esboços e foi até o pequeno espelho. Fitou o desenho que tanto a perturbara e depois seu próprio reflexo. O mesmo rosto a encarava de volta, mas os olhos, agora, estavam vivos, questionadores. Tentou reproduzir o vazio que sentia durante o dia, mas a expressão se dissolveu antes de alcançar-lhe os olhos. Largou o desenho com um suspiro irritado e virou a outra folha. Era seu rosto novamente, mas vivo. Tão cheio de vida que lhe tirou o fôlego. Os lábios sorrindo, os cabelos soltos caindo pelos ombros, os olhos brilhando de felicidade, transbordando o simples prazer de existir.

Por que ele a desenhara assim? Aquela também não era ela. Olhou de volta para o espelho. Não, não era. Carl a fizera parecer bela, e ela não via beleza nenhuma. Devagar, levou as mãos até o coque apertado e o desfez, deixando os cabelos caírem livres. Mas seus olhos permaneceram os mesmos: interrogativos, incertos. Enquanto enrolava uma mecha entre os dedos, lembrou-se da confusão que sentira quando ele a acordou e ela percebeu que o alento de sua presença não fora um sonho. Mas aquela confusão não era reconfortante. Ela não entendia os sentimentos que surgiram: um leve medo sem motivo real; uma expectativa sem saber do quê; uma sensação difusa de excitação, embora tudo o que fizera foi dizer a ele que precisava ir embora. Recordou o toque da mão dele em seu braço e a rigidez imediata do próprio corpo. Sua mão foi até o local exato, como se pudesse trazer de volta aquela sensação, como se ele estivesse ali de novo. Ficou parada, uma pequena figura cinzenta envolta em cinza, desde o áspero roupão à monotonia pálida do quarto, tentando dar mais um passo além da própria cor sem entender o que lhe impedia, porque aquilo não se explicava com lógica.

Afastou-se do espelho e deitou-se na cama, encarando o teto descascado, deixando o olhar seguir as velhas rachaduras enquanto sua mente vagava até uma conversa que tivera com Mary muitos anos antes, logo depois de terem se conhecido. Naquela época, Sarah mal tinha completado seis meses de trabalho. As lembranças da escola especial ainda estavam frescas, e ela ardia de uma raiva que rivalizava com a de Eli. O ódio era tão forte que a impelia para a destruição; foi quando começou a sonhar em destruir Gorston. Queria entender tudo sobre ele, sobre a sociedade que lhe dera poder. Queria conhecer seu inimigo para entendê-lo melhor e, depois, identificar suas fraquezas. Mary era casada e tinha um filho quando Gorston ascendeu ao poder. E, na sua impaciência juvenil, Sarah perguntara por que os maridos, todos eles, tinham permitido que Gorston impusesse suas leis. Lembrava-se bem da fúria que sentira quando Mary começou a defender os homens, usando palavras que ela não queria aceitar. Até que Mary, percebendo que não havia entendimento possível entre elas, se inclinou para frente e pôs a mão sobre o braço de Sarah. A lembrança era tão viva que Sarah ainda podia ver o olhar de tristeza e resignação no rosto de Mary e sentir a incompreensão ao ouvir suas palavras:

– Ele tirou mais de você do que você imagina.

Sarah reagira com raiva, consciente do esforço para manter sua personalidade, defendendo o próprio sucesso no combate íntimo ao condicionamento que lhe fora imposto na escola.

– Ele não tirou nada de mim. Tirou minha liberdade, mas aqui – apontara com veemência para a própria cabeça – ainda sou livre. Estou inteira dentro deste invólucro. Ele pode ter se apropriado do que está fora, mas eu sobrevivo aqui dentro. – Falara com a arrogância afiada da juventude.

– Eu sei, querida. Você o derrotou ao preservar sua razão e sua inteligência intactas – concordara Mary –, mas ele roubou suas emoções. Da mesma forma que deixou seu corpo inteiro, mas forçou partes dele a se tornarem obsoletas.

Sarah não quisera entender aquelas palavras estranhas. Não quisera admitir que Gorston tivesse vencido em qualquer aspecto. Mas... e se Mary estivesse certa? Ela mencionara isso novamente no porão, na noite em que contou sobre os estudantes torturados. Existiria uma parte dela mesma destruída? Ou apenas escondida, tentando agora encontrar uma forma de emergir?

Sarah se levantou da cama e voltou ao espelho. Os cabelos ainda caíam soltos pelos ombros, os olhos cinzentos buscando respostas que precisava enfrentar. Desfez o roupão grosseiro e deixou-o cair no chão, suas mãos deslizando até o ponto do braço onde Carl a tocara. Sentiu uma pontada de medo no estômago. Suas mãos, hesitantes, percorreram a linha dos seios, enquanto seus olhos seguiam cada gesto refletido. O que Mary dissera? Que parte de seu corpo era obsoleta. Seios obsoletos, que jamais nutririam um bebê. De repente, seus movimentos congelaram. O medo cresceu dentro dela enquanto encarava os próprios olhos e, enfim, compreendia as perguntas refletidas ali. Era isso que Mary quisera dizer: o pedaço dela que havia sido amputado não era visível. Era a confusão dos sentimentos, os impulsos tímidos e incertos do corpo, a parte desconhecida dela mesma que existia além da mente. Era isso que Mary quisera dizer no porão? Que, às vezes, o coração fala mais alto que a razão?

De repente, Sarah se virou de costas para o espelho e vestiu o roupão com pressa. Não podia considerar que sua mente talvez não governasse sempre suas ações. Sua mente era seu escudo. Protegera-a contra as leis de Gorston todos aqueles anos. Protegia-a agora contra Steiner. O coração, pensou, era para tempos de paz, para depois que a luta acabasse, para tempos em que a sociedade não se aproveitaria da fraqueza das emoções para destruir o espírito.

Dezesseis

Sarah olhou pela janela pela milésima vez. O homem ainda estava lá. Vinha seguindo-a há dias, discreto, persistente, metódico. Mas agora estava entediado. Ela podia sentir. Via isso nos pequenos movimentos inquietos que, aos poucos, haviam substituído a resignação irredutível das longas e frias esperas dos primeiros dias de vigilância. Sarah mantivera uma rotina rígida, tentando minar sua vigilância, fazê-lo baixar a guarda. Se ele continuasse ali por mais dois dias, ela teria que despistá-lo.

Um arrepio de excitação percorreu seu corpo ao pensar nisso. Sete anos de planejamento e sonhos seriam postos à prova em pouco mais de quarenta e oito horas. Os velhos medos, porém, voltaram a assombrá-la. Não tivera contato com nenhuma das mulheres, exceto Stephanie, desde que identificara o homem que a vigiava e desejava desesperadamente uma última reunião antes do Levante. Os últimos cinco dias pareceram intermináveis, repetindo o mesmo ciclo: trabalho no escritório e o caminho solitário de volta ao albergue, sempre sentindo a sombra a segui-la.

Levantou-se de repente, com um propósito. Precisava se manter ocupada, mergulhar em tarefas banais, qualquer coisa para impedir as divagações da mente. Faria uma surpresa para Stephanie e lhe prepararia o jantar. Em breve a amiga voltaria da reunião rotineira com seu grupo. Mas, por mais que tentasse, Sarah não conseguia afastar os pensamentos dos próximos dois dias. Tudo estava organizado e pronto havia semanas. Faltavam apenas dois detalhes: a pequena estação de rádio que

Eli e sua equipe estavam terminando de montar e a distribuição dos jornais. Era justamente isso que a incomodava: os jornais. A impressão fora concluída sem problemas, assim como o desmonte da impressora. Mas os jornais continuavam no local da impressão, e ela não conseguira encontrar outro esconderijo para eles. Com tantas mulheres sob a vigilância de Steiner e tantas buscas aleatórias nos albergues, não foi possível distribuí-los como planejara. Reavaliou as chances de serem descobertas. Em teoria, os jornais estavam seguros. Mas o plano sempre fora usar aquele lugar apenas à noite – e agora os jornais estavam lá, a poucos metros de pessoas que circulavam por ali diariamente.

Caminhou até o pequeno armário, determinada a reprimir aqueles temores inúteis. Se não ocupasse a mente, cairia num de seus humores obstinados e questionadores, em que duvidava dos próprios planos e da sua capacidade de liderar o Levante. Não podia se permitir isso agora. Era só o efeito da claustrofobia gerada pela vigilância constante. Lançou mais um olhar automático pela janela. Toda vez que via seu impassível vigia, sentia a presença de Steiner.

Sarah pegou algumas latas do armário e sorriu com ironia. Não havia nada ali que pudesse usar para impressionar Stephanie com suas habilidades culinárias. Começou a preparar uma refeição simples, vigiando a rua de tempos em tempos, mas evitando com cuidado olhar diretamente para o prédio onde o homem se abrigava. Finalmente, viu Stephanie atravessando apressada o pátio de concreto e tratou de pôr a mesa rapidamente, esperando a batida na porta.

– Sarah, acho que tem alguma coisa errada. – Stephanie entrou no quarto sem se anunciar, ofegante e com um olhar ansioso. – O banheiro público está trancado. – Ela respirava com dificuldade.

Sarah a encarou, alarmada, e Steph continuou.

– Uma das mulheres da minha rede notou há cerca de uma hora e comentou. Claro que ela não sabia da importância disso.

Por quê? Aquele banheiro nunca ficava fechado àquela hora. A operária idosa que o supervisionava abria às nove da manhã e só saía por volta das dez da noite.

– Mandei duas mulheres até lá para tentarem descobrir o que aconteceu. Vou encontrá-las na venda da esquina em quinze minutos.

– Talvez ela só esteja doente – sugeriu Sarah.

– Foi o que pensei. Se for apenas por hoje, eles de fato não se dariam ao trabalho de mandar uma substituta. Ainda mais sendo sábado. Ela é uma das mulheres da rede de Joan, não é?

Sarah assentiu, distraída. E se a mulher não estivesse doente? E se Steiner tivesse, de algum modo, rastreado a rede e agora estivesse interrogando a idosa? Se fosse isso, todo o Levante estaria comprometido. Mas não podia se deixar levar por suposições. Precisava confirmar.

– Consegue falar com Ann ou com Eli rapidamente? – perguntou.

– Com a Ann, em cerca de meia hora. Mas antes preciso encontrar as mulheres da minha rede.

Pela janela, Sarah olhou para o homem que ainda se espreguiçava nos degraus do edifício. Não podia fazer nada. Só lhe restava confiar que as outras conseguissem a informação.

– Encontre as mulheres e, se elas não souberem de nada, fale com Ann o mais rápido que puder. Peça para ela entrar em contato com a substituta de Joan e descobrir se alguma mulher da rede sabe o que houve.

Stephanie virou-se sem dizer nada, deixando Sarah sozinha com o peso do medo e da frustração. Se Steiner tivesse encontrado os jornais, ele já saberia do Levante. Forçou-se a pensar com clareza. O que ele faria primeiro? Intimidaria a velha e arrancaria informações sobre o grupo. Prenderia todas, inclusive a substituta de Joan – continuava sem saber o nome dela! –, o que o levaria até as líderes. Não. Levaria direto até Ann e até ela própria. Eram os únicos elos entre a rede de Joan e a liderança. E, sem elas, Stephanie, Eli e Mary não conseguiriam manter tudo sozinhas. Além disso, embora as outras mulheres não soubessem dos detalhes da manhã de segunda-feira, sabiam todo o resto.

Andava impaciente pelo quarto. Ainda não conseguia raciocinar direito. Se Steiner estivesse ciente do Levante, saberia quantas mulheres estavam envolvidas e estaria prendendo todas elas em massa, o que não acontecera. Do contrário, ela já teria sido avisada. Talvez sua esperança desesperada fosse justificada. Talvez a velha estivesse mesmo apenas doente.

Caminhou até a janela no momento em que Stephanie voltava, carregando uma sacola de compras. Virou-se para a porta, esperando-a subir correndo as escadas. O medo apertava seu peito, e ela mal conseguia respirar.

– E então?

– Ela morreu. A velha morreu. – Stephanie lutava para controlar a respiração, tensa demais.

O medo se dissipou de repente. Sarah tomou a sacola de compras de suas mãos e a conduziu até a cama.

– Sente-se e me conte, com calma. – Sentia o pânico à flor da pele na amiga e, como sempre, queria protegê-la.

– Uma das mulheres puxou conversa com uma gari – explicou Stephanie, parando um pouco para acalmar a voz trêmula enquanto Sarah tocava seu braço em um gesto de apoio. – Houve um acidente. Hoje de manhã, por volta das nove. A velha estava atravessando a rua para chegar ao banheiro público e foi atropelada por um carro. Morreu na hora. Desde então, ninguém chegou perto do lugar. Ficou trancado o dia inteiro.

Então Steiner não sabia. Um alívio imenso tomou conta de Sarah. Virou-se para o pequeno fogareiro, tentando esconder seus sentimentos. Preparou o café mecanicamente enquanto planejava os próximos passos. Uma nova supervisora seria enviada para o local, mas não tinha como saber quem seria. Precisavam remover os jornais de lá, e rápido. Pôs a xícara diante de Stephanie. Precisava de Eli. Precisava tirar os jornais exatamente como haviam feito antes. Dessa vez, porém, seria à luz do dia. E o banheiro estava trancado.

Dezessete

Steiner estava sentado no escritório, o olhar perdido no nada. Já fazia uma semana que as seis mulheres haviam desaparecido do hospital; quase duas desde que o jornal clandestino fora distribuído; e ele ainda não tinha nenhuma pista sobre as responsáveis. Seus homens tinham revistado dezenas de albergues enquanto elas trabalhavam e, mesmo com mais de cinquenta mulheres sob vigilância constante, nada havia surgido. Um lampejo de irritação cruzou seu rosto ao se lembrar da conversa com Gorston. Se tivesse conseguido capturar mais seis mulheres, como planejava, naquele mesmo dia teria todas as líderes nas mãos. Mas Gorston estava obcecado em colocar o programa de volta nos trilhos e não quis nem ouvir os argumentos de Steiner sobre a necessidade de prosseguir com o treinamento. Para o presidente, não havia mais necessidade de treinar ninguém. Então, por enquanto, sua marionete ainda estava solta, livre para fazer seus movimentos.

Steiner reabriu o dossiê à sua frente, em busca do relatório químico. Os laboratórios haviam encontrado traços de germicida em quase todos os exemplares do jornal. Isso deveria significar algo. Mas o quê? Seus homens já tinham verificado todas as prováveis fontes de contaminação, e mesmo assim ele sentia que estava deixando algo escapar. Era só uma questão de tempo até suas investigações lhe darem a pequena pista que faltava, mas tempo era justamente o que ele não tinha. As mulheres tinham prometido publicar de novo depois de duas semanas, e essas duas semanas terminavam naquela quarta-feira.

O telefone em sua mesa tocou discretamente.

– Sim?

– Surgiu algo importante, senhor. – A voz de Erling soou no seu ouvido.

– Estou a caminho. – Seus homens haviam encontrado alguma coisa. Talvez o primeiro ponto fraco na frente de batalha das mulheres. Fechou o dossiê com um movimento rápido, guardando-o na valise. Pela primeira vez em dias, sentiu que estava muito mais próximo de encontrar a mulher que ousara desafiá-lo.

Saiu para o corredor e parou de repente ao ver a mulher parada na porta de outra sala. Seu rosto permaneceu inexpressivo ao ver o medo estampado na expressão dela. Alta, magra, uma beleza clássica, vestia roupas que realçavam ainda mais sua elegância, e ainda assim estava apavorada diante do homem que agora a encarava; parecia incapaz de se mover. O silêncio se estendeu por um instante antes de Steiner virar o rosto, um traço de repulsa e raiva passando por sua face. Teria que fazer algo a respeito daquela imprudência. Ela tinha liberdade para circular pela casa e receber seu grupinho de amigas patéticas. Tudo o que ele esperava – não, tudo o que ele exigia – era que ela se mantivesse fora de alcance, que não cruzasse seu caminho, que não lhe impusesse a visão ou o som das crianças obrigatórias daquele casamento. Precisaria lembrá-la do acordo, embora até isso já o entediasse profundamente.

Erling o esperava à porta do escritório externo e o acompanhou quando entrou na sala austera.

– Recebemos um informe da estação central, senhor. Hoje de manhã houve um acidente na rua envolvendo uma velha que supervisionava o banheiro público das operárias lá no Green. Uma substituta foi enviada e relatou que havia coletoras de lixo no banheiro quando chegou. Alega ter notado algo estranho e informou seu superior.

– Onde ela está agora?

– Providenciei para que a trouxessem para cá.

– Alguma indicação do que ela viu? – A voz de Steiner não deixava transparecer nenhum traço de seu entusiasmo.

– Não. Ela ficou assustada quando a polícia começou a interrogá-la e deu umas respostas bem confusas.

– Avise-me quando ela chegar. E, Erling, quero que aquele lugar seja revistado de cima a baixo.

Claro, pensou Steiner, o germicida. Banheiros públicos. Levantou-se rapidamente, atravessando o escritório até a janela, a excitação contida crescendo em seu peito. A brecha que ele procurava finalmente surgira. Olhou de volta para a mesa, como se visse uma das Cinzentas diante dela. Seria ali que a traria primeiro. Queria ver como ela reagiria sabendo que estava indefesa, sabendo exatamente o que a esperava. Perguntou-se como seria o rosto dela. Jovem? Ou talvez uma mulher mais velha, que ainda se lembrasse de como era antes de se tornar uma Cinzenta? Isso teria ajudado a resistir ao processo de lavagem cerebral. Nunca estivera satisfeito com o programa de choque implementado quando Gorston aprovara a lei. Quisera criar cursos de reciclagem para as mulheres mais velhas, mas o presidente descartara a ideia como perda de tempo e dinheiro. E uma mulher mais velha teria energia para desafiá-lo? Pensou novamente nos artigos do jornal. Eram as opiniões de uma idealista, de uma sonhadora incontrolável.

– Ela chegou, senhor – anunciou Erling.

– Mande Steadman interrogá-la. Quero cada detalhe: tudo o que aconteceu, tudo o que ela viu, qual era a aparência das mulheres, o que passou pela cabeça dela enquanto estavam lá. E quero ver o relatório da busca assim que estiver pronto.

– O relatório preliminar já está chegando, senhor.

– Traga-o assim que sair da máquina – disse Steiner, a impaciência começando a fervilhar sob sua aparência fria enquanto atravessava as portas de vidro para o jardim.

– Senhor?

Pegou a folha que Erling lhe entregou e passou os olhos rapidamente. Então elas tinham mesmo impresso o jornal lá. Havia vestígios de uma substância semelhante a tinta de impressora, o que o laboratório ainda confirmaria; marcas em uma das cabines consistentes com um equipamento pesado; e restos de material isolante no escritório da antiga supervisora. Elas não procuraram amenizar o barulho com mais barulho, e sim isolar a máquina por completo. Devem ter impresso à noite, quando o local estava fechado. Teriam arriscado deixá-la ali entre as tiragens? Era óbvio que tinham usado a sala da supervisora para a impressão, então os arranhões no cubículo pareciam indicar que haviam guardado a máquina ali. Era preciso coragem. Mas com uma placa de "fora de serviço" e o banheiro frequentado apenas por operárias treinadas para não fazerem perguntas, o risco de serem descobertas era pequeno. A prensa já não estava mais lá. Isso queria dizer que o material já fora impresso. Três dias. Ele só tinha três dias até que elas distribuíssem a próxima edição do jornal.

Sentou-se em um banco no meio da folhagem, arrancando folhas distraidamente e jogando-as no chão. Era óbvio que elas tinham planejado esconder os jornais no banheiro público até o momento de distribuição, mas o acidente com a velha obrigou-as a mudar os planos. Onde os esconderiam agora?

– Senhor – disse Erling, parando diante dele. – A mulher deu a Steadman algumas informações, mas ele acha que ela ainda está escondendo alguma coisa.

A irritação de Steiner explodiu. Steadman era um dos seus melhores interrogadores. Como não conseguira arrancar mais informações de uma velha aterrorizada que fora programada para obedecer a qualquer ordem masculina?

– Ela está apavorada, senhor – continuou Erling. – Steadman acha que ela está com medo de alguma outra coisa, e não só dele.

Steiner levantou-se e entrou de novo no escritório. Uma mulher temendo alguma outra coisa que não Steadman?

– Mande-a entrar – disse ele. – Eu mesmo vou falar com ela.

A velha entrou acompanhada por um policial. Uma mulher de seus setenta anos, o terror estampado no rosto enrugado, cabelos ralos caindo sobre os olhos, mãos deformadas e trêmulas sobre o peito magro, pequenas queimaduras vermelhas brilhando contra a pele manchada.

– Seu nome? – perguntou Steiner.

Os lábios da mulher se moveram em silêncio, os tendões do pescoço repuxando. Aquele idiota do Steadman havia passado dos limites. Não arrancaria nada dela nesse estado. Com um gesto, indicou a cadeira vazia e esperou que o policial a ajudasse a se sentar.

Sua voz saiu suave, calma.

– Parece que meus homens a assustaram bastante. Deixe que cuido disso. – Steiner inclinou-se, obrigando a velha a encará-lo. – Não precisa ter medo de mim. Já disse, vou punir os homens que a maltrataram. – Virou-se para o policial. – Traga um café para ela. Aposto que aceitaria um café, não é? Qual é mesmo o seu nome?

– Lawlor, senhor – murmurou a velha.

– Lawlor, ótimo. Guarda, traga também um remédio para essas queimaduras. – Observou enquanto ela tentava segurar a xícara de café. A tremedeira das mãos denunciava o pânico. Teria que ser muito cuidadoso. O que poderia ser mais assustador do que Steadman? Consultou rapidamente o relatório à sua frente: ela vira mulheres carregando sacos de lixo, um deles se rasgara, espalhando jornais novos no chão, com uma fotografia na primeira página.

Esperou ela terminar o café, então escreveu uma nota para Erling e entregou-a para o guarda ali a postos. Queria que interrogassem todas as conhecidas da supervisora morta. Era uma mulher idosa, então devia morar em um dos albergues destinados às maiores de sessenta anos; e se ela trabalhava o dia inteiro até tarde da noite, não devia ter muitas oportunidades de interação fora do albergue. Como é que uma mulher dessas se envolvera com as rebeldes? Se ao menos ela não tivesse sido atropelada por aquele carro...

Lawlor terminou o café. Steiner indicou o tubo de pomada.

– Passe um pouco disso. Vai aliviar a dor até chamarmos um médico. – Acompanhou a mulher com olhar atento enquanto ela cumpria a ordem e percebeu que a tremedeira diminuía. – Você foi muito rápida em perceber que algo estava errado. O que primeiro chamou sua atenção?

Ela tentou várias vezes até conseguir responder, num sussurro:

– O Sr. Shirer, meu chefe, tinha me dado as chaves para abrir o local, mas quando cheguei o banheiro já estava destrancado e algumas mulheres recolhiam o lixo. – Steiner permaneceu em silêncio, forçando-a a continuar. – Disseram que encontraram aberto... mas eu trabalho nisso desde os sessenta anos e sei que o lixo nunca é recolhido aos sábados. – Ele assentiu, encorajando-a. – E aí uma delas deixou cair um saco. Parecia cheio de jornais. Não velhos... novos.

– E você conseguiu ver bem esses jornais?

O medo reapareceu nos olhos dela.

– Não muito.

– Mas viu uma fotografia?

– Vi. Um grupo de mulheres. Cinco ou seis.

As seis mulheres que haviam desaparecido do hospital. O jornal vai contar a história do resgate. A idosa estava muito assustada agora, Steadman tinha razão; tinha visto mais do que lhe contara. Teria visto a manchete acima da foto? Provavelmente falava do programa de inseminação artificial. Será que ela achava que seria afetada? Certamente que não, não naquela idade.

– Como eram essas mulheres? – Ele procurou desviar o assunto. – Quantas eram?

O alívio dela foi visível.

– Só vi duas. Podia ter outra no caminhão, dirigindo. As duas que vi tinham uns trinta anos, usavam macacões de lixeiro. – Fez uma pausa, buscando na mente mais informações para relatar. – Não notei mais nada nelas.

– Não, claro que não. É muito difícil dar uma descrição precisa de qualquer operária, todas parecem iguais, não é?

– Steiner continuou, sem mudar o tom. – E o que dizia a manchete acima da foto?

A reação dela foi instantânea. O pânico voltou ao seu rosto, o tremor voltou ao seu corpo.

– Eu... eu não vi manchete nenhuma, senhor.

Então, ele estava certo. Tinha algo a ver com a manchete. Seria algo sobre a inseminação artificial? Mas isso não a aterrorizaria tanto. Do que ela estava com medo? De algo que ela achava que a incriminaria de alguma forma? Mas ela não estava envolvida com o grupo, ou não teria relatado suas suspeitas. Seria algo sobre ele? Isso faria mais sentido. Ela teria medo de contar por causa da possível reação dele. Ele se forçou a soar gentil, quase pesaroso.

– Não está me dizendo a verdade, não é? Você viu a manchete, mas não quer me contar o que dizia. Que tolice da sua parte. Está com medo da minha reação? Ora, vamos, eu lhe pareço um homem assustador?

O silêncio se prolongou enquanto ele observava a incerteza estampada no rosto dela. Estavam quase lá. Ela começava a considerar a hipótese de contar tudo a ele. Mais alguns momentos de silêncio e ela tomaria a decisão. Steiner se inclinou para reorganizar as rosas à sua frente, manuseando as flores com mãos gentis.

– Era... – A voz dela era quase inaudível, os sons presos na garganta. Ele esperou. – Era sobre o presidente.

Não tinha a ver com ele, e sim com Gorston. Não era de se admirar que ela estivesse apavorada. Ele manteve o tom suave.

– E o que dizia sobre o presidente?

Ela não conseguia encará-lo, a cabeça enterrada no peito, as mãos idosas tremendo incontrolavelmente.

– Dizia... – Ele podia ver a pulsação no pescoço fino enquanto ela tentava pronunciar as palavras. – Dizia "O governo de Gorston acabou".

Então era isso. Ele não estava lidando com um grupo de encrenqueiras que publicavam bobagens traiçoeiras.

Eram militantes. Aquela manchete só podia significar uma coisa: elas pretendiam assassinar Gorston.

Olhou para a velha com desprezo.

– Tire-a daqui – ordenou friamente.

O policial hesitou.

– Dou voz de prisão, senhor? O que devo fazer com ela?

– Pouco me importa. Tire-a daqui.

"O governo de Gorston acabou." *Acabou.* O jornal seria distribuído dali a três dias. Significava que a tentativa de assassinato teria que ocorrer nos próximos três dias. E ele não tinha nenhuma pista.

– Erling, você já mandou buscar as mulheres do albergue?

– Sim, senhor. Estão a caminho.

– Quero que as interroguem sobre a velha atropelada hoje. Descubra se sabem do envolvimento dela com grupos subversivos.

– Senhor. – A voz de Erling soou hesitante no telefone. – Duas delas têm mais de oitenta anos e estão acamadas.

– Estão trazendo de ambulância?

– Sim, senhor.

– Então qual é o problema?

– Problema nenhum, senhor.

– E, Erling, já temos o relatório do depósito de lixo?

– Sim, senhor. O gerente garante que nenhum caminhão foi usado hoje.

Steiner passou os olhos rapidamente pelo relatório de Steadman. A velha jurava ter visto um caminhão de lixo oficial, com o brasão da cidade.

– Traga o gerente aqui. Pode ser que ele esteja mentindo. Vamos ver se conseguimos confirmar a história dele. E mandem os agentes às ruas. Alguém deve ter visto um caminhão de lixo em pleno sábado. E, Erling, quero uma cópia da agenda do presidente para os próximos três dias.

Dezoito

Droga, por que ela não tinha vindo? Carl sacudia o carro pela estrada esburacada, furioso com a própria decepção, irritado consigo mesmo por ter esperado quase uma hora mesmo depois de perceber que ela não viria. Sentira a hesitação dela lá na cabana, mas quando por fim ela concordara, ele jurou que ela apareceria. Por que não tinha vindo? Ele sabia que sua presença a deixava constrangida. Ainda podia sentir a reação dela quando, sem querer, tocara seu braço. Ela ficara completamente rígida. Mas era medo? Repulsa? O quê?

Virou o carro na estrada que levava de volta à cabana, cansado daquela tentativa constante de se comunicar com as mulheres. Fazia quase uma semana que elas estavam ali e, tirando Bartlett, todas ainda evitavam contato, passando a maior parte do tempo no celeiro. Carl queria romper aquela barreira de medo e desconfiança, mas, nas poucas vezes em que tentara conversar com alguma delas, fora recebido com a mesma expressão vazia que o tinha chocado tanto na primeira vez que viu Hillard. E era ridículo que ainda precisasse chamá-la de "Hillard". Perguntara a Bartlett qual era o primeiro nome dela, e a mulher, com aqueles olhos escuros que lembravam os de Hillard pela falta de expressão, respondeu: "Ela é só Hillard". Carl não acreditou. Assim como não acreditava que Bartlett fosse apenas "Bartlett". Parecia que esconder os nomes era parte do que as protegia da sociedade, uma maneira de manter a própria vida em segredo.

Nos últimos dias, tinha desenvolvido certa relação com Bartlett, e por algum motivo se sentia mais à vontade perguntando coisas a ela do que a Hillard. Lembrou-se da conversa que tiveram enquanto Bartlett lavava a louça das mulheres. Haviam caído num silêncio amigável, e ele, sem pensar, disse:

– Por que vocês sempre se escondem atrás dessa expressão vazia? – Fizera a pergunta sem qualquer julgamento, como se fosse apenas um eco de seus pensamentos.

Ela olhara para ele e, por um momento, achou ter visto um lampejo de diversão por trás daquela fachada inexpressiva.

– Como sabe que estamos escondendo alguma coisa? Vai ver essa expressão é tudo o que há.

Ele sabia que ela estava zombando dele, e também sabia que aquilo fazia parte da defesa dela. Seu pensamento voltou-se para Hillard, sentada à beira do rio, lutando contra as lembranças que ele a obrigara a encarar. Será que um dia conseguiria convencê-la de que não precisava se proteger dele?

Saiu da estrada principal e entrou na estradinha sinuosa que levava à cabana, já prevendo outra noite difícil naquele ambiente carregado. As mulheres não davam trabalho. Bartlett tinha assumido a rotina de preparar a comida e limpar tudo depois, às vezes até cozinhava para ele também. Mas o que pesava era saber que havia seis seres humanos tão próximos e, ao mesmo tempo, completamente inacessíveis. Ele precisava de companhia. Uma companhia alegre e descomplicada.

Passou pelo portão e se surpreendeu ao ver três mulheres esperando na entrada.

– Como ela está? – perguntou Bartlett, falando pelas outras, como sempre.

Uma irritação irracional passou por ele. A preocupação com Hillard, por um instante, superara a aversão que sentiam por ele. Mas logo percebeu a infantilidade desse pensamento, o que só aumentou sua irritação.

– Ela não apareceu – respondeu, passando por elas e entrando na cabana sem querer dar explicações. Ia tomar um banho, trocar de roupa e sair. Precisava de uma pausa. Além do mais, pensou com ironia, as mulheres ficariam mais à vontade com ele fora dali.

Bartlett ainda estava à sua espera quando ele saiu da cabana de novo, já com as chaves do carro na mão.

– Você disse que Hillard não foi te encontrar?

– Isso mesmo. – Passou por ela em direção ao carro, arrependendo-se um pouco da grosseria. – Vou sair esta noite. Se quiserem, podem usar o toca-discos na cabana. Vou voltar bem tarde. Estou pensando em ir até o Opera House.

Deu ré no carro até a estrada, e a animação pela noite que viria conseguiu suplantar por completo o mau humor de momentos antes. Jantaria no mesmo restaurante – a comida e o serviço tinham sido excelentes. Tirou um cartão do bolso enquanto fazia a curva para a estrada principal e o releu. Era estranho como funcionava aquele clube noturno. O maître dissera que, como era visitante, o cartão seria válido por um mês. Devia ser um lugar muito popular, para precisarem de um controle tão rígido.

Baixou o vidro do carro e se recostou, desfrutando do curto trajeto até a cidade. Precisava se certificar de pedir instruções mais detalhadas daquela vez. Seus pensamentos voltaram à cena que irrompera no silêncio da noite em que procurara a Ópera pela primeira vez, quando envolvera-se, ainda que por breves instantes, no horror e na dor de outro ser humano, e se lembrou de novo da repulsa que sentira quando Hillard lhe contara por que estava escondendo as mulheres. Aquela era uma sociedade doente, liderada por um homem doente. Mas, sem o apoio do povo, Gorston não teria se mantido tanto tempo no poder. Quais necessidades doentias ele satisfazia nas pessoas? Por que desumanizar justamente as pessoas mais inteligentes do país, só por serem mulheres? E aquela obsessão com reprodução? Conseguiu arrancar essa informação de Bartlett: as mulheres eram divididas entre esposas e operárias. Casavam-se aos dezoito anos e tinham que engravidar a cada dois anos até o fim da fertilidade. Métodos contraceptivos eram proibidos, de acordo com a interpretação que eles davam à lei de Deus e a dos homens. Uma sociedade masculina, feita por homens e para homens. Mas até os homens tinham regras: deviam se casar aos vinte anos. E então lhe ocorreu um pensamento. Se todos casavam cedo e as mulheres passavam boa parte do tempo grávidas, então por que o clube noturno era tão movimentado? Será que era uma discoteca adolescente? Era o último lugar onde desejava botar os pés. Não, não podia ser. O maître entendera exatamente o tipo de lugar que Carl buscava: um ambiente agradável, sofisticado, com boa companhia, de preferência feminina, inteligente e atraente. Gente bonita de se ver, boa de conversa, talvez até... Lembrou-se involuntariamente daqueles olhos grandes, cinzentos e cautelosos, sempre protegidos, mas que às vezes deixavam escapar um pouco da pessoa escondida por trás. Não. Precisava de um respiro, de uma noite agradável sem pensar em nada. Do contrário não conseguiria aguentar a tensão que emanava das mulheres e de tudo o que elas representavam. Precisava não pensar em Hillard.

O jantar estava tão bom quanto ele se lembrava: comida excelente, garçons atenciosos, a decoração luxuosa aumentando ainda mais sua sensação de bem-estar. O maître se compadeceu dele por ter se perdido no caminho da outra vez e foi muito paciente enquanto repetia as instruções para Carl encontrar o lugar certo.

Ele dirigiu com atenção pela rua principal e depois entrou em ruelas mais estreitas, onde a iluminação ficava cada vez mais fraca. Devia ter errado o caminho ali da outra vez. Diminuiu a velocidade, contando as esquinas, passando por fileiras de velhas casas geminadas até se ver diante do novo conjunto de casas que encontrara naquela outra noite. Talvez não fosse o mesmo que vira antes? Pareciam todos iguais. Seguiu pela rua entre as casas até dobrar à esquerda num beco sem saída ainda mais escuro. Será que era ali? Seguira as instruções com cuidado. No ar quente e parado da noite, ouviu o som de música sacra; um coro de meninos cantava notas tão límpidas e puras em uma cadência de beleza que só as jovens vozes masculinas conseguem alcançar. Ele parou o carro, enredado pela graciosidade do som. Devia haver uma igreja por perto, mas dali só se via uma rua abandonada, casas vazias, uma muralha alta e sem janelas. Nenhum carro, nenhum pedestre, nenhum sinal de vida, nenhum som, exceto o desse exímio coral. As luzes fracas dos postes antigos espalhavam manchas de claridade sobre as calçadas desertas, e sombras pesadas preenchiam os vãos entre elas. Devia estar perdido de novo.

Saiu do carro e caminhou na direção da música. Parecia vir de trás do muro. Devia haver uma porta por ali, em algum lugar. No fim da rua, encontrou grandes portões duplos, que davam para um estacionamento repleto de carros. Dois homens uniformizados corriam de um lado para o outro, com aquele típico ar de importância dos funcionários de baixo escalão.

– Sem carro? Então, pela porta ali, por favor, senhor – disse um deles.

– Não. Desculpe. Estou procurando a Opera House – respondeu Carl.

O homem, ocupado demais enquanto mostrava a outro carro onde estacionar, respondeu impaciente.

– Isso mesmo. Ali pela porta.

Carl hesitou, confuso. Aquilo não parecia certo. Talvez fosse a entrada dos fundos, para quem estacionasse ali.

– Seu ingresso, senhor.

– Estou procurando a Opera House – explicou de novo.

O homem sorriu, como se fosse óbvio.

– Isso mesmo, senhor. É só seguir direto pelo corredor. Está com seu ingresso?

Carl entregou o cartão, ainda hesitante, mas o homenzinho já estava ocupado com outros clientes. Aquela *tinha que* ser a entrada dos fundos. Provavelmente não havia vagas suficientes na rua principal e os clientes habituais estavam vindo direto para o estacionamento. Ele tropeçou no corredor sujo, pois a lâmpada fraca pouco servia para iluminar o caminho. Era de se esperar que o local fosse um pouco mais iluminado, já que os clientes passavam por ali com certa regularidade. Era um lugar bem esquisito para uma casa noturna. Ali era possível ouvir o canto mais cristalino do que nunca. A tal igreja devia ficar bem ao lado. Ele tropeçou novamente, pois não enxergou o degrau no final do corredor, e agarrou a maçaneta da porta para evitar cair.

Sua onda de irritação morreu quando ele abriu a porta e se viu em uma galeria que encimava um amplo salão. O ambiente era um contraste de escuridão com intrincados padrões de luz formados pelas centenas de velas carregadas pelos meninos do coro. A galeria onde se encontrava era iluminada apenas pela luz refletida de baixo, e ele teve dificuldade em distinguir a silhueta dos outros homens que se alinhavam junto ao guarda-corpo, observando atentamente o caleidoscópio de luzes e sombras, alheios aos seus vizinhos.

Devia estar no lugar errado. Era óbvio que aquele salão estava sendo utilizado para o ensaio de alguma cerimônia religiosa importante. Ele olhou para baixo novamente enquanto as vozes de soprano soavam como sinos triunfantes, ecoando pelas paredes. Os meninos do coro caminhavam lentamente segurando velas acesas, que iluminavam os rostos e davam a ilusão de uma beleza angelical que combinava com o som angelical. O esplendor da cena desviava seus olhos da sujeira e da monotonia do salão, e ele se apoiou no parapeito, absorvido pelo drama e pela beleza do evento.

– Os sacerdotes vão chegar logo. – Ouviu os sussurros e murmúrios que percorriam a fileira de homens e reconheceu o clímax iminente no vibrante hino de louvor. Virou-se para o homem ao seu lado, decidido a perguntar onde ficava a boate, mas permaneceu em silêncio ao perceber a intensidade do olhar do outro, que parecia alheio a tudo, exceto ao que acontecia lá embaixo. Carl podia sentir a tensão, a expectativa, uma profunda excitação, e olhou ao redor procurando mais alguém para perguntar. Viu a mesma antecipação intensa em todos os rostos sombreados. De repente, percebeu que a respiração do homem ao seu lado se acelerava em arfadas rápidas e voltou a olhar para o salão abaixo. A cena não havia mudado. As velas continuavam a projetar padrões randômicos nas paredes à medida que os meninos se entrelaçavam, formando um enorme triângulo, e o canto ecoava sua mensagem triunfante.

Carl olhou para os homens ao seu redor e, de repente, quis ir embora, fugir daquela mistura de beleza e... ele não sabia o quê. Era doentio. Havia algo de muito errado ali. A tensão e a expectativa no ar eram quase palpáveis e o envolviam a ponto de sufocá-lo. Ele olhou de novo para o salão, ainda vendo apenas as luzes espetaculares, ainda ouvindo apenas a magnífica música sagrada. Mas algo mais estava prestes a acontecer. Ele sabia disso com uma certeza horrível, e não queria esperar para descobrir o que era. Queria sair dali. Foi se aproximando da porta, girando a maçaneta com cuidado, sentindo uma necessidade irracional de escapar sem chamar atenção para si. A porta estava trancada. Girou a maçaneta com mais força, empurrando o corpo contra a porta. Estava irredutível. Ele estava preso naquele lugar insano.

– Como é que eu saio daqui? – perguntou ao homem mais próximo, com um tom agressivo por conta da irritação. Sua voz soou alta demais em comparação ao intenso silêncio que o cercava. O homem o ignorou e uma ligeira agitação percorreu todos os outros, atentos ao salão abaixo. Carl seguiu o olhar deles e percebeu que a música havia cessado quando três homens vestidos com túnicas apareceram no centro do triângulo de luz. Estavam imóveis e resplandecentes em seus mantos paramentados, e enquanto o silêncio se espalhava por todos os cantos do vasto salão, Carl se viu observando e esperando, junto com os outros homens, a próxima cena dessa estranha apresentação.

O silêncio se prolongou até que, finalmente, as figuras trajadas com túnicas se viraram e caminharam lentamente até o púlpito elevado, enquanto o incenso queimado serpenteava preguiçosamente no ar a partir dos turíbulos que balançavam. A falange de velas se separara em duas, ladeando um corredor de escuridão ao longo de suas luzes tremeluzentes. Um agito chamou a atenção de Carl para a extremidade mais distante do salão, e ele se esforçou para identificar as silhuetas que avançavam pela penumbra.

Oh Deus, era uma mulher. Conseguia divisar seu rosto, iluminado pelos meninos do coro: os olhos arregalados, a boca se mexendo sem emitir som, o corpo se contorcendo em vão de pavor enquanto ela era arrastada por dois homens até os pés dos sacerdotes.

Antes de o sacerdote que estava no meio dos três dar um passo à frente, o único som que se ouvia era a respiração arfante da mulher prostrada no chão e o tilintar metálico dos turíbulos que balançavam continuamente.

– Irmãos, oremos. – Era uma figura imponente em suas vestes ricas, braços abertos para o alto em um ato de súplica, a voz profunda e melodiosa. – Ó Senhor, dá-nos força nesta noite para guiar esta mulher para longe do caminho da imoralidade; que, por meio de nossas exortações, consigamos fazê-la enxergar a maldade escondida em seus caminhos; e que, através de sua confissão, ela possa guiar suas companheiras a um estado de arrependimento verdadeiro.

– Confesse! – A resposta ecoou pelo salão em um brado uníssono, os homens todos com o olhar fixo na cena.

Carl se afastou do guarda-corpo, procurando outra saída. Precisava fugir. A voz melodiosa ecoava no limite de sua consciência enquanto ele voltava para a porta, girando a maçaneta desesperadamente, sacudindo-a sem se preocupar mais em se esconder.

– Confesse! – A resposta ecoou novamente, em meio a uma loucura antes represada e agora cada vez mais à flor da pele. Carl afastou-se da porta trancada e forçou passagem para o outro lado da galeria. Devia haver outra saída. Aqueles homens mal o notavam enquanto os empurrava para abrir caminho.

– *Confesse!* – A tensão rodopiava ao redor, rasgando o ar em um crescendo quando ele finalmente chegou ao outro lado e encontrou outra porta.

Um grito rasgou o corredor, encobrindo os cânticos, forçando Carl a olhar novamente para a cena abaixo, enquanto cada nervo em seu corpo reagia ao som repentino e nauseante. Ela estava nua, as roupas rasgadas, sangue escorrendo de um vergão sobre os seios. Ele observou, paralisado, enquanto o chicote erguia-se devagar, e percebeu o terror animalesco na expressão da mulher quando sua cabeça foi puxada para trás pela mão masculina enredada em seus cabelos.

– *Confesse!* – A loucura envelopou-o de novo, uma resposta profana para uma prece profana. Ouviu o chicote e o grito que ecoou pelas paredes.

– Sim, sim, eu confesso! Eu confesso! – Ela gritava, balbuciava, sem conseguir compreender os sons que saíam da própria boca. O olhar de Carl estava fixo no tufo de cabelo grisalho ainda enrolado na mão do homem.

Um murmúrio ergueu-se à sua volta e ele percebeu um movimento entre os homens que observavam a cena. Estavam se aproximando, disputando o espaço em direção à porta que ele ainda tocava.

– Sou impura.

A voz masculina soava calma, sem emoção. A voz feminina vacilava, pronunciando as palavras com pressa desesperada diante do chicote sempre ameaçador.

– Sou uma abominação na terra. Sou um receptáculo da imoralidade. Meu corpo carrega as sementes da destruição para todos os homens. Somente por meio da dor e do tormento posso almejar alcançar a salvação.

Os homens ao redor de Carl ficaram mais agitados, empurrando-o com mais força contra a porta, até que de repente ela se abriu e a multidão forçou-o a descer um lance de escadas. Estava sufocado pela tensão, nauseado pelo cheiro de luxúria que exalava de tudo ao redor; repulsa e horror tomaram conta de seu corpo conforme antecipava a cena que se seguiria. De repente, não estava mais confinado pelas escadarias. Viu-se no salão principal, atrás das figuras de túnica que cantavam. Um atrás do outro, os meninos do coro posicionaram as velas ao longo das paredes, iluminando todo o salão com uma luz fraca e bruxuleante. A mulher estava de pé, erguida pelos cabelos, olhos fechados, gemendo baixinho. E atrás dela, onde antes estavam os meninos do coro, Carl divisou mais mulheres. Via a expressão de terror enquanto elas se comprimiam umas contra as outras, algumas olhando fixamente para os homens, outras protegendo o rosto com os braços.

O sacerdote ergueu os braços, e os homens que se acotovelavam caíram em um silêncio cheio de expectativas enquanto a voz suave ecoava pelo salão.

– E ouvi outra voz do céu, que dizia: "Sai dela, povo meu, para que não sejas participante dos seus pecados e para que não incorras em suas pragas. Porque já os seus pecados se acumularam até o céu, e Deus se lembrou das iniquidades dela. Tornai-lhe a dar como ela vos tem dado, e retribuí-lhe em dobro conforme as suas obras; no cálice em que vos deu de beber, dai a ela em dobro".

Os homens permaneceram tensos e imóveis enquanto as três figuras vestidas com túnicas caminhavam lentamente por todo o salão, passando pelas mulheres aterrorizadas como se elas não existissem. As velas bruxuleantes refletiam nos fios metalizados de seu manto ornamentado, numa exibição de esplendor incongruente. Em silêncio, as grandes portas duplas no fundo do salão se abriram e se fecharam atrás deles. A tensão permaneceu no ambiente por um momento interminável antes que os homens repentinamente irrompessem em uma massa que se empurrava e xingava; cada um lutando e se debatendo na pressa de alcançar as mulheres; olhos brilhando, lábios se movendo; proferindo palavrões em seu frenesi de luxúria. Carl se afastou da cena, a náusea agarrando-se à garganta, os músculos do estômago se contraindo de horror, a mente tentando bloquear a gritaria e o fedor do inferno ao seu redor. Tinha que sair dali. Mas antes precisava atravessar aquele pesadelo e alcançar as portas no fundo do salão.

Ele se virou novamente e começou a caminhar em direção ao centro da massa agitada, notando que aos poucos o número de corpos se debatendo diminuía. Os homens arrastavam as mulheres, sozinhas ou em pares, em direção à fileira de portas estreitas que ladeavam as paredes, os gritos de terror elevando-se em ondas sobre os soluços abafados. Tentou manter os olhos no chão; tentou não ver os rostos que personificariam aquele horror, enquanto abria caminho em meio à confusão. Estava quase chegando quando uma mulher, soluçando de tanto chorar, prostrou-se à sua frente, fazendo-o perder o equilíbrio em seu esforço desesperado para evitá-la. De repente, ele estava olhando diretamente para um rosto apavorado, olhos suplicantes implorativos, mãos em vão protegendo a barriga arredondada. Oh, Deus. Ela estava grávida. Estendeu a mão e levantou-a do chão, sem perceber sua débil luta. Para onde poderia levá-la? Ele nunca conseguiria passar com ela pela porta principal. Puxou-a em direção a uma das portas, sacudindo a maçaneta com urgência antes de empurrar a mulher para dentro de um cômodo pequeno e mal iluminado e bater a porta atrás deles. Aquilo não era real. Não estava acontecendo. Ele se encostou na porta.

Depois de um momento, ele estendeu a mão para a mulher encolhida no canto, soluçando com suspiros ásperos e secos que se transformaram em um pequeno grito quando ele a tocou.

– Por favor, não. Eu não vou te machucar. – Suas palavras não penetravam o véu de medo que envolvia a mente daquela mulher. Ele venceu os poucos passos em direção a ela, vendo-a se encolher ainda mais contra a parede. – Por favor, me escute. Não vou te machucar. – Ele estava de joelhos, tocando de leve no braço dela, tentando fazê-la entender. – Trouxe você aqui para te proteger, entende? – Ele repetiu as palavras devagar, desejando que ela entendesse e aceitasse. – Eu não vou te machucar. – Sentou-se ao lado dela, com as costas contra a parede, esperando que a respiração ofegante diminuísse, esperando que sua imobilidade a acalmasse. Como ele poderia tirá-la de lá? Tentou ouvir qualquer coisa vinda do corredor lá fora, mas tudo estava silencioso. Silencioso demais. Por que não conseguia escutar o alvoroço dos outros homens? Ele apoiou a mão na parede para se levantar e a pergunta foi respondida. O quarto era à prova de som. De repente, o silêncio caiu sobre ele com mais persistência do que o ruído anterior, mais sinistro e dissimulado.

– O que você quer que eu faça?

Carl mal conseguiu ouvir as palavras sussurradas.

– Nada. Não quero nada de você. Só quero tirar você daqui. – Ela se virou devagar e encarou-o pela primeira vez, e ele percebeu o terror latente, à espreita para tomar conta dela novamente. – Acredite em mim, eu não vou te machucar – repetiu. – E não quero nada de você. Como a gente faz para sair daqui? – A expressão dela era um vazio. – Você quer sair daqui, não quer? Então preciso da sua ajuda. – O olhar dela o enervava. Ela até poderia estar em estado de choque e incapaz de falar, mas ele precisava de ajuda para encontrar a saída daquele pesadelo.

– Eu não posso sair. – As palavras eram quase inaudíveis.

– Pode, sim. Eu vou te ajudar. Vamos sair juntos.

– Isto aqui é uma prisão – sussurrou ela.

Carl ajoelhou-se na frente dela, fitando a expressão confusa da mulher. Será que ela sabia do que estava falando? Colocou a mão devagar sobre a dela, tocando seus dedos com delicadeza, desesperado para confortá-la, para apaziguar o tremor violento que assolava todo o seu corpo.

– Não estou entendendo. Aqui não é uma prisão. – Mas o que era aquele lugar? O terror que tomava conta das mulheres transparecia que elas não estavam ali por vontade própria. Então, por que estavam ali?

– É, sim. – Os olhos dela estavam fixos nos dele, assustados e perplexos; mas o pânico estava diminuindo. Suas palavras o confundiam. Ela parecia saber o que estava dizendo.

– Desculpe, ainda não entendi.

Ele percebeu a descrença nos olhos dela.

– Você realmente não sabe onde está? – ela perguntou.

A irrealidade aumentava.

– Escute, sou um estrangeiro neste país. Vim aqui esta noite porque estava procurando uma boate. – Os olhos dela estavam interrogativos. – Uma boate, um lugar onde se pode beber, dançar, encontrar boa companhia. – Suas palavras soaram banais e triviais. O que ela saberia sobre prazeres tão inofensivos? – Quero nos tirar daqui.

Ela balançou a cabeça, tentando entendê-lo.

– Este é o Centro de Detenção Feminino. Estou cumprindo uma sentença de quatro semanas.

– Mas... – Ele gesticulou em direção à porta, abrangendo todo o horror que vira em um único movimento.

– Eles vêm aqui três noites por semana – disse ela lentamente. – Faz parte da pena. Eles nos punem pelos nossos crimes.

Ele se levantou e olhou ao redor do pequeno quarto, percebendo pela primeira vez o colchão no chão e os outros objetos empilhados ordenadamente nas prateleiras.

– Mas o que você fez?

– Eu... eu roubei um anel. – Ela virou a cabeça para o outro lado, mas depois voltou o olhar, pois ele não fizera nenhum comentário. – Não era um anel de verdade. Quer dizer, não era caro nem nada. Eu não roubaria um anel de verdade. – Sua voz ficou ainda mais grave. – Era só um anel barato, mas era tão bonito. Eu o peguei, e eles me apanharam.

– E trouxeram você para cá por causa disso? – Ele não conseguia absorver o que ela estava lhe dizendo.

– Todas as mulheres que são presas são enviadas para lugares como este.

– E esses homens? Quem são eles? – Sentia o raciocínio se arrastar, incapaz de compreender, incapaz de aceitar.

– São apenas parte da população. Cada homem tem direito a um ingresso a cada três meses. Eles vêm três vezes por semana, e diferentes mulheres são selecionadas. Às vezes, as mulheres ficam doentes demais e não são trazidas por semanas. Esta é a minha primeira vez. Deve demorar cerca de uma semana para me trazerem de novo.

Carl esticou os braços e apoiou-os na parede, descansando a cabeça neles. O que poderia fazer? O pesadelo o havia cercado, encerrando-o naquele pequeno espaço com uma mulher grávida lhe dizendo coisas que não podiam ser verdade. Olhou para ela. Não conseguia nem ajudá-la. Não conseguia tirá-la daquele lugar. Ela estava a salvo naquela noite, mas e na próxima semana?

– Não há nada que eu possa fazer? – Ele implorava, suplicando que lhe dissesse o que fazer para acabar com aquele horror.

– Não. Você foi muito gentil. Pode ir. Ninguém mais virá me buscar esta noite.

Ela estava lhe dizendo para ir embora, da mesma forma que aquela outra mulher lhe dissera. Lembrou-se da mulher deitada sangrando no concreto, sua companheira implorando para que as deixasse. E ele o fez. Afastara-se do sofrimento delas da mesma forma que se afastaria disso. Parecia que ele não fazia nada além de dar as costas aos tormentos das pessoas.

– Mas as autoridades sabem o que está acontecendo? Não há ninguém que eu possa procurar, talvez o ministro da Justiça? – Ele sabia que era uma pergunta inútil e leu a resposta no olhar perplexo no rosto dela.

– É melhor você sair.

Ela queria que ele fosse embora. Ainda tinha medo dele; ainda tinha medo de que ele de repente se comportasse como todos os outros homens que ela conhecia. Estendeu a mão para ela novamente, incapaz de encontrar o que dizer. Odiava a si mesmo por sua impotência e por saber que se afastaria dela como fizera com a outra mulher. Ela ainda estava agachada no chão, pressionada contra a parede, ainda cautelosa, embora o terror profundo tivesse desaparecido de seus olhos. A mão dele caiu de volta ao lado do corpo enquanto ele a olhava em silêncio, antes de se virar abruptamente e atravessar a porta para o corredor deserto, depois para a rua sórdida, em direção ao seu carro, que o levaria para longe daquele lugar.

Dezenove

Carl atravessava rapidamente as ruas que se esvaziavam, incapaz de se livrar do horror das últimas horas. Cada homem que cruzava parecia suspeito, e Carl se perguntava: teria ele estado naquele pesadelo também?

As mulheres. No choque do que vivera, tinha se esquecido delas. Lembrou, de repente, que dissera a Bartlett que iria ao Opera House. E, com uma certeza nauseante, soube: elas não estariam mais na cabana quando ele voltasse. Se tivessem sido pegas, iriam parar naquele inferno. Bateu impaciente no volante, esperando a abertura no cruzamento que o levaria para a estrada principal. Avançou sem se importar, cortando a frente de um carro lento, acelerando fundo. Talvez ainda estivessem lá. Talvez não tivessem partido. Mas sabia que estava se enganando. Elas tinham saído assim que ele pôs os pés para fora. Por que não tinham contado a ele? Por que Hillard não lhe disse? Se confiavam a ele a segurança delas, tinha o direito de saber o que aconteceria se fossem pegas.

A estrada parecia interminável, uma esteira fantasmagórica sob o facho dos faróis. Carl acelerava o carro nas curvas apertadas, correndo riscos nas estradinhas desertas. Tinha que chegar o mais rápido possível.

As luzes da cabana brilhavam nas pequenas janelas quando ele entrou bruscamente pelo portão, o motor ainda roncando, os faróis iluminando o jardim solitário. Correu até a porta. Vazia. Virou-se para o celeiro. Abriu a pesada porta com violência, acendeu as luzes. Também vazio. Cambaleou de volta ao jardim, já sem forças, andando devagar até o carro ainda ligado. Foi então que viu: uma sombra rompendo a escuridão, correndo para o portão aberto. O corpo dele reagiu antes da mente. Gritou algo – nem sabia o quê – e disparou atrás dela. Era uma mulher. Alcançou-a e agarrou-lhe o braço, tentando dizer algo tranquilizador. Ela explodiu numa tempestade de braços e pernas. Sentiu uma pancada feroz na canela, logo seguida pelas unhas rasgando seu rosto. Instintivamente, segurou os pulsos dela, tentando afastá-los. Quando os dentes dela cravaram em sua mão, perdeu o equilíbrio e os dois rolaram no cascalho áspero. Carl se jogou sobre ela, imobilizando-a com o peso do corpo, tentando recuperar o fôlego. Era Bartlett. Agora imóvel. Agora silenciosa.

– Me escuta! – gritou ele. – Eu não sabia! – Ela não reagiu. Carl sentia a tensão ainda viva no corpo dela, mas era uma tensão interna, retraída. Ela havia parado de lutar. Ergueu-a, segurando firme seus braços. – Você está ouvindo? Eu não sabia que tipo de lugar era aquele. – Tentou olhar seu rosto estático em busca de alguma resposta, e então a sacudiu, frustrado. – Pelo amor de Deus, acredite em mim. Eu não sabia! Achei que era só um clube noturno. Um lugar normal. Foi isso que pedi ao maître... e ele me mandou para lá.

Ela ficou parada, sem tentar escapar. Então olhou para os braços presos nas mãos dele, depois para seu rosto.

– Pode me soltar agora – disse, ríspida.

– Não. Não até você dizer que acredita em mim.

– Eu acredito – respondeu ela, mas as palavras pareciam vazias. Carl hesitou. – Pode me soltar. Eu não vou correr. Eu acredito em você.

Soltou-a, ainda atento a um possível movimento brusco, mas ela continuou parada.

– As mulheres... onde estão? – perguntou.

– Na floresta.

– Elas vão voltar?

– Vou falar com elas – disse ela. – Quando eu explicar, elas voltam.

Ele não conseguia confiar. Nenhum sinal de emoção no rosto dela, nenhuma raiva, nenhum ressentimento. Era como se estivesse escondendo tudo atrás daquela máscara.

– Não sei se posso acreditar em você – disse Carl. – Não vejo nada no seu rosto. – Pensou ter visto um leve sorriso atravessar a expressão dela, mas desapareceu tão rápido que duvidou.

– Se me ajudar a encontrar meus óculos, eu levo você até elas.

Seguiram em silêncio pela estrada escura. Carl caminhava junto, desconfiado daquela aceitação fácil. A escuridão engoliu os dois conforme as luzes da cabana sumiam atrás da curva. Bartlett virou bruscamente por uma trilha estreita, e Carl correu para alcançá-la.

– Aonde isso leva? – perguntou.

– À floresta e ao pântano. Nunca andou por aqui?

– E as mulheres estão lá?

– Estão.

Ele tropeçou num trilho profundo de trator e tentou se equilibrar agarrando-se em galhos invisíveis. Quando se endireitou, Bartlett havia sumido. Olhou ao redor, desesperado. Nenhum sinal dela. Sumira na escuridão sem fazer barulho. A raiva e o desespero queimaram dentro dele. Devia saber que ela mentia.

– Bartlett! – chamou. A floresta pareceu engolir sua voz. – Bartlett!

– Estou aqui – respondeu ela, de algum ponto próximo à trilha. Mas ele não via nada. – Podemos conversar daqui, Sr. Tolland. E nem tente seguir minha voz. Tem uma cerca de arame farpado entre nós e, no escuro, você não vai ver. Só vai se machucar.

As palavras dela o fizeram perceber a ardência em seu rosto. Tocou o arranhão e sentiu o sangue ainda escorrendo.

– Eu não vou me mover – prometeu. – Só me escuta. – E, diante da falta de resposta, continuou, apressado: – Eu disse a verdade. Achei mesmo que era um clube noturno. Pelo amor de Deus, você acha que eu teria ido lá sabendo o que era? Aquele lugar... os gritos, as mulheres... eu não pude fazer nada. Tive que sair, deixar aquela mulher lá... – A dor rasgava sua voz, mas Bartlett permanecia em silêncio. – Escuta, faz uns dez dias que perguntei a um maître de restaurante sobre uma boa boate para conhecer. Ele sugeriu o Opera House. Eu pensei que era um lugar normal, entende? – Ele ouvia as próprias palavras se repetirem, tentando convencê-la, sufocado pelo silêncio dela. – Bartlett, você precisa acreditar em mim. Não há outro lugar para vocês se esconderem. Se forem pegas, vão parar naquele inferno. – Um ruído leve veio da floresta. – Bartlett, espera. Me escuta. Bartlett, ainda está aí?

– Estou aqui, Sr. Tolland. – Ela apareceu ao lado dele na trilha, tão silenciosa quanto tinha desaparecido. – Vou te levar até elas.

– Você acredita em mim?

– Acredito.

– Você já disse isso antes.

– Eu precisava de um tempo para pensar – explicou ela, simplesmente. – Quando você disse que ia ao Opera House, eu me choquei. Não combinava com o que vi de você nessa semana. Quando afirmou que não sabia o que era aquele lugar, precisei de tempo para decidir se era plausível.

A frieza nas palavras dela acendeu a raiva em Carl.

– E agora decidiu que eu dizia a verdade?

Ela o encarou calmamente e a raiva dele se dissolveu.

– Desculpe, Sr. Tolland. Eu precisava ter certeza.

As horas seguintes varreram da mente dele tudo o que vivera antes naquela noite. Foi difícil convencer as mulheres a confiarem nele, a voltarem para a cabana. E, enquanto assistia a Bartlett falar com elas, Carl ficou surpreso. Era como ouvir outra pessoa: ela falava com eloquência, firmeza, lógica cristalina. Pela primeira vez, ele vislumbrou a mente ágil escondida sob aquela expressão vazia. As outras mulheres também ganharam vida diante dele, esquecendo-o por completo. E Carl se perguntou como elas conseguiam existir daquele jeito, escondidas do mundo, vivendo só para si mesmas.

Agora elas estavam acomodadas no celeiro. Mas as imagens da noite voltavam com força enquanto Carl se sentava diante da lareira acesa. Não conseguia afastá-las, não conseguia pensar em mais nada. Sua mente fervia.

– Esse arranhão precisa de cuidados.

Ele se virou, surpreso. Não tinha ouvido Bartlett voltar para a cabana.

– Como podem permitir uma coisa dessas? – questionou, indignado. Seus pensamentos não lhe permitiam nem aceitar o gesto de preocupação dela. Ela se aproximou da poltrona diante dele; era a primeira vez que sentava na mesma sala que ele.

– Antes de entender isso, você precisa entender a sociedade de Gorston – respondeu ela.

– Mas não consigo entender essa sociedade. Hillard me contou algumas coisas, nada faz sentido.

– Seria melhor pedir que ela lhe contasse tudo. Ela entende melhor do que eu como tudo aconteceu. Eu sei como as coisas são agora, mas ela foi mais a fundo. Tentou compreender por que isso aconteceu e como a sociedade poderia ser se todos aprendêssemos a viver juntos.

Ele se lembrou, de repente, da expressão de Hillard naquele dia à beira do rio, quando ela se virou para ele, buscando algo em seu rosto. "A vida pode ser assim tão bonita?" Era isso que ela tinha visto em suas pinturas: a interpretação de outra pessoa para os sonhos e esperanças que ela mesma carregava. Por que ela não havia contado tudo isso naquele momento? Ele viu outra vez a angústia no rosto de Hillard enquanto ela lutava para lhe explicar sobre a seleção das operárias, e então respondeu à própria pergunta.

– Não, não posso esperar que Hillard me conte. Preciso saber agora. – Ele precisava assimilar o que tinha visto naquela noite. Percebeu Bartlett encarando-o, como se ponderasse em silêncio se deveria falar. – Por favor, Bartlett.

Ela se endireitou na poltrona confortável, uma figura contida, fria, sem emoção.

– Gorston chegou ao poder há cerca de trinta anos – começou. – Hillard deve ter contado isso a você.

– Sim, e também que na época a economia estava em frangalhos.

– Isso mesmo. A economia vinha cambaleando havia anos e o problema do desemprego só crescia. Por influência da Igreja, a taxa de natalidade sempre foi muito alta, muito maior do que a economia podia suportar. A solução tradicional era a emigração. Mas então veio uma recessão mundial, os empregos no exterior secaram e o país se viu com um problema de desemprego crescente. Como as famílias eram numerosas, um quarto da população tinha menos de vinte e cinco anos. Dá para imaginar como o número de desempregados cresceria num ritmo alarmante nos anos seguintes. E então os homens começaram a se inquietar. – Ela parou e fitou o fogo por um longo momento antes de olhar para ele. – Essa é a parte mais difícil de explicar, porque você precisa enxergar tudo com os olhos da época. – Ela se inclinou levemente na poltrona. – A sociedade que havia se desenvolvido ao longo dos séculos era repressora em relação às mulheres. Não da forma ativa como vemos hoje, as injustiças aconteciam principalmente por omissão. Os homens sempre fizeram as leis, moldaram a economia, estruturaram a sociedade, tudo isso pensando apenas neles. Quando criavam leis para proteger a propriedade, estavam protegendo os bens dos homens, e incluíam as mulheres nessa conta como propriedade masculina. Se uma mulher deixasse o marido, por qualquer motivo, e passasse a se relacionar com outro homem, o primeiro podia processar o novo companheiro por "roubo" de propriedade. Essa lógica se aplicava a toda a cultura. As mulheres não tinham direitos legais como indivíduos, apenas enquanto pertencentes a um pai ou a um marido. E o efeito disso, claro, era que os homens passaram a encarar como fato que as mulheres eram seres inferiores. Hillard acredita que os homens acabaram se iludindo a tal ponto que essa ideia se tornou uma suposição automática. – Ela fez uma pausa, olhando de novo para o fogo aceso. – Tenho dificuldade de acreditar nisso. Não entendo como uma pessoa inteligente pode carregar tanto preconceito ilógico sem perceber. E você?

Carl a observava em silêncio, um aperto doentio crescendo no peito. Ela estava descrevendo algo terrivelmente familiar.

– Enfim, foi nesse cenário que os homens começaram a se mobilizar. Diziam que as mulheres não deviam trabalhar enquanto houvesse homens desempregados. Que o lugar delas era em casa, cuidando dos filhos e dos maridos. Que não tinham direito ao trabalho. Algumas pessoas, homens e mulheres, diziam que a verdadeira causa dos problemas econômicos era a taxa de natalidade alta demais. Este sempre foi um país com base na agricultura, então não havia possibilidade real de expansão econômica. Foi então que a Igreja entrou em cena e reforçou o discurso dos homens. Alegava que o papel da mulher era gerar filhos e amar o marido; que o uso de anticoncepcionais era um pecado grave, pois toda criança era um presente de Deus. E aí apareceu Gorston, concordando com a Igreja e com os homens. Prometeu tudo o que eles queriam: mais empregos, uma economia estável e o fim do trabalho feminino. Ele devia ter um carisma eletrizante. O povo exigiu que ele assumisse o comando, e ele se tornou praticamente um ditador. Parece ter ocorrido uma espécie de expurgo logo depois que ele tomou o poder, porque todos os que haviam falado sobre o problema da natalidade desapareceram, junto com boa parte da elite intelectual da época.

Carl recostou-se na cadeira e fechou os olhos. Aquilo tudo lhe soava terrivelmente familiar. Já tinha visto cinejornais com operários dizendo exatamente as mesmas coisas; ouvira sermões pregando que “o lugar da mulher é no lar”; e ele mesmo já participara de conversas que ridicularizavam mulheres com aquele tom sutil, masculino, de que elas eram inferiores aos homens – menos importantes, facilmente ignoradas, irrelevantes, sem nada a contribuir além do sexo. A imagem de uma bela moça de olhos verdes lhe veio à mente, e ele se lembrou da última conversa que tiveram. Achara engraçado o fato de ela querer um emprego. Com aquele rosto e aquele corpo, qualquer homem se sentiria sortudo por tê-la em casa. Foi isso que disse a ela, e ela gritou: "Não sou um bichinho de estimação!". Ele riu, encantado com a beleza dela e certo de que a raiva passaria assim que se deitassem juntos. Mas ela foi embora. E ele nunca descobriu para onde.

Bartlett esperou até que ele abrisse os olhos e então continuou.

– Depois que Gorston já estava no poder há algum tempo, ele descobriu que a economia não podia funcionar direito sem alguma participação feminina. As mulheres sempre haviam recebido menos que os homens, e os empregadores se recusavam a aumentar os salários para certos cargos. Já os homens não aceitavam trabalhar por tão pouco. Então, ele criou o programa de seleção e o esquema educacional. As meninas passaram a ser separadas, aos dez anos de idade, entre futuras operárias e futuras esposas. Escolas especiais foram criadas para ensiná-las sobre seus papéis na vida, e a mensagem era sempre de que as mulheres eram inferiores e deviam se submeter aos homens. Os meninos eram ensinados que as mulheres eram seres malignos, cujo objetivo principal era destruir o homem, minar sua masculinidade e afastá-lo de Deus.

Ele conseguia visualizar tudo aquilo. Um passo assustadoramente curto a partir do que sempre considerara um fato da vida. O horror que ainda sentia com o que testemunhara naquela noite fazia com que encarasse com dureza as próprias atitudes. Era verdade o que Hillard dissera a Bartlett: ele sempre tomara como certo o fato de ser, de alguma forma, superior às mulheres. Que elas estavam ali para seu entretenimento. Nunca havia sequer percebido esse pressuposto até aquele momento.

Sempre se considerara um homem liberal, sofisticado – e ainda assim pensava dessa forma, como todos os homens que conhecia. Bastava pegar esse preconceito enraizado, reforçá-lo com um intenso programa educacional, colocá-lo em uma sociedade governada por um fanático religioso, com o apoio – ao menos no início – da Igreja, misturá-lo com a repressão sexual nascida de crenças distorcidas... e o resultado era a Casa de Ópera. E todos os outros horrores.

– Mas ninguém tentou impedi-lo? – ele perguntou. – E os pais dessas crianças levadas para as escolas especiais? Eles não tentaram fazer nada?

– Eu já disse que este é um país de famílias numerosas – respondeu ela. – Sempre foi. A maioria dos lares tem mais bocas do que pode alimentar. Quando as autoridades chegavam e diziam que uma ou mais crianças haviam sido selecionadas para uma educação especial e gratuita, por causa de sua alta inteligência, os pais não faziam perguntas. Ficavam felizes. Achavam que a criança teria um grande futuro. Era quase como se ela fosse entrar para o seminário ou para um convento. E isso também fazia parte da tradição cultural. Quando descobriam o que realmente envolvia esse "treinamento especial", já era tarde demais.

– Tá bem, entendi. Mas... e agora? – ele insistiu. – Não tem ninguém tentando impedir isso agora?

– Não. De vez em quando, alguns intelectuais protestam, mas geralmente por causa da queda da média de inteligência nacional, já que quinze por cento das mulheres mais inteligentes nunca têm filhos, e do aumento dos casos de crianças nascendo com doenças genéticas, devido à idade avançada das mães. Mas Steiner faz algumas prisões e os protestos logo se dissolvem.

– Steiner?

– É o chefe da polícia secreta.

Uma sensação de impotência tomou conta de Carl. Sentado naquela sala confortável, observando a expressão impassível de Bartlett enquanto ela explicava o funcionamento de uma sociedade tão doentia, tudo parecia irreal. Mas e quanto às mulheres, como Bartlett e as outras, que tinham de sobreviver naquele sistema? E as mulheres que vira no celeiro? E aquela mulher apavorada, desesperada, que ele deixara na Casa de Ópera? Ele não podia simplesmente ficar ali, de braços cruzados.

– Tenho que fazer alguma coisa, Bartlett. Não posso sair daqui como se nada tivesse acontecido. Havia uma mulher lá hoje à noite. Ela estava grávida de uns sete meses. Ela estava lá, Bartlett, e eu tive que ir embora e abandoná-la. – Ele se levantou num pulo. – Preciso fazer alguma coisa!

Ela o observava enquanto ele andava de um lado para o outro, serena diante da frustração dele.

– O que você acha que pode fazer? – perguntou, em voz baixa.

Ele parou e a encarou, tomado por desespero, raiva e frustração, tudo se atropelando dentro dele.

– Sei lá. Eu podia incendiar aquele inferno. Podia sair do país e tentar mobilizar a opinião pública internacional, pressionar politicamente.

– Tudo isso leva tempo – ela ponderou. – E o que você acha que aconteceria aqui se outros países se interessassem o bastante para agir? Hillard diz que o que move Gorston é o medo das mulheres. Os argumentos dela parecem lógicos. Se ele se sentisse ameaçado, destruiria todas nós antes de ceder.

A frustração dele se voltou contra aquela mulher calma e racional.

– E então o que você sugere? Vai simplesmente deixar isso continuar? Está tão mergulhada na lavagem cerebral de Gorston que está disposta a viver assim até ele inventar outra lei que acabe com a sua vida?

Ela permaneceu imóvel, encarando-o por um longo tempo enquanto a raiva dele fervia. Por fim, disse:

– Já estamos fazendo alguma coisa.

Ele percebeu que aquelas palavras carregavam um significado aterrador, e a observou com atenção ao se sentar de novo na poltrona.

– Vou te contar porque quero que você faça algo por mim, e porque não dá para você sair fazendo coisas estúpidas que podem colocar nossos planos a perder. – Ela fez uma pausa, como se buscasse as palavras certas. – Nós planejamos um levante, será muito em breve. Quase todas as operárias estão envolvidas. Foi assim que conseguimos ser resgatadas tão rapidamente do hospital. Nossa rede se espalha por toda a cidade.

– Mas como? Como conseguiram armas? Quem está ajudando vocês? – Ele estava empolgado, mas também confuso.

Ela o olhou, ligeiramente surpresa.

– Ninguém está nos ajudando.

– Mas vocês não podem enfrentar o Estado sozinhas. São todas mulheres. – As palavras pairaram no ar.

– Sim, somos todas mulheres. E não usaremos armas.

A raiva por ter dito aquilo do jeito errado o fez querer provar a insanidade do plano.

– Você está maluca? O que acha que vai conseguir sem armas? Pretende convencer Gorston a renunciar só na base da conversa?

Achou ter visto um leve brilho de raiva nos olhos de Bartlett enquanto ela se levantou e o encarou novamente.

– Vai haver um levante sem uso de armas e sem ajuda de ninguém. E acreditamos que ela será bem-sucedida.

Ele se levantou e caminhou até ela.

– Olha, me desculpa se usei as palavras erradas, mas, se vocês enfrentarem Gorston sem armas, não terão chance. Serão todas mortas, ou então passarão o resto da vida naquele lugar que eu vi hoje à noite.

O rosto dela retomara a costumeira expressão impassível, e ele se amaldiçoou por sua falta de tato. Ela havia se fechado de novo.

– Todas sabemos o que pode acontecer se falharmos, e também tentamos nos preparar para isso. Falei que queria que você fizesse algo por mim. Quero que me leve até a cidade.

– Mas você não pode ir para lá. A polícia está te procurando. – O que havia de errado com aquela mulher?

Hillard tinha arriscado o pescoço para tirá-la do hospital e agora ela queria voltar, como se nada tivesse acontecido?

– Preciso ir. – Ela estava decidida. – Se não me levar, vou a pé. Tenho um mapa. Foi por isso que você me encontrou, tive que voltar para pegá-lo.

Ele teve que conter o impulso repentino de sacudi-la. Ela o encarava de novo como se ele não existisse.

– Mas por que você tem que voltar? Não posso ir por você?

Ela o olhou em silêncio por um momento e então disse:

– Estou preocupada com Hillard. Ela combinou de te encontrar hoje e não apareceu. Pode estar em perigo.

Um medo gelado o invadiu. Só então percebeu o quanto Hillard havia se tornado importante para ele. Bartlett dissera que quase todas as operárias estavam envolvidas nessa loucura. Isso incluía Hillard? Ele não teve coragem de perguntar diretamente.

– Você está falando do resgate no hospital? Mas ela disse que não havia como rastrear.

– Não, não acho que tenha a ver com o resgate – respondeu Bartlett.

– Então o quê? – As palavras que ele não queria ouvir saíram sozinhas. – Ela não está envolvida nesse levante de vocês, está?

Ela hesitou por um longo tempo. A frieza sumiu dos olhos enquanto o encarava com atenção. Então disse:

– Foi ela quem planejou tudo.

Vinte

– Pare no próximo prédio de escritórios. Posso cortar caminho até a parte de trás do albergue.

Bartlett havia contado a ele sobre a maneira clandestina de Hillard entrar e sair do albergue e que pretendia usá-la para chegar ao quarto dela. Quando lhe contou pela primeira vez, ele se recusou a acreditar em suas palavras. A ideia dessas mulheres entrando e saindo de janelas e se entregando a esse tipo de trama de espionagem lhe parecia ridícula. Tinha certeza de que ela estava zombando dele por seu deslize na cabana. Hillard estava certa, ele não percebia o quanto de preconceito carregava dentro de si.

– Tem certeza de que consegue? – ele perguntou. – Parece um pouco precário. Ainda acho que eu é que deveria ir.

Ela estava mais relaxada com ele agora, e entonações transpareciam em sua voz. Ele percebeu a frieza quando ela cortou seus protestos.

– Já discutimos isso. Você pode acabar no quarto errado. – Ela saiu rapidamente do carro enquanto Carl estacionava na calçada. A rua estava parada e deserta, a iluminação fraca, e ela desapareceu rapidamente nas sombras, deixando-o sozinho.

Seu temor pela segurança de Hillard havia crescido gradualmente durante a viagem pela cidade, enquanto Bartlett explicava mais sobre seu papel no planejado Levante. Hillard havia sido presa? Por isso não tinha aparecido para o encontro deles? Imagens da Ópera surgiam vividamente diante de seus olhos. Se Bartlett encontrasse Hillard esta noite, ele falaria com ela, a persuadiria de que esse Levante não poderia funcionar, imploraria para que ela o cancelasse até que estivesse devidamente organizado. Mas tudo dependia de Bartlett encontrá-la. Ela já poderia ter sido presa. Ele se sentou, curvado sobre o volante, olhando para a estrada deserta. Se Hillard tivesse sido presa, ele encontraria uma maneira de resgatá-la.

– Ela não está no quarto. – Bartlett havia aparecido, sem que a tivesse visto ou ouvido, na janela do carro. – Está tudo bem, não significa necessariamente más notícias. Verifiquei o quarto de outra mulher da organização e ela também não está. Talvez estejam em uma reunião.

– Bem, vamos para lá – ele sugeriu.

– Não tenho certeza – ela hesitou –, mas achei ter visto um homem em frente ao albergue. Ele estaria logo naquela curva. Vou cortar caminho para a próxima rua e você dá a volta no quarteirão. Encontro você na esquina.

Ele estava começando a reconhecer os pequenos maneirismos que mostravam a tensão de Bartlett, e ela estava, obviamente, mais preocupada do que suas palavras implicavam.

– Bartlett, você realmente acha que ela está em uma reunião? – perguntou.

– Não sei. Pode estar. Só parece um pouco estranho que ela arriscasse uma reunião se soubesse que estava sob vigilância. – Bartlett estava com pressa para ir embora, olhando repetidamente para a curva da estrada que escondia o homem suspeito. – Procure por ele enquanto passa de carro – ela disse. – Posso ter me enganado.

Ele dirigiu, olhando brevemente no retrovisor e vendo que ela havia desaparecido nas sombras outra vez, tão completamente como se nunca tivesse estado ali. Ele manteve o carro em uma velocidade que não chamaria a atenção e examinou as calçadas e sombras enquanto passava. Ela estava certa. Havia um homem parado perto dos degraus do prédio de escritórios adjacente, com copo e garrafa térmica, seu carro parado na pequena área de estacionamento. Carl sentiu um leve alívio.

Se Hillard estava sob vigilância, não poderia ter sido presa. Mas o alívio durou pouco. Ao virar o carro para a próxima rua, sua preocupação retornou. Se as autoridades a estavam observando, deviam suspeitar dela. Ele diminuiu a velocidade do carro e Bartlett deslizou rapidamente para o banco de trás.

– Você está certa – ele disse. – Tem um homem lá, preparado para passar a noite, pelo que parece. Hillard sempre usa a escada de incêndio para entrar e sair à noite?

– Sim.

– Talvez ela não saiba que está sendo observada. Talvez tenha tido muita sorte e ele não conseguiu ver a escada de incêndio de onde está parado.

Bartlett o guiou por uma série de curvas antes de respondê-lo.

– Não, tenho quase certeza de que ela o teria visto. É isso que me preocupa. Algo deve ter acontecido para fazê-la arriscar convocar uma reunião.

Carl pensou na outra alternativa que Bartlett cuidadosamente não mencionara. Ela tinha ido ao quarto de outra mulher e o encontrado vazio também. Hillard poderia ter sido presa e o homem poderia estar vigiando a outra mulher. A prisão de Hillard faria com que as mulheres convocassem uma reunião, qualquer que fosse o risco. Ele tentou se livrar da atmosfera de irrealidade que ameaçava envolvê-lo, lembrando-se do dia em que entrou no escritório de Nesbitt procurando um emprego e conheceu um par de olhos cinzentos que o atraíram, intrigaram e até assustaram. Desde então, havia sido arrastado para um pesadelo crescente, e agora estava dirigindo por aí como um criminoso, ajudando uma mulher a entrar e sair de janelas e falando em destruir um governo.

– Pare aqui – Bartlett disse de repente. – Posso terminar o trajeto a pé.

Ele parou na esquina de uma rua de edifícios abandonados, obviamente uma área de remoção de favelas, pois alguns dos prédios já haviam sido demolidos. Ela interrompeu seus pensamentos.

– Um carro chamará muita atenção lá em cima. É melhor você ficar aqui. Se alguém vier, pode fingir que está com problemas no motor.

Ele sabia que era inútil discutir com Bartlett e, enquanto ela se virava para sair, ele sussurrou com urgência:

– Bartlett, se Hillard estiver aí, eu gostaria de vê-la.

Ela o encarou por um momento antes de acenar com a cabeça.

– Eu direi a ela. Não devo demorar.

Carl tentou observá-la enquanto ela caminhava rapidamente pela estrada desolada, mas desapareceu rapidamente de vista. Ela encontraria Hillard? Seus humores oscilavam violentamente entre o medo por Hillard e a exasperação com seus planos selvagens. Como as mulheres esperavam vencer um confronto com Gorston se não estivessem preparadas para lutar? Bartlett se recusara a lhe contar mais sobre seus planos, embora ele tivesse tentado desesperadamente obter alguma pista. Ela não dissera nem mesmo para quando o Levante estava planejado. Ele tinha que falar com Hillard e persuadi-la de que ela estava jogando a vida fora, assim como a vida das outras mulheres envolvidas. Ela não devia ter pensado nisso claramente. Era estranho. Pelo pouco que sabia dela, tinha a impressão de que era uma pessoa lógica, de raciocínio claro, e não do tipo que tomaria uma atitude precipitada por pressão. Ele pensou nos aspectos inimagináveis daquela sociedade, em tudo que havia descoberto nas últimas horas, e tentou imaginar como reagiria a tais pressões. Deve chegar um momento em que qualquer movimento é melhor do que continuar a se submeter. Talvez as mulheres tivessem chegado a esse estágio. Ele repetiu a palavra "mulheres". Era peculiar. A imagem que essa palavra lhe trazia à mente agora era completamente diferente da imagem que sempre a acompanhara antes. Pela primeira vez, ele percebeu, havia reconhecido o fato de que elas eram revolucionárias. "Mulheres" em qualquer outro lugar significava... Ele interrompeu o raciocínio. Estava fazendo aquilo de novo. Estava usando a palavra "mulher" como adjetivo, não como substantivo. O que Hillard havia dito mesmo? Que todos projetam as próprias imagens, por mais que tentem não o fazer.

– Você queria me ver?

Era como se seus pensamentos a tivessem conjurado. O alívio o invadiu ao vê-la parada na janela do motorista, as mãos enfiadas profundamente nos bolsos. Parecia ainda mais magra do que da última vez que a vira, e ele sentiu um desejo repentino de abraçá-la e afastá-la de todo o perigo. O alívio ficou evidente em sua voz.

– Bartlett e eu... pensamos que tivesse sido presa.

– Ela me contou. – Seu rosto estava inexpressivo, seu corpo imóvel enquanto o olhava pela janela aberta.

– Podemos conversar? – ele perguntou, de repente muito hesitante. Por que será que, quando pensava nela, imaginava seu rosto vivo e aberto para ele, mas quando via a realidade oculta, seu choque e incerteza pareciam ainda maiores?

– Por pouco tempo – ela disse. – Tenho que voltar.

Ele deveria pedir que ela entrasse no carro? Ela já havia dito que não podia entrar em um espaço fechado com nenhum homem, mas desde então havia entrado na cabana. Além disso, não era seguro para ela ficar parada na calçada daquele jeito.

– Pode ser no carro?

Ela entrou na parte de trás sem hesitar e, enquanto ele a observava sentada ali, de repente não sabia por onde começar, o que dizer.

– Bartlett me contou que você foi à Ópera – ela disse finalmente.

– Achei que fosse uma boate. – O pesadelo voltou à tona quando se lembrou da mulher que havia arrastado para o pequeno quarto, tentando afastá-la da confusão de maldições e da multidão de corpos turbulentos.

– Tente não pensar nisso – a voz de Hillard interrompeu. – Vai acabar logo.

Ela estava tentando confortá-lo? Ele a encarou surpreso, procurando um traço de ironia. Era ridículo. Era ela quem estava em perigo, era ela quem sofria com as injustiças desta sociedade.

– Bartlett me contou sobre o Levante – ele disse. – Entendi que você é contra um confronto direto…

– Não – Hillard interrompeu. – Será um confronto direto. Nós somos apenas contra matar.

Ele começou a protestar, a expressar todos os seus medos por ela e pelas mulheres, sua certeza de que um levante sem sangue estava fadado ao fracasso. Mas ela cortou suas palavras.

– Bartlett me contou sobre suas opiniões, mas nós discordamos de você. – Não havia animosidade nem ressentimento em sua voz, apenas uma calma autoconfiança. – Planejamos isso com muito cuidado, durante um longo período de tempo. Acreditamos que, se impusermos nossos desejos pela força, teremos que continuar implementando-os pela força. Estaremos construindo outra sociedade que sobrevive com os fortes aterrorizando os fracos. Acreditamos que há um caminho melhor. Levará mais tempo, mas aprendemos a ter paciência. Não estamos interessadas em substituir uma regra de terror por outra. Queremos apenas alcançar uma sociedade em que todos sejam iguais. Iguais em liberdade, iguais em oportunidades, iguais na chance de felicidade e realização.

– Mas é uma utopia. Vocês nunca conseguirão isso.

– Pretendemos arriscar. Até agora, os homens tentaram resolver todos os problemas com táticas masculinas, e a principal delas é a força física. Foi essa a sua tática. Você ainda não consegue enxergar outra. A força tem mais de uma face, e pretendemos usar essa outra face.

Ele a encarou por um longo momento. Ela havia abaixado ligeiramente a guarda, e ele viu a força de sua crença naquelas palavras, a convicção no que havia dito. Ele não seria capaz de abalá-la, mas tinha que tentar.

– Mudar uma sociedade por meios pacíficos só funciona em uma democracia – ele disse. – Isto é uma ditadura construída sobre o medo e sobre a completa falta de preocupação com a vida humana. A única maneira de vencerem é sendo mais fortes do que eles. Vocês têm que lutar contra eles e derrotá-los, ou eles derrotarão vocês. Eles matarão vocês.

– Tudo o que você disse é verdade – ela admitiu. – Nós lutaremos contra eles e os derrotaremos. Mas não usaremos suas armas. E se falharmos, seremos mortas, como você disse. Mas esse é um risco que devemos correr, quaisquer que sejam as armas que usarmos.

Ele pensou no homem esperando nas sombras do lado de fora do albergue.

– Mas eles já suspeitam de você. Há um homem vigiando seu albergue.

Nada do que ele dizia parecia abalá-la.

– É apenas uma vigilância de rotina, e eles já estão ficando entediados. Posso despistá-lo quando precisar.

Ele se virou completamente no assento, impaciente.

– Isto aqui não é brincadeira. – Seu tom de voz estava aumentando. – Você está lutando contra uma ditadura. Um regime mantido no poder por uma polícia secreta, um regime completamente implacável. Percebe que não está apenas arriscando apenas a própria vida, mas a vida de todas as outras mulheres? – A raiva crescia nele, alimentada por sua preocupação com a mulher imóvel e cinzenta sentada silenciosamente, observando-o com olhos que não revelavam nada, mas pareciam ver tudo. – E eles não são escrupulosos. Achei que você teria percebido isso. Não será uma morte agradável, limpa e organizada; eles são doentes demais para isso. Será um inferno. – Ele não deveria ter dito isso. Ela provavelmente havia considerado o que aconteceria com ela e com as outras se fossem pegas. Ela deveria saber muito melhor do que ele.

– Todas nós sabemos o que acontecerá conosco se formos presas ou falharmos. – Ela ecoou seus pensamentos. – Tentei providenciar veneno suficiente para todas as mulheres que quiserem usá-lo em caso de captura. Poderemos ter uma "morte agradável, limpa e organizada".

Ele a encarou, chocado demais para falar. Como ela podia sentar ali e lhe dizer, com aquela voz fria e distante, que havia arranjado para dezenas, talvez centenas de mulheres tirarem a própria vida? De repente, sentiu uma urgência em relação ao Levante. Até então, parecia que ele estava tentando dissuadi-la de uma posição intelectual, mas agora sua declaração calma o havia lançado do mundo da teoria para o pesadelo da realidade. Ele sabia, com absoluta certeza, que as mulheres se revoltariam como ela havia planejado. Não havia nada que ele pudesse fazer para impedi-la. E, quando seus planos não tivessem sucesso, as mulheres se matariam em vez de serem capturadas. Hillard se mataria.

Sentiu como se estivesse sendo sugado cada vez mais fundo em um sonho sombrio, espiralando impotentemente para baixo até o inevitável vazio onde ela se mataria. Sabia o quão importante ela era para ele; o quanto queria tirá-la desse mundo cinzento e mostrar-lhe como a vida poderia ser boa; e sabia que não podia dizer nada disso a ela. Ela já havia rompido qualquer pequeno contato entre os dois, como se já o tivesse relegado ao passado. Ele precisava saber quando o Levante aconteceria, mas temia a informação. De repente, sentiu que estava muito próximo.

– Quando? – O silêncio se estendeu entre eles.

– Depois de amanhã.

Ele fechou os olhos, como se bloquear a visão pudesse invalidar as palavras, sua antiga sensação de impotência cercando-o outra vez.

– Há algo que eu possa fazer para ajudar? – ele perguntou.

– Não. – Ela balançou a cabeça. – Todos os planos estão prontos. Steiner sabe que existe uma organização de mulheres, mas não sabe o tamanho dela nem o que planejamos fazer. Contanto que o impeçamos de descobrir nas próximas quarenta e oito horas, ficaremos bem.

– É por isso que você está sendo vigiada? Ele suspeita que você tem algo a ver com isso?

– Não – ela o assegurou. – É apenas uma vigilância de rotina de todas as pessoas ligadas a qualquer uma das mulheres resgatadas. Bartlett e eu trabalhamos no mesmo lugar. – Ela abriu a porta do carro. – Preciso ir.

Ele sentiu que ela estava saindo de sua vida, que não a veria novamente, e não conseguia pensar em nada para detê-la. Ela estava na calçada e ele ainda não havia falado.

– Hillard – falou por fim, e ela se inclinou para a janela. – As mulheres da Ópera… elas ficam lá o tempo todo?

– Não, elas moram em um bloco no outro extremo da rua. Eles as levam para lá à noite. – Ela fez uma pausa e o encarou intensamente. – Tente não pensar nisso. As coisas vão mudar em breve. – Em seguida, se virou novamente para ir embora.

– Hillard. Não sei seu primeiro nome.

As mãos dela estavam de volta nos bolsos, os ombros ligeiramente curvados enquanto encarava os próprios pés, e então olhou de novo para ele. Deu um leve encolher de ombros, e ele pensou ter visto uma sombra de arrependimento em seu rosto.

– Me chamo apenas Hillard – ela disse.

Carl a observou se virar e caminhar pela rua abandonada. Quis deixar aquele lugar desolado, fugir do vazio e da destruição. Aquilo o lembrava demais dos escombros deixados após uma batalha – os prédios quebrados escancarados, o vidro e as pedras espalhados. Mas, para as mulheres escondidas em algum lugar naquelas ruínas, ele tinha certeza de que a maior destruição ainda estava por vir.

Bartlett apareceu com sua habitual discrição e entrou silenciosamente no carro. Ele soltou a embreagem e seguiu para a estrada principal de volta à cabana, sem dizer uma palavra. Hillard havia saído de sua vida. Ele sabia que não a veria novamente. Em algum momento de terça-feira, ela engoliria o veneno para evitar ser capturada e não havia nada que ele pudesse fazer para impedir. Sentiu um ressentimento repentino por ser Bartlett quem estava sentada no banco de trás do carro. Queria que fosse Hillard. Ele olhou no retrovisor, vislumbrando o rosto dela brevemente iluminado por um poste, e afastou o pensamento. A tensão era palpável, e de repente ele percebeu o que ela devia estar sentindo. Bartlett havia ajudado a planejar esse Levante por muito tempo, e agora tinha que se afastar das mulheres, suas amigas, e deixá-las enfrentar os perigos sozinhas.

Ele repassou tudo o que Hillard havia dito. Ainda não acreditava que elas tivessem uma chance, mas Hillard sim. Se ao menos ela tivesse lhe contado o que planejavam fazer. Devia haver algo que ele pudesse fazer para ajudar. Pensou no homem que a vigiava. Apesar do que ela dissera, devia estar sob algum grau de suspeita. O que ela lhe havia dito? Contanto que pudessem impedir Steiner de descobrir seus planos nas próximas quarenta e oito horas, ficariam bem. Ele tentou organizar as poucas informações que tinha.

– Bartlett, como Steiner sabe que existe uma organização de mulheres? – Sua voz soou alta, quebrando o pesado silêncio.

– Nós imprimimos um jornal – ela respondeu. – E, claro, houve o resgate do hospital. E, então, algumas das mulheres explodiram o banco de esperma para atrasar o programa de educação.

Não era de admirar que Hillard tivesse evitado rebater quando ele disse que resgatar as mulheres não havia resolvido nada. Ela devia saber então que o banco estava sendo explodido.

– Mas Steiner tem provas de que as mulheres foram responsáveis por tudo isso? Ou está apenas supondo?

Ele havia chamado a atenção de Bartlett, que saíra de seus pensamentos particulares e agora o encarava com interesse.

– Bem, ele obviamente não sabe quem são as responsáveis, ou já teria feito prisões. Mas é óbvio que são as mulheres. Não há mais ninguém suficientemente interessado no que está acontecendo para fazer alguma coisa a respeito.

– Mas isso ainda significa que ele só suspeita das mulheres. Supondo que algo acontecesse e ele tivesse provas de que um homem fez isso, como ficariam as coisas? – Finalmente, Carl soube o que fazer. Pelo seu próprio bem e pelo de Hillard.

Tinha a atenção completa de Bartlett agora. Ela se inclinou para frente no assento, tentando ler seu rosto na penumbra.

– Carl, no que está pensando?

Ele se concentrou na faixa branca da estrada.

– Bem, pelo que vejo, Steiner está bem perto de Hillard, quer ela admita ou não, e como você disse, Hillard é a líder deste Levante. Se Steiner fosse levado a pensar que estava na pista errada, ele aliviaria um pouco a pressão sobre as mulheres. Isso daria a vocês uma chance ligeiramente maior de sucesso. Você concorda?

– Sim. – A voz dela soou hesitante.

– Então – ele manteve a voz calma, objetiva –, vou botar fogo na Ópera e garantir que saibam que um homem fez isso.

– Mas...

Ele interrompeu os protestos e sorriu para ela no espelho.

– Não, não. Não adianta discutir. Tenho que fazer isso pelo meu próprio bem, assim como pelo das mulheres. E é uma ação perfeitamente lógica nessas circunstâncias. – Seu sorriso se alargou. – Vocês, mulheres, não têm o monopólio da lógica, sabia?

Vinte e um

Carl estacionou o carro algumas ruas antes da Ópera e tirou cuidadosamente uma sacola do banco de trás. Os gargalos das garrafas eram claramente visíveis, todos com formatos distintos de marcas conhecidas de bebidas alcoólicas. Para um transeunte casual, ele parecia estar a caminho de uma festa e determinado a aproveitar a noite. As janelas das pequenas casas geminadas estavam abertas por onde ele passava, todas tentando em vão aspirar uma lufada de ar fresco das ruas pesadas e sufocantes. Os sons da vida de estranhos flutuavam em sua direção, reforçando a sensação de irrealidade. Sua camisa estava molhada por baixo da jaqueta, grudando entre suas omoplatas enquanto o calor varria seu corpo, tornando suas mãos escorregadias nas alças da sacola. Ia chover. O calor e o abafamento haviam aumentado gradualmente ao longo do dia, pairando sobre o concreto da cidade muito depois do pôr do sol. A onda de calor terminaria em uma tempestade. Ele mudou a sacola para a outra mão e olhou para o céu carregado com uma discreta e irônica careta de divertimento. Os deuses estavam fornecendo um cenário adequado para os eventos da próxima hora.

Bartlett lhe dissera que a Ópera abria às dez, e ele estimou que a equipe, se é que se chamavam assim, não estaria lá muito antes das nove e meia. Lembrou novamente dos três homens em seus mantos e dos coroinhas de aparência angelical expostos a tanta depravação. Quando chegassem esta noite, encontrariam seu inferno em chamas.

A rua estava deserta quando ele virou a esquina e viu outra vez as casas cegas e vazias de frente para o muro ameaçador, que tudo escondia. Caminhou rapidamente até os portões duplos, seus sapatos de sola macia silenciosos sobre a calçada descuidada. Os portões estavam trancados, como havia previsto, e ele puxou um pedaço de corda fina do bolso e amarrou uma extremidade firmemente às alças da sacola de lona. A outra ele amarrou em seu chaveiro e a jogou alto e em laço sobre as ponteiras distribuídas ao longo do muro. Moveu-se de forma rápida e precisa quando pegou a corda fina da cintura e, segurando ambas as extremidades, a jogou com precisão sobre as ponteiras. O laço se firmou e ele puxou com força, examinando brevemente a rua desolada antes de escalar o muro de seis metros, suas mãos suportando quase todo o peso enquanto seus pés buscavam apoio aqui e ali. Ele se equilibrou precariamente no topo, seus pés entre as ponteiras mortais, enquanto puxava a sacola de lona com cuidado e a depositava do outro lado. Ele recolheu a corda e deslizou rapidamente para o estacionamento deserto, apoiando-se por um momento nas pedras frias, lutando para controlar a respiração e o leve tremor em seu corpo, uma mistura de apreensão e excitação. Os altos muros do espaço fechado lhe davam uma ilusão de segurança enquanto ele se movia em direção à fileira de janelas sujas que o encaravam do outro lado da extensão de concreto. Era a entrada mais fácil. Uma batida forte para quebrar o vidro e ele estaria no longo e sombrio corredor. Ia arriscar o barulho do vidro quebrando.

As primeiras gotas grandes e lentas de chuva caíram em suas costas enquanto ele se espremia entre as bordas irregulares da janela quebrada e entrava na passagem estreita. Ele se moveu rapidamente ao longo da galeria, a memória dos homens suados e imóveis ainda vívidas, e desceu as escadas até o salão principal. O feixe de sua lanterna destacou o chão sujo, os painéis de madeira manchados das paredes, a fileira de velas cuidadosamente empilhadas que haviam iluminado o quarto. Ele parou no centro do salão vazio por um longo momento, consciente do cheiro persistente de incenso e velas de cera misturado ao fedor rançoso de suor, antes de atravessar rapidamente o espaço, abrir as portas e espalhar a gasolina das garrafas de uísque pelas paredes revestidas de madeira, fazendo um rastro de volta ao centro, onde ele havia montado uma grande pilha de velas.

O cheiro se tornou mais pungente naquele lugar abafado enquanto ele caminhava lentamente de volta à galeria, uma vela apagada na mão. Apoiou-se na grade e olhou para a escuridão lá embaixo, que logo iluminaria o céu noturno com a própria destruição, e imaginou ver de novo as três figuras de manto diante da mulher aterrorizada. Os três deveriam queimar junto com seu edifício, pensou ele. Carl pegou a última garrafa da sacola e, inclinando-se para fora da grade, deixou a gasolina escorrer pela parede em direção à escuridão. Seus gestos se tornavam mais lentos e deliberados à medida que o clímax de seus esforços se aproximava. Acendeu a vela solitária e a segurou no alto por um momento, dando uma última olhada no lugar, e então, lenta e deliberadamente, a encostou no fino rastro de gasolina. O líquido inflamou com uma pequena chama azul trêmula, e ele observou, fascinado, enquanto o azul corria veloz pela parede, lambendo e serpenteando, ganhando força e firmeza, até se alargar e correr, direto e certeiro, para o centro da sala.

Carl não esperou mais. Voltava para o corredor, em direção à janela quebrada, quando um rugido repentino soou atrás dele e toda a área se iluminou, como se inflamada por um sol furioso. Esgueirou-se urgentemente entre os vidros quebrados, inconsciente das pontas irregulares que rasgavam sua jaqueta e sua pele, e correu pelo concreto em direção à corda que o esperava pendurada. Estava rígida devido à chuva de verão, que caía com intensidade, e cortou suas mãos enquanto ele se puxava para cima, seus pés se debatendo inutilmente para se agarrar às pedras molhadas. Em segundos, seu cabelo ficou encharcado, e ele notou vagamente o filete rosa pálido escorrendo pela parte de trás da mão, a chuva dramatizando o pequeno corte do caco de vidro. Estava quase no topo do muro quando ouviu vozes do outro lado: urgentes, vociferantes, autoritárias. Ficou pendurado ali por um momento eterno, ouvindo os berros e o som de veículos, enquanto o incêndio atrás dele se intensificava, as chamas já irrompendo das janelas quebradas. Caiu de volta no chão, procurando desesperadamente outra saída, vendo apenas os muros circundantes e o prédio em chamas. O calor intenso o alcançou enquanto tentava se decidir sob a chuva torrencial. Queria que as autoridades soubessem que um homem havia incendiado a Ópera e pretendia garantir que fosse visto de relance fugindo do local. Ser capturado, no entanto, não fazia parte do plano.

Os grandes portões estavam sendo destrancados. Ele correu para o extremo oposto do estacionamento, subindo apressadamente em depósitos de combustível abandonados e alcançando o topo de um muro lateral. Viu um dos portões começando a se abrir e saltou desesperadamente para outra área de concreto fechada, uma réplica da que acabara de deixar. Seu coração batia forte. Ele se encostou na parede, o choque de aterrissar daquela altura ainda percorrendo suas pernas com dores agudas e lancinantes. Sentiu o coração afundar quando ele olhou ao redor do pátio: os mesmos muros altos o cercavam por três lados, e um prédio tão alto quanto o anterior completava o quadrado. Ele se afastou da parede e correu em direção à pequena porta verde no canto do prédio. Dentro, o corredor estava vazio, uma réplica igualmente suja do corredor em chamas que havia deixado para trás. Ele parou para esfregar vigorosamente as pernas na tentativa de fazê-las funcionar com eficiência outra vez.

O silêncio o envolveu, abafado pelo rugido do incêndio ao fundo e pelo som distante das sirenes dos caminhões de bombeiros. O lugar parecia vazio. Ele rastejou silenciosamente pelo corredor, afastando-se do prédio em chamas, passando pela fileira de portas idênticas, todas fechadas e sem sinais de ocupação. O corredor se alargou em um hall de entrada, de onde saía uma escada para os andares superiores e outro corredor, que seguia em direção aos fundos do prédio. Deveria haver uma saída na parte de trás.

Um súbito barulho de passos soou na escada de madeira e duas figuras uniformizadas apareceram descendo com pressa os degraus à sua frente, entretidas uma com a outra e claramente agitadas com o incêndio. Por instinto, Carl se virou para correr de volta pelo corredor, mas parou de repente, determinado a blefar. Ele ajeitou a postura e assumiu um ar natural de autoridade.

– Depressa! – ordenou. – O fogo está aumentando.

Os homens só então se deram conta dele e aumentaram o passo, encarando apenas brevemente sua figura desgrenhada, os anos de treinamento fazendo-os responder cegamente à voz autoritária. Ele os observou virar a esquina com seus uniformes marrons impecáveis e os coldres de couro segurando firmemente as armas. Ali devia ser uma delegacia de polícia. Parou por um instante, tentando controlar seus pensamentos, lutando contra o pânico que começava a dominá-lo. Devia estar nos alojamentos dos guardas, dos homens que guardavam as mulheres. Bartlett havia mencionado algo sobre haver guardas por ali, mas ele havia presumido que estariam no mesmo prédio das mulheres, no final da rua.

Ele não podia voltar; não havia escapatória por lá. Também não podia seguir os homens pelo corredor. Começou a subir as escadas cautelosamente, ouvindo a movimentação do andar de cima, quando foi surpreendido por uma erupção de atividade no corredor abaixo. Passos apressados, comandos gritados. Ele se virou bruscamente, a tempo de vislumbrar figuras correndo antes de ser atingido por uma chuva de punhos e braços. Ele caiu, batendo a parte inferior das costas num degrau, e viu a coronha de uma arma vindo em direção ao seu rosto, aproximando-se, preenchendo sua consciência, até que a visão desapareceu em uma explosão silenciosa de luz em sua cabeça.

Carl sentiu gosto de vômito na boca. Dores lancinantes martelavam sua cabeça – agudas, irregulares – em um padrão rítmico e nauseante, consumindo toda a sua atenção e concentração, apagando qualquer noção do que havia ao redor e qualquer consciência do restante de seu corpo. Lentamente e a contragosto, ele sentiu o chão duro sob seu quadril, a frieza do concreto sob suas mãos e as dores por todo o corpo que reivindicavam cada vez mais sua atenção. Abriu os olhos cautelosamente, antecipando o crescendo de dor que a luz traria, mas estava em uma escuridão quase total. Ficou ali, os olhos se ajustando à luz fraca, tentando se lembrar de onde estava. Fogo, vidro quebrado, homens lutando, socando, uma arma vindo em direção ao seu rosto, lentamente, lentamente. Tentou se levantar, as lembranças voltando à tona, e sua mente nadou em uma nova onda de náusea. Eles o haviam capturado.

Arrastou-se pelo chão e se encostou na parede, apalpando suavemente seu corpo machucado, procurando sinais de ferimentos graves, fazendo uma careta quando os dedos investigativos alcançaram as costelas e os músculos da coxa esquerda. Nada estava quebrado. Ao apalpar a cabeça, sua mão saiu molhada e pegajosa, e a mesma viscosidade descia pelo pescoço; o fluxo lento havia se acumulado ali enquanto ele estava deitado no chão. Permaneceu sentado por um momento, tentando clarear os pensamentos, tentando alcançar alguma noção de existência fora das quatro paredes da minúscula cela.

Sua jaqueta havia sumido, então eles deviam estar em posse de seus papéis. Sabiam quem ele era. O que Bartlett dissera? Algo sobre ela sair da cabana na manhã de terça-feira? Era terça-feira? Ele nem sabia há quanto tempo estava ali. Forçou a mente de volta ao momento em que fora capturado. Precisava pensar com clareza. Ele havia incendiado a Ópera na noite de segunda-feira. Sua mente não queria se concentrar, repetindo cada pensamento como um bêbado, enquanto ele se forçava a lembrar, a seguir a sequência dos eventos. Ainda devia ser noite de segunda-feira, ou início da manhã de terça-feira. Sangue escorria de sua cabeça em um lento gotejamento. Era ali que a arma o havia atingido. Eles iriam para a cabana esta noite? Não havia nenhuma razão imediata para fazerem isso. Eles o haviam capturado. Por que enviar homens à noite? Não, eles os enviariam pela manhã. Mas a que horas Bartlett iria sair? E quanto às outras mulheres? Sua mente continuava divagando. Não conseguia se concentrar. As outras mulheres não iam sair; ainda estariam lá quando a polícia chegasse, mesmo que Bartlett tivesse ido. E todas elas sabiam sobre o Levante. Todas seriam forçadas a contar sobre o Levante.

A escuridão sedutora o envolvia, e ele não queria mais lutar contra ela. O que Hillard havia dito? Ela contara quando o Levante começaria, mas ele não conseguia se lembrar. Via o rosto dela claramente, olhando para ele com seus grandes olhos cinzentos, sorrindo, feliz. Até que a escuridão a levou.

O tilintar de chaves pesadas na fechadura o acordou de um sono inquieto, a sensação das mãos dos homens em seus braços arrastando-o pelo chão, afastando os últimos vestígios de inconsciência bem-vinda. Sentiu um lampejo de raiva quando o puxaram em direção à porta, nenhuma palavra dita, nenhum tratamento diferente ao que dariam a um objeto inanimado. Ele se livrou bruscamente das mãos possessivas.

– Aonde estamos indo? – Exigiu saber. As palavras soaram grosseiras e confusas em seus ouvidos.

– Ora, ora, se não temos um valentão aqui. – A voz do guarda era zombeteira, alta e estava muito perto de seu ouvido, mas tinha uma nota de admiração relutante. – Depois da surra que você levou ontem à noite, não deveria estar interessado em saber para onde estamos indo.

Carl se concentrou nas paredes cor de creme, longas, intermináveis. Mantê-las verticais em sua visão era a única maneira de saber se estava caminhando dolorosamente ou afundando lentamente no chão. Ele levantou os pés com cuidado, incapaz de julgar a posição do chão enquanto se inclinava e balançava como o convés de um pequeno barco.

– Aqui dentro – disse um deles, ríspido.

Carl cambaleou desamparadamente pela porta, cego pela luz repentina, a cabeça tomada por dores lancinantes que se espalhavam por toda a consciência – e que continuaram mesmo depois que o feixe de luz foi desviado de seu rosto e focado outra vez na mesa de madeira nua. Sentiu mãos o guiando em direção à cadeira enquanto tentava ver o homem sentado nas sombras, à margem daquela ofuscante poça de luz.

– Sr. Tolland, precisamos de algumas respostas suas. – A voz era brusca, eficiente e completamente impessoal. – Receio que meus homens tenham se entusiasmado além da conta ontem à noite, ou já teríamos resolvido o assunto.

Carl observou as mãos bem cuidadas sobre uma folha de papel em branco, o punho da camisa engomada desaparecendo sob a manga do uniforme. A cena havia sido meticulosamente montada. Ele não conseguia ver nada do homem à sua frente, exceto as mãos. O ressentimento surgiu, sobrepondo-se ao medo doentio e às dores lancinantes. Se pensavam que ele seria intimidado por suas teatralidades, estavam redondamente enganados. Ele se inclinou para a frente de repente, alcançando a lâmpada e mirando o feixe no homem oculto. Meia-idade, cabelos grisalhos, barbeado e bem cuidado; o rosto anônimo de um milhão de funcionários públicos. Carl reprimiu o gemido de dor quando mãos ásperas o puxaram de volta à cadeira.

– Sempre gosto de ver com quem estou falando. – A calma da própria voz o surpreendeu, e ele se sentiu satisfeito com o breve olhar de confusão no rosto do homem, que logo desapareceu de volta na escuridão.

– Sr. Tolland – ele havia recuperado a compostura rapidamente, mas havia uma ponta de raiva em sua voz impessoal –, estamos aqui para resolver algumas questões. Precisamos dos nomes de seus associados e dos motivos para tentarem destruir o centro de detenção de mulheres. Vamos começar com os nomes? – A caneta pairou com expectativa na poça de luz. – Vamos, Sr. Tolland, não posso esperar o dia todo.

Mais uma vez, o medo dominou Carl com força implacável enquanto ele tentava organizar seus pensamentos. Que horas eram? Oh, Deus. Ele queria ajudar as mulheres, queria aliviar um pouco da pressão e da suspeita sobre elas e, em vez disso, havia colocado em risco todo o Levante. Ele não tinha ilusões sobre conseguir resistir aos métodos de interrogatório. O melhor que podia fazer era aguentar o máximo possível.

– Desculpe. Devo me recusar a responder suas perguntas até que um advogado esteja presente. – Novamente, sua voz o surpreendeu.

Os dedos apertaram a caneta.

– Sr. Tolland, você obviamente não entende a sua situação. Ontem à noite, você tentou destruir o centro de detenção de mulheres. Queremos o nome de seus cúmplices e os queremos agora. Não temos tempo para delicadezas. Não haverá advogado e você fará o favor de responder às perguntas. – A voz continuava tão impessoal quanto antes, a indiferença soando mais ameaçadora do que qualquer ameaça direta.

– Não sei o que quer dizer com "cúmplices" – disse Carl. – Como sabem, voltei a este país recentemente e fiquei enojado com o que vi no que vocês chamam de "Ópera". Era uma abominação e tinha que ser destruída. Não precisei de cúmplices para me dizer que era produto de uma sociedade doente. Pude ver isso sozinho.

As sombras se moveram e o rosto do homem entrou no círculo de luz, confiante, entediado, sem emoção.

– Está mentindo, Sr. Tolland. Mas não importa. Somos eficientes nesses assuntos. Talvez deseje uma pequena demonstração de nossa eficiência? – Ele acenou brevemente para os dois guardas e pressionou um botão na mesa.

Carl sentiu os braços serem torcidos para trás e lutou instintivamente enquanto cordas cortavam seus pulsos, amarrando-os com força à cadeira. Sua língua estava grossa e seca. Quanto tempo ele conseguiria suportar a tortura? Tentou empurrar as informações sobre as mulheres para as profundezas escuras de sua mente, esquecer que algum dia as havia conhecido.

– Eu lhe disse a verdade. – Ele lutou para manter a voz sob controle. – Fui à Ópera por engano algumas noites atrás. Foi uma experiência repugnante e decidi fazer algo a respeito. – Ele ouviu passos vindo pelo corredor e parando na porta.

– Não é o suficiente, Sr. Tolland. Os nomes, por favor.

Houve uma breve batida na porta, e Carl ouviu um leve ruído quando ela se abriu. Precisava fazê-los acreditar que agira sozinho. Ele se preparou, sem saber o que esperar ao sentir um movimento às suas costas e os dois guardas entrarem em seu campo de visão. O interrogador se levantou lentamente, seu rosto ainda escondido nas sombras.

– Agora sua arma também, por favor, inspetor.

Era uma voz de mulher. Carl olhou fascinado enquanto as mãos do homem, tremendo levemente, colocavam o revólver sobre a mesa. Ele sentiu as cordas afrouxarem em nos pulsos. Uma mulher entrou na poça de luz.

– Você está muito ferido? – Olhos azuis preocupados encontraram os seus. Ela era uma Cinzenta, mas o grisalho de seu cabelo não era falso. As linhas do rosto e a textura da pele indicavam que ela já tinha idade. – Venha, vamos te limpar um pouco.

Ele a encarou sem expressão, vagamente consciente dos três homens, braços erguidos, saindo em silêncio da sala, seguidos por mais mulheres.

– Está tudo bem – ela disse. – Vamos trancá-los com os outros.

– E quem é você? – Será que ela tinha sido enviada por Hillard? Mas Hillard não sabia que ele estava ali. Que diabos uma senhora idosa de aparência gentil estava fazendo na sede da polícia, dizendo a ele, com toda a calma, que havia trancado os policiais?

– Hillard me contou sobre você ontem à noite – ela explicou.

– Mas ela não sab…

– Não, ela não sabia que você ia explodir a Ópera. Ela nos disse que você estava escondendo as mulheres. E então, quando cheguei ao serviço esta manhã, descobri que você estava nas celas aguardando interrogatório. – A mulher o ajudou a se levantar, com uma gentileza persistente, e o levou a uma pequena sala adjacente equipada como um laboratório sinistro. – Vou limpar esse corte. Parece bem profundo.

– Mas o que você está fazendo aqui? – ele perguntou, perplexo. As mãos se moviam com gentileza e precisão sobre sua cabeça, removendo o sangue coagulado, limpando os cabelos emaranhados.

– Hillard lhe contou sobre hoje? – Seus olhos o fitaram inquisitivamente.

– Sim, mas eu não tinha certeza se era hoje. Perdi a noção do tempo.

– Trabalhamos aqui. Faxineiras, datilógrafas, telefonistas.

Ele tentou virar a cabeça para olhá-la por completo.

– Então isso faz parte do movimento? Já começou?

– Não. Deveria ser um dia de trabalho normal para nós, até esta tarde, mas tivemos que impedi-los de torturar você. – Ela se afastou, satisfeita com o trabalho, enquanto outra mulher colocava uma xícara de café em sua mão. – Realmente precisa de pontos, mas receio que isso terá que esperar por enquanto. Como está o resto?

– Dolorido, apenas dolorido. – Ele fez uma careta enquanto os dedos dela examinavam a lateral de seu corpo. – O que faremos agora? Se isso não estava planejado, o que devemos fazer?

– Acho que você quebrou algumas costelas. É melhor enfaixar um pouco.

Ele se agitou na cadeira enquanto a outra mulher começou a tirar sua camisa rasgada, ansioso para que esse movimento prematuro delas não arruinasse todo o plano.

– Escute – ele insistiu –, se o Levante não vai começar até esta tarde, como vamos lidar com a situação até lá?

Ela estava ocupada com as bandagens.

– A primeira parte do Levante começa às dez horas desta manhã. Envolve algumas poucas de nós. O restante vai esperar até as três da tarde para ver se será necessário agir. Precisamos garantir que as autoridades não saibam o que aconteceu aqui até recebermos esse sinal.

O medo começou a dominá-lo novamente.

– Hillard é uma dessas poucas, não é?

– Sim – a mulher respondeu.

– Que horas são? – Sua voz era urgente. Hillard faria seu movimento em breve, e a polícia estaria prendendo as mulheres na cabana. – Você sabe se a polícia foi enviada à minha cabana?

– São oito e meia. – A angústia profunda nos olhos dela desmentia a calma da voz e dos gestos. – E o carro da polícia já havia saído quando descobrimos sobre você. Não há nada que possamos fazer para impedi-los. Nós tentamos.

Carl se levantou dolorosamente da cadeira.

– Coloque-os no rádio – ele pediu. – Chame-os de volta. Eu farei isso se precisarem de uma voz masculina.

– Não, não é isso. Eles simplesmente não estão respondendo à chamada. A operadora de rádio ainda está tentando.

– E o que eles farão com as mulheres depois que as pegarem?

– Normalmente seriam trazidas para cá para processamento – ela respondeu –, mas no momento há ordens para que todas as Cinzentas presas sejam levadas diretamente para a sede. Os homens devem passar aqui apenas para informar que encontraram algumas mulheres e então as levarão para Steiner. Nossa única esperança é persuadi-los a parar aqui no caminho para a sede. Isso deve acontecer a qualquer momento na próxima meia hora ou mais, se não conseguirmos contatá-los pelo rádio antes disso.

A idosa estava certa, pensou Carl. Elas haviam feito tudo o que podiam. Tinham apenas que aguardar e ter esperança.

– Você sabe a que horas iam buscar Bartlett? – ele perguntou.

– Oito e meia. Está quase na hora. Mas não me surpreenderia se Hillard tivesse ido um pouco mais cedo.

Ele gelou ao encará-la.

– Hillard vai buscá-la?

Ela assentiu silenciosamente. Oh, Deus, que desastre. Ele havia enviado a polícia para lá a tempo de prender Hillard. Ela cairia direto na armadilha. E, se fosse presa, se mataria. Bartlett também. Será que todas as mulheres lá tinham veneno? Sua mente projetou uma imagem vívida do jardim pacífico, repleto de flores, silencioso exceto pelo zumbido das abelhas eternamente trabalhando, e as mulheres…

Ele sentiu a mão dela em seu braço.

– Temos que nos organizar. Temos que impedir que as autoridades descubram o que aconteceu aqui esta manhã. É possível, mas precisamos da sua ajuda. – Ela caminhou até a porta. – Está se sentindo bem o suficiente para cooperar?

A dor na lateral do corpo havia diminuído consideravelmente, graças às faixas, mas a cabeça ainda latejava com uma dor surda e monótona. Ela o levou ao escritório principal, onde cerca de doze mulheres esperavam. Todas eram Cinzentas, vestidas com roupas cinzas e sem forma, seus cabelos tingidos do inevitável cinza. Mas seus olhos estavam vivos. Uma excitação percorreu a sala, assim como um burburinho animado enquanto ele caminhava. Sua acompanhante assumiu o controle e se dirigiu ao centro da sala, virando-se para se falar com as outras mulheres.

– Agora, temos que fazer todos acreditarem que este lugar está funcionando normalmente, pelo menos pelas próximas horas. Todos os policiais do turno do dia estão nas celas e não há chamadas agendadas esta manhã, o que significa que só precisaremos lidar com possíveis chamadas não agendadas e ligações telefônicas.

– Poderíamos relatar uma falha na central? – uma delas sugeriu.

– Não, eles enviariam técnicos.

Carl olhou para as mulheres na sala. Comportavam-se como se estivessem discutindo alguma pequena crise doméstica em vez de um ato de traição que poderia levá-las a serem torturadas ou mortas nas próximas horas. Ele as interrompeu, impaciente.

– Escutem, vocês disseram que precisavam da minha ajuda. Isso significa que têm um plano, certo?

– Sim – respondeu a líder, calma e objetiva como sempre. – Uma voz masculina será muito útil. Se alguém ligar e perguntar por algum oficial, vamos dizer que ele está ocupado e transferir a ligação para você. Todas aqui – seu gesto abrangeu as mulheres na sala – sabemos as informações de que você precisará.

O plano era tão impraticável quanto o Levante em si. Elas nunca se safariam. A líder idosa se virou para encará-lo e ele foi atingido ainda mais fortemente pela incongruência de sua aparência. Pensou que ela deveria estar passeando com os netos no parque, não discutindo uma revolução. Quando ela voltou a falar, era como se lesse seus pensamentos. Sua voz era gentil, assim como tudo nela.

– Pode não ser um plano muito bom, Sr. Tolland, mas é o melhor que temos condições de fazer. Se formos descobertas nas próximas três horas, isso pode destruir toda o Levante. É um blefe que precisa funcionar.

Ele olhou novamente para as mulheres e sentiu a desesperança da situação. Elas acreditavam no Levante de Hillard. Acreditavam que venceriam. Podia ver nos olhos delas os mesmos sinais de animação que havia visto na expressão das operárias. Se Hillard não tivesse feito mais nada, só de tê-las feito despertar, ainda que por um curto período, já teria feito muito. E agora ele precisava ajudar a prolongar esse tempo o máximo possível. Além disso, ele as havia colocado nessa confusão.

– Tudo bem – ele disse –, vamos tentar. É melhor você começar a me dar instruções.

A central telefônica tocou, como se desafiando suas palavras, e ele automaticamente se dirigiu até ela, sem saber o que pretendia fazer e colidindo com uma jovem e esguia mulher que também estava indo até lá.

– Você é a operadora? – ele perguntou.

Ela acenou com a cabeça, olhos arregalados, corpo tenso, mãos movendo-se rapidamente sobre a máquina. Mas sua voz soou fria, eficiente.

– Centro de detenção masculina, bom dia.

O silêncio na sala era quase palpável, com todos congelados e imóveis olhando para a máquina.

– A linha dele está ocupada. Um momento, por favor. – Ela acionou a chave e olhou para o pequeno grupo que a cercava. – É da sede da polícia. Querem falar com o Inspetor Brady.

– Aquele que estava me interrogando? – perguntou Carl, e ela assentiu. Ele podia ouvir a voz do homem em sua mente, fria, impessoal, mas será que conseguiria fazer os mesmos sons saírem de sua boca? – Temos que tentar alguma hora – decidiu.

A líder estava ao seu lado.

– Atenda no telefone da mesa.

Ele acenou para a telefonista e conseguiu sorrir para as outras mulheres.

– Alô, Brady aqui.

O alto-falante na mesa soou com a voz metálica.

– Bom dia, inspetor. Meu nome é Berlitz. Como está aquele vigia do departamento de caminhões de lixo?

Uma mulher surgiu diante de Carl e balançou a cabeça, rabiscando rapidamente em um pedaço de papel: "Nada bem".

– Olha – Carl respondeu com cuidado –, ele não está cem por cento. – Seus olhos estavam fixos na mulher, observando a reação dela a cada palavra sua, enquanto ela acenava enfaticamente. – Por quê?

– O comissário Steiner está satisfeito com a história dele, então ele pode ser libertado. Sugiro, no entanto, que o mantenha aí por alguns dias se ele não estiver se sentindo bem.

Carl leu a nota à sua frente: "Autorização escrita".

– Certo – ele disse –, vamos mantê-lo até quinta-feira. Pode enviar a autorização pelo correio.

– Ótimo. Estará no correio hoje.

A linha ficou muda e o grupo se encarou em silêncio por um longo momento antes de irromper em uma selvagem euforia. Tinham conseguido. As mulheres se aglomeraram em torno de Carl, falando, parabenizando, sorrindo, e ele se deixou levar pelo entusiasmo. Havia enganado o sujeito da sede. Talvez conseguissem se safar por algumas horas.

Então a animação o abandonou e ele se virou para que as mulheres não vissem seu rosto. Racionalmente, ele sabia que o Levante não tinha esperança; tudo o que podia fazer era atrasar o inevitável. Hillard provavelmente estava morta, e essas mulheres morreriam em breve. A dor o invadiu. *Hillard morta*. Por que, oh céus, por que essas mulheres tinham que fazer esse gesto inútil? Por que ela não o escutara? Ele poderia tê-la tirado do país de alguma forma. Poderia tê-la levado para algum lugar onde ela pudesse ganhar vida. Poderia ter lhe mostrado a beleza que ela procurava. Mas será que poderia mesmo? Lembrou-se da expressão dos grandes olhos cinzentos no momento em que reconheceram nele as falhas que ela combatia nos outros homens. Não tão extremas, é verdade, nem distorcidas ou ampliadas, mas ela havia visto nele a mesma suposição cega de que as mulheres eram, de alguma forma, inferiores. Não, ele não poderia ter lhe mostrado a beleza que ela procurava, mas os dois poderiam tê-la procurado juntos. Uma sensação de perda e vazio infinito o invadiu. Precisava se afastar dessas mulheres felizes, confiantes e condenadas por apenas um momento.

Ele sentiu o toque de uma mão em seu braço e se virou para ver a líder idosa gesticulando para a porta. No silêncio do corredor, ela se virou para encará-lo.

– Preciso ir agora – ela disse. – Há algo que devo fazer.

Ele sentiu uma quietude repentina, uma desaceleração do tempo, uma importância nas palavras dela que desmentia sua simplicidade. Foi a expressão no rosto dela que o fez perceber que as palavras cobriam um assunto de grande relevância.

– Aonde? Aonde você precisa ir? – ele exigiu saber.

Ela balançou a cabeça ligeiramente, ignorando a pergunta.

– Você ficará aqui para ajudar?

– Claro. Mas o que você precisa fazer? Tem a ver com Hillard? – Ele soube imediatamente que sua preocupação o havia traído. A idosa o encarou com o entendimento estampado no rosto.

– Você se importa muito com ela? – perguntou gentilmente.

Foi um alívio contar a alguém.

– Sim, mas ela não sabe disso.

A mulher esticou a mão e o tocou suavemente na bochecha.

– Hillard sobreviveu até agora porque é muito cuidadosa. Pode ser que ela tenha buscado Bartlett mais cedo do que o planejado.

Ele rejeitou a tentativa de consolo, impaciente com a trivialidade das palavras.

– Por que ela faria isso se combinou de buscá-la às oito e meia? – ele retrucou, e novamente foi atingido pela tragédia no rosto da mulher. O que ela estava escondendo?

– Ela tem outra coisa para fazer às dez e meia – disse a idosa. – E ela não gostaria de se atrasar.

Ela se virou para ir embora e ele sentiu uma necessidade repentina de ajudá-la, de compartilhar o peso daquele conhecimento que tanto a sobrecarregava.

– Mas e você? Aonde você tem que ir?

Ela sorriu, um sorriso pequeno e tenso.

– Eu vou ajudar Hillard. Você não é o único que se importa com ela.

O sorriso e a aceitação de seus sentimentos por Hillard formaram um elo entre os dois. Ela não lhe diria para onde estava indo, mas... Olhou para a idosa que havia impedido sua tortura, que havia agido tão rapidamente para salvá-lo e ao Levante, e estendeu a mão para pegar a dela.

– Não sei seu nome – ele disse.

– Mary – ela respondeu suavemente. – Meu nome é Mary.

Vinte e dois

A brisa que soprava em seu rosto pela janela da van era fresca e fria. A manhã estava bonita após a tempestade da noite anterior, e Sarah se sentia forte enquanto dirigia os últimos quilômetros até a cabana. Estaria de volta à cidade às nove e chegaria ao Hall do Povo às nove e quinze. Ainda tinha dificuldade em perceber que havia chegado o dia que ela planejou durante a maior parte de sua vida adulta, e precisava constantemente se lembrar da realidade levando a mão ao bolso para tocar a arma pesada e desconfortável. Relembrou rapidamente as preparações de última hora, que haviam corrido tão bem após as ações forçadas do resgate das mulheres e da destruição do banco de sêmen. Os jornais haviam sido distribuídos aos mensageiros e estariam nas casas das pessoas até o meio da tarde. Eli já estava em sua pequena estação de rádio, com sua equipe de mulheres posicionada pela cidade. O pequeno grupo de Stephanie estava preparando o centro de primeiros socorros. Ela contemplou a paisagem pacífica e rogou a alguma fonte sem nome para que não precisassem dos serviços de Stephanie.

A cabana parecia deserta quando parou a pesada van na beira da grama. A entrada estava vazia. O carro de Carl não estava lá e as cortinas ainda obscureciam as pequenas janelas. A paz e a beleza do local a impressionaram enquanto descia da van. Se ela sobrevivesse esse dia, gostaria de viver em um lugar muito parecido com este. Sua mão subiu instintivamente para o pequeno pedaço de esparadrapo fixado sob a linha do cabelo, perto da orelha.

– Você está adiantada – disse Joan, indo até ela, uma mistura de tensão e agitação em seu rosto.

– Sim. Houve muita atividade na cidade durante a noite, então peguei a van um pouco mais cedo.

– Ficou sabendo de um incêndio na Ópera? – Joan perguntou de repente.

Sarah a encarou surpresa, só então se perguntando a causa de sua tensão, e negou em silêncio.

– Pegou fogo? – Joan insistiu.

– Sim, completamente. Mas o que você sabe sobre isso?

Joan não tentava esconder sua preocupação.

– Foi Carl. Ele saiu ontem e ainda não voltou.

Sarah se lembrou da conversa que os dois tiveram no carro, ele perguntando se as mulheres moravam no salão. Ela deveria ter imaginado que ele não seria capaz de simplesmente esquecer a Ópera e não fazer nada. Mas onde ele estava agora? Se tudo tivesse corrido bem, ele deveria ter voltado há horas. O incêndio começara por volta das nove horas...

Ela agarrou o braço de Joan, puxando-a em direção ao celeiro, percebendo as implicações da notícia.

– Todas para fora. Rápido! Temos que sair daqui. – Hillard correu de volta para a van, manobrando-a na estreita estrada na direção da cidade. – Depressa!

As mulheres subiram apressadamente pela traseira, puxando as lonas sobre si enquanto Hillard soltava a embreagem e dirigia de volta pela estrada sinuosa.

– Se ele tiver sido capturado, a polícia revistará a cabana. – Ninguém falou nada, e suas palavras pairaram no espaço fechado. *Se ele tiver sido capturado.* Sentiu um enjoo subir a garganta e as mãos molhadas no volante. Se ele tiver sido capturado. O quanto ele sabia sobre o Levante? O que ela havia lhe contado? Ele sabia que estava planejado para esse dia; conhecia duas das líderes; sabia que a organização se espalhava por todas as operárias e por algumas mulheres casadas. Ele contara à polícia? Eles o teriam torturado, e então todos falam. As imagens que

Mary havia descrito voltaram à sua mente, e ela o viu deitado no corredor, nu, quebrado e retorcido. Soltou um gemido de pavor ao pensar em seu tormento, tentando apagar as imagens e concentrar-se outra vez nas urgências imediatas.

– Talvez ele não tenha sido preso. Pode estar escondido em algum lugar – disse Joan.

Sarah a encarou intensamente, procurando uma convicção em seus olhos que a fizesse acreditar.

– Talvez – disse por fim, mas não era o que sentia.

– Está tudo organizado? – perguntou Joan.

Sarah respondeu à simples pergunta com seriedade, apreciando o esforço da outra para interromper seus pensamentos.

– Sim. Ann estará esperando por você quando chegarmos. As outras podem seguir para encontrar Stephanie. Podem ficar lá até tudo terminar.

– Ainda não entendo por que você não pode vir conosco no carro.

Sarah se lembrou do peso em seu bolso enquanto mantinha a voz fria.

– Já te disse. Tem umas coisas que quero verificar.

Ela mudou de marcha para manobrar a pesada van em uma curva fechada e viu o carro da polícia vindo em sua direção. Os dois veículos se cruzaram rapidamente sem nenhum sinal de interesse dos homens uniformizados. Quantos eram? Tentou reter a breve imagem. Dois, apenas dois. O banco de trás estava vazio. Tinham capturado Carl, mas ele não contara sobre as mulheres. Haveria mais veículos, mais homens se soubessem das mulheres. Não tinha nada que ela pudesse fazer para ajudá-lo antes das três horas, e então provavelmente seria tarde demais. Ela olhou na direção das outras mulheres. Nenhuma delas tinha visto o carro da polícia. Ela pegou a estrada principal e dirigiu sem parar em direção à cidade. Em menos de duas horas, Gorston estaria morto, e ela o teria matado. Perguntou-se novamente como se sentiria se conseguisse sair do Hall do Povo viva. Como seria viver sabendo que havia matado friamente outro ser humano? Mas Gorston tinha que morrer. As mulheres haviam aceitado sua sugestão de que ele fosse preso, mas Sarah sabia que elas nunca seriam bem-sucedidas se ele vivesse. Olhou para baixo bruscamente e viu Joan deitada, envolvida nos próprios pensamentos. Será que ela acreditava que Gorston seria preso? Ou suspeitava do plano de Sarah e estava disposta a renunciar à responsabilidade de saber?

– Joan. – Sua voz era casual. – Você está com a cópia das propostas?

– Sim.

Estavam entrando na cidade, e logo Sarah deixaria as outras mulheres. Virou-se novamente para Joan.

– Me dê quinze minutos depois de chegar à Prefeitura e então comece sem mim. Devo chegar logo depois de você, mas caso eu me atrase...

– Mas... as propostas são suas – disse Joan.

A tensão tornou sua voz tensa e irritada.

– Não, não são. São de todas as mulheres. Você sabe disso tão bem quanto eu. Não precisa esperar por mim para dar início às negociações. Você sabe como vai funcionar. – Ela pegou a estrada que corria ao longo do canal e chamou suavemente as mulheres escondidas. – Vou deixá-las logo ali. Sigam para o posto de primeiros socorros, não é longe, e digam a Stephanie o que aconteceu. Fiquem lá esta tarde, e vamos torcer para não precisarmos de vocês. – Ela parou a van em uma curva tranquila. – Chegamos.

Sarah observou as mulheres descerem rapidamente pela traseira e começarem a se dispersar pela rua vazia, e então acelerou outra vez.

– Que horas são?

– Cinco para as nove.

A atmosfera era de tensão, com cada mulher vivendo com os próprios pensamentos e emoções. Sarah olhou para as ruas e os pedestres apressados e se maravilhou com a normalidade da cena. Podia ver as operárias indo para seus locais de trabalho, o rosto vazio e sem emoção enquanto automaticamente davam passagem aos demais membros da sociedade, sem expressar nenhum sinal em sua atitude ou comportamento de que este dia era diferente dos outros. E, no entanto, oitenta e três por cento delas faziam parte da luta de hoje. Sarah avistou algumas mulheres fazendo compras logo cedo e se perguntou se alguma delas faria parte da história deste dia. Apenas algumas mulheres casadas haviam sido recrutadas por conta da dificuldade em contatá-las, mas Sarah sabia que muitas das informações mais cruciais que recebera tinham vindo delas, obtidas durante conversas casuais com os maridos. Ela expressou seus pensamentos em voz alta.

– Todas essas mulheres.

– É, eu sei.

Todas essas mulheres a escutaram ao longo dos anos e concordaram com ela, e hoje estavam preparadas para arriscar tudo e reivindicar seus direitos. E tudo dependia da força de algumas poucas. Sarah pensou em todas que haviam trabalhado a seu lado para que este dia chegasse e que batalhariam por todas as outras nas próximas horas, pela vitória ou pela derrota. Eram fortes, conectadas, determinadas.

– Sarah, você está com a sua cápsula?

– Sim. – Seus pensamentos corriam paralelos. Se algo, qualquer coisa, desse errado nas próximas duas horas, as cápsulas seriam sua única saída. Ela se perguntou o que faria se fosse forçada a essa situação. Seria muito fácil atrasar a ingestão na esperança de que algo acontecesse, mas talvez então fosse tarde demais. – Estamos entrando na rua – ela disse, vendo o rosto pálido da amiga e sorrindo para tranquilizá-la. – Hoje à noite, vamos queimar essas roupas.

Joan deslizou para o banco do passageiro, mantendo-se abaixada, e Sarah esperou até o último momento antes de dizer as palavras que havia remoído durante todo o caminho até a cidade.

– Joan, se as negociações forem bem-sucedidas e eu ainda não estiver lá, leve algumas pessoas ao centro de detenção masculina o mais rápido possível. Carl deve estar lá. – Ela freou bruscamente e estendeu a mão, abrindo a porta do passageiro e forçando Joan a sair em silêncio antes que pudesse dizer qualquer coisa. Ela engatou a marcha, apenas vislumbrando a figura apressada pelo retrovisor, e dirigiu até o local onde havia planejado abandonar a van, estacionando-a entre os entulhos de um prédio de escritórios inacabado. Deveria passar despercebida por várias horas.

Ela percorreu a rota familiar até o escritório que fazia parte de sua vida havia quatro anos e apressou-se a subir os degraus até a porta da frente, as chaves já na mão. Dois minutos para destrancar os escritórios, para atrasar quaisquer perguntas do resto da equipe, e cinco minutos para caminhar até o Hall do Povo. Estaria na galeria em oito minutos. Moveu-se automaticamente pelo prédio, perguntando-se brevemente a que horas Nesbitt chegaria ao trabalho. Ela não seria notada até então.

Sarah desengatou a trava da porta da frente antes de fechá-la atrás de si, e então se juntou às outras figuras apressadas nas calçadas movimentadas. Seu corpo parecia se mover independentemente dela, guiando-a pela multidão matutina. A última vez que percorrera essa rota do escritório até o Hall do Povo foi no dia em que viu as pinturas de Carl pela primeira vez. Lembrou-se do pânico avassalador ao adentrar a vastidão do salão principal, sentindo-se insignificante e impotente. A sociedade fora programada para lhe provocar esses sentimentos, e, por um instante, acreditara neles outra vez. Perdera a certeza construída dolorosamente ao longo dos anos – a certeza de que era um indivíduo único e distinto, e não uma peça moldada e uniforme. Ela olhara para o telhado altíssimo do prédio de Gorston e se imaginara parada na galeria distante, e sua insignificância, comparada à vastidão dos arredores, havia tirado sua confiança. Mas ela estava confiante agora, segura de seu conhecimento. Quando pensou em Carl, a dor começou novamente. Ele havia lhe mostrado que, apesar de todos os seus esforços, ela era uma pessoa incompleta. Apesar de toda a sua luta, a sociedade havia destruído uma parte dela que nem sabia que existia. Mas ela estava ciente disso agora, e estava ciente da profunda dor que sentia ao imaginar Carl no centro de detenção, e da solidão ao pensar que não o veria novamente. O grande prédio surgiu à sua frente, bandeiras tremulando, flores e coroas em abundância, e o inevitável rosto gigante de Gorston olhou para ela. Logo ela o destruiria.

Sarah caminhou discretamente pelos apertados grupos de pessoas que já começavam a se reunir para a ocasião de gala e virou em um pequeno portão discreto. A fechadura quebrada havia sido reparada, mas ela tinha uma cópia da chave de reposição, enviada como de costume para Nesbitt. Destrancou a porta e aguardou um momento na penumbra enquanto seus olhos se ajustavam à súbita ausência do sol. A frieza da pedra a atingiu, fazendo-a tremer violentamente. Devia estar mais tensa do que havia percebido, mas não sentia nervos se agitando em seu estômago, apenas uma calma constante.

Ela começou a subir suavemente as sinuosas escadas de pedra, sua mão na frieza áspera da parede, seus olhos agora acostumados à penumbra. Gorston estaria aqui às dez e meia; parado diante do povo, sozinho no palco. Sua vaidade nunca lhe permitiu compartilhar a primeira aclamação da multidão com ninguém. Seus ministros tinham que ficar escondidos, fora da vista, até que os chamasse magnanimamente para a frente. Hoje ele estaria morto antes de saber que seus ministros não viriam.

Sarah havia alcançado a longa galeria que dava para a plataforma, o vasto salão se estendendo abaixo dela, ornamentado, cheio de bandeiras, desocupado, esperando. Ela se moveu lentamente ao longo da balaustrada de pedra, os olhos fixos na bateria de microfones montada em preparação para o discurso que ele nunca faria, até chegar ao ponto que lhe dava a visão mais clara do palco abaixo. Sua mão roçou um objeto macio na superfície de pedra da balaustrada e ela parou, fitando aquela amostra de beleza inesperada. Ela o pegou lentamente, e o tempo parou. Segurando-o na curva das mãos, sentiu o forte perfume de uma rosa perfeita que emanava ao seu redor.

– Vejo que encontrou meu presente.

Ele estava atrás dela, bem atrás, e ela não conseguiu se forçar a virar e olhá-lo. Como? O que tinha dado errado?

– Hillard, não é? Imaginei que sim.

A voz dele era tão suave e fria quanto ela se lembrava. Precisava se virar e encará-lo. Sua mente não conseguia captar todas as implicações dessa presença, apenas o fato isolado de que ele a havia capturado e ela seria incapaz de matar Gorston. Ela colocou a rosa de volta na balaustrada de pedra e se virou para ele, forçando o rosto a ficar inexpressivo, os olhos a ocultar o medo que subia dentro dela.

– E agora acho que deveria me entregar a arma.

Ela ouviu um leve movimento às suas costas. Havia mais homens nas sombras.

– Não tente fazer nenhuma bobagem – ele aconselhou. – Meus homens a acertariam em cheio antes que você conseguisse mirar a arma.

Ela não conseguia ver seu rosto claramente na penumbra da galeria, mas podia ouvir a excitação reprimida que corria em sua voz. Tirou a arma do bolso devagar, sabendo que não podia simplesmente entregá-la em um gesto de derrota abjeta. Sentiu o peso nas mãos por um momento, sabendo também que não a usaria, e olhou de relance para o palco vazio lá em baixo antes de se inclinar sobre a balaustrada e deixar a arma cair nas profundezas escuras. O som do metal atingindo o chão de pedra ecoou pela vastidão.

– Eu não queria que você perdesse tempo aqui esperando o presidente chegar – disse Steiner. Estava brincando com ela, como antes. Precisava se opor a ele, uma oposição inútil, talvez. – Um desperdício de esforço tão lamentável – ele continuou. – Eu a parabenizo. Seu planejamento foi de primeira classe. Mas foi em vão, porque o presidente teve um ataque cardíaco esta manhã.

Ele estava mentindo. Era parte de seu jogo doentio. De repente, sentiu o medo dar lugar a um ódio feroz pela figura composta e zombeteira nas sombras.

– Não acredito em você – ela disse, a voz firme a surpreendendo por não demonstrar a fraqueza que ainda se agarrava ao seu corpo.

– Ainda assim, é verdade. Foi grave, e os médicos acham que ele não vai sobreviver. – Ele fez um pequeno movimento com a mão e ela sentiu seus braços sendo torcidos para trás, dores agudas e lancinantes percorrendo seus ombros. – Teremos nossa conversa quando eu voltar do Palácio. – Ela se forçou a permanecer passiva quando ele se aproximou de repente, examinando seu rosto com intensidade como se quisesse ler seus pensamentos. Pensou ter visto uma leve hesitação quando o olhar dele vagou brevemente pelos homens ao redor e então retornou para continuar escrutinando o rosto dela.

– Pensando bem – ele continuou –, acho que você deveria ver o presidente. Acho que merece ver o homem que planejou matar.

Sua voz era suave, sem emoção, mas ela havia visto a breve indecisão. Era verdade? Ele realmente pretendia levá-la para ver Gorston? Sua mente começou a correr novamente, tornando-a inconsciente da dor nos braços enquanto os homens invisíveis a forçavam para a frente, descendo os degraus sinuosos, seguindo a figura elegante e impecável de Steiner. O quanto ele sabia? Ele só havia mencionado sua tentativa de matar Gorston. Será que sabia dos planos de sequestrar os ministros? Era possível que não soubesse, e talvez só tivesse escapado da tentativa de sequestro contra ele porque já estava ali, esperando por ela. Ela deveria tê-lo matado quando estava com a arma. Havia uma chance, uma pequena chance de que as mulheres tivessem capturado os ministros como planejado, mas, com

Steiner livre, seus planos ainda poderiam ser arruinados. Ela deveria tê-lo matado.

Sarah tropeçou pela pequena porta em direção à luz ofuscante do sol. Steiner estava parado na porta de um carro, segurando-a aberta, gesticulando para que entrasse, e ela sentia a pressão implacável em seus braços forçando-a em direção a ele.

– Faremos uma breve visita ao Palácio e então poderemos nos acomodar para conversar – Steiner disse suavemente.

A proximidade dele no espaço fechado do carro a enojava. Seu mundo havia se resumido a imitação de couro e laminado de madeira; a nuca de dois homens, uma vermelha e inchada sobre a gola apertada do uniforme; a proximidade do homem no assento ao seu lado; e ao leve puxão do esparadrapo escondido sob seu cabelo. Se ele estivesse mentindo e o carro virasse em direção à sede da polícia, ela engoliria a cápsula e estaria morta antes de chegarem. Que estranho, agora que estava tão perto, ela não sentia nada.

O carro virou suavemente pela ampla ponte e subiu para o parque que cercava o Palácio. Ele estava dizendo a verdade – ou ainda era algum tipo de piada doentia? O carro parou em frente à entrada ampla e imponente e Steiner saiu, esperando que ela o acompanhasse. O medo tentou reivindicá-la novamente quando ele se aproximou, olhando cuidadosamente em seus olhos, e ela viu a frieza nele.

– Esperei ansiosamente por este encontro por muito tempo – ele sussurrou. – Vamos nos conhecer muito bem nos próximos dias.

Ela reprimiu o pânico, forçando a mente a pensar apenas nos próximos momentos. Ainda tinha a cápsula.

Ele se virou e passou pelas grandes portas, pelos guardas que saudavam, e ela o seguiu, empurrada pelos policiais. Havia apenas dois deles. Certamente havia algo que ela pudesse fazer. Mas sua mente não funcionava, absorvendo apenas uma impressão confusa de longos corredores acarpetados enquanto a pequena procissão avançava para o coração do Palácio.

Ele a estava levando para ver Gorston? E se estivesse, o que ela poderia fazer? Ela parou atrás dele diante de portas duplas, vagamente consciente dos guardas deferentes recuando, e então se viu em uma vasta sala. O carpete era espesso e macio sob seus pés, uma cama enorme dominava o extremo oposto e uma figura indistinta, obscurecida, jazia sob uma tenda transparente. Gorston. Steiner havia dito a verdade.

O som de vozes sussurrantes a trouxe de volta à consciência, e ao se virar, viu um homem idoso em óbvio desacordo com Steiner.

– Não – o velho insistia. – Como médico dele, devo proibir. Ele está muito fraco.

Ela se esforçou para ouvir a resposta de Steiner, incapaz de entender a voz baixa e fria, mas capaz de perceber a diminuição gradual da resistência do velho, que por fim encolheu os ombros e se virou, derrotado, enquanto o comissário caminhava em direção à cama distante. Parecia ter esquecido da existência dela, concentrado apenas na figura indistinta e no pedaço de papel que segurava. Ela olhou rapidamente ao redor, para as duas figuras silenciosas atrás dela, para as poucas pessoas espalhadas pela ridícula enfermaria.

Mary!

Sarah deu um passo curto e instintivo em direção à mulher que conversava com o médico idoso. Ela estava de costas, e a razão lhe dizia que devia ser um engano. Mary não podia estar ali, na enfermaria de Gorston. Fitou tão intensamente a figura familiar que o médico parou para encará-la, os olhos dele encontrando os dela. Quando a mulher se virou, seguindo o olhar do velho, Sarah se viu diante de alguém que havia considerado uma amiga durante a maior parte de sua vida adulta.

Uma frieza a invadiu. Mary se sentia em casa ali. Ela não estava presa. Steiner sequer olhara em sua direção enquanto passava apressadamente rumo à cama maciça. Steiner, que estava esperando por ela na galeria. Não, ela não podia pensar nisso. Tentou afastar a ideia da mente. Mary havia trabalhado com elas, planejado e sofrido junto delas. Mas ela estava ali, no Palácio, livre, não uma prisioneira, e Steiner a esperara na galeria.

Sarah moveu-se rapidamente em direção a Mary, despreocupada com a reação dos dois guardas que a escoltavam. Precisava saber. Estava ciente dos nós dos dedos de Mary, esbranquiçados enquanto agarrava o braço do velho médico, e da tensão em seu corpo enquanto permanecia imóvel à aproximação de Sarah. Estava ciente do movimento dos guardas atrás dela e viu o médico sair do lado de Mary para interceptá-los, mas todas essas coisas estavam em segundo plano diante da sua necessidade de saber.

– Por que você está aqui? – ela perguntou. Sua voz soou áspera, e a convicção cresceu quando viu os olhos da mulher vacilarem. – Steiner sabia onde eu estava.

As palavras eram uma acusação, mas os olhos de Mary levaram longos segundos para registrar o fato.

– Sarah – ela sussurrou, e a incerteza em sua voz apenas alimentou a certeza de Sarah.

– Você nos traiu.

Choque brilhou nos olhos da mulher.

– Sarah... não.

– Então o que está fazendo aqui?

As duas estavam alheias ao médico, que pairava ansiosamente ao lado de Mary.

– Acredite em mim, Sarah. Vim aqui para ajudar você e as mulheres.

– E como pretendia ajudar? – ela exigiu saber. – Pedindo a um homem doente para se arrepender de seus pecados e corrigir todos os males que ele fez? – Ela viu a dor nos olhos da outra, mas seu desespero não a deixou prestar atenção.

A voz de Mary estava calma quando ela finalmente respondeu à explosão de Sarah.

– Vim aqui para te impedir de matar Gorston.

– E você enviou Steiner ao Hall do Povo para me prender. E as outras, elas também estão presas? Você contou a Steiner tudo sobre nossos planos?

Mary olhou instintivamente pela sala, para o leito onde Steiner se curvava sobre o homem doente, um murmúrio de vozes levemente audível.

– Não contei nada a Steiner – ela garantiu. – Nunca o tinha visto até ele entrar com você. Esperei com as outras mulheres até vê-las partirem com os ministros e então vim aqui para matar Gorston.

Sarah ficou em silêncio, encarando a outra mulher, ódio e raiva morrendo dentro dela ao ouvir aquelas palavras, substituídos por confusão enquanto os eventos pareciam fugir de seu controle.

– Você, matar Gorston? Por quê? E por que vir aqui?

– Dr. Werner me conhece. Nós nos conhecemos há muito tempo. Esperei nos jardins até o carro de Gorston partir para a inauguração e o vi cair enquanto descia os degraus. Um pequeno grupo de homens o levou de volta para dentro, e fiquei nos arbustos, sem saber o que fazer. Foi então que vi o Dr. Werner passar por mim em direção a uma entrada nos fundos. Eu me arrisquei e o chamei. Ele disse que Gorston estava morrendo e me trouxe para cá. Ninguém nos questionou.

– Mas por quê? – Sarah insistiu, perplexa. Ela se virou para o homem silencioso, tentando entender a relação dos dois. – Por que você a trouxe aqui? – De repente, viu nos olhos do médico a mesma profunda tragédia que sempre vira nos de Mary. Algo muito forte unia essas duas pessoas, algo que ela não sabia nada, algo do passado.

Ela olhou para a figura na cama e viu Steiner guiando a mão fraca sobre o pedaço de papel.

– Blake. – Ela ouviu a voz de Steiner repetir o nome claramente para o homem moribundo. – Blake.

Sentindo que restava pouco tempo, Sarah se virou urgentemente para o casal silencioso.

– Mary, você precisa me dizer – ela implorou. – Por que o Dr. Werner a trouxe aqui? E por que você queria matar Gorston, em vez de me deixar fazer isso? – Ela sacudiu o braço da mulher em exasperação. – Você precisa me dizer. – Sarah observou o conflito no rosto da outra, vendo a profunda tristeza em seus olhos; a mesma tristeza que havia visto no porão à luz da pequena e incômoda lâmpada.

Mary juntou as mãos nervosamente enquanto falava suave e depressa, como se ansiosa para dizer, por fim, as palavras que havia guardado consigo por tanto tempo.

– Há uma história sobre Gorston ter sido padre quando jovem e ter sido seduzido por uma mulher. Essa seria a razão para seu amargo ódio às mulheres. – Sarah balançou a cabeça em silêncio, não querendo interromper o fluxo de palavras de Mary. – Isso não é verdade. Gorston estava estudando para o sacerdócio quando conheceu essa mulher, e eles se apaixonaram. Ele saiu do seminário e os dois se casaram. Foram muito felizes no início, e então uma criança nasceu. Aos poucos, ele começou a mudar.

Quando Sarah entendeu o que Mary estava lhe dizendo, suas mãos se estenderam instintivamente para deter a dor da mulher.

– Você era a esposa dele. – As palavras saíram quase inaudíveis pelos lábios secos.

– Sim.

Um caleidoscópio de lembranças passou pela cabeça de Sarah: a tristeza sempre presente de Mary; sua agonia pelas torturas nos centros de detenção; a sutil barreira que ela sempre manteve entre si e as outras. Mary se sentia responsável. Ela se sentia, de alguma forma, parte da loucura que havia levado Gorston a provocar todo aquele sofrimento.

– É por isso que você queria matá-lo? – perguntou Sarah, sua voz quase um sussurro.

– Eu nunca quis matá-lo, assim como você também não.

Sarah encarou intensamente aqueles olhos cansados. Havia ali força e compreensão ainda maiores do que ela havia percebido.

– Verdade – ela admitiu. – Eu nunca quis tirar uma vida, mas tinha que ser feito.

– E você sentiu que precisava assumir a responsabilidade por isso. Você pensou que ninguém mais teria força para sobreviver ao ato. – Sarah concordou com a cabeça, silenciosa diante da percepção da outra, e Mary a tocou levemente no braço. – Todas tentamos tornar as coisas mais fáceis para quem amamos – Mary continuou –, mas isso também é uma espécie de arrogância, acredito. Eu também sabia que precisava ser feito e senti que deveria assumir a responsabilidade – a profunda e perpétua tristeza mostrava-se claramente no rosto dela agora –, da mesma forma que sempre me senti, de alguma forma, responsável pelo homem que ele se tornou, pelos atos que ele cometeu.

– Então, esta seria sua expiação? – Sarah sentiu raiva novamente. Raiva de si mesma por duvidar dessa mulher e raiva de Gorston. Dessa vez, porém, não era a raiva impessoal que sempre sentira do ditador onipotente que havia destruído tantas vidas, mas um ódio duro e pessoal contra o homem que havia trazido uma vida inteira de miséria para a mulher à sua frente.

– Terminei o que precisava fazer aqui. Podemos ter nossa conversinha agora. – Steiner estava ao seu lado, rígido e inexpressivo, e ela o olhou sem entender enquanto ele se virava casualmente para o velho médico. – Sugiro que cuide do seu paciente. Acho que ele não vai durar muito mais.

De repente, Steiner não a ameaçava mais. O medo que sentia dele morreu para dar lugar à nova raiva de Gorston. Pela primeira vez, viu o comissário como um indivíduo, despojado do exército de subordinados que construíram seu reinado de terror para ele. Viu-o como havia tentado vê-lo naquele dia em seu escritório, como outro ser humano maligno, corrupto, mas apenas um ser humano contra quem lutar e para derrotar. Ela olhou para a grande cama coberta do outro lado da sala monstruosa e soube que precisava encarar o rosto do homem moribundo, precisava ver o que sua mente já lhe dizia.

– Quero vê-lo – ela disse firmemente.

Seus grandes olhos cinzentos encontraram os de Steiner, vendo o sorriso fino e a excitação reprimida que tremulava nas profundezas do comissário. Ele estava extremamente confiante de seu poder sobre ela, mas não passava de um homem.

– Você ainda acha que estou tentando enganá-la, que a figura na cama não é o presidente. – Ele fez uma pausa de efeito e, em seguida, curvou-se em uma pequena reverência irônica. – Está certa. Você deveria vê-lo. Mereceu isso.

Sarah estava vagamente ciente dos protestos de Werner insistindo que seu paciente precisava descansar. Sua concentração estava toda em Steiner, que ignorava as palavras do velho e gesticulava para ela em direção à cama. Ele queria Gorston morto. De repente, ela entendeu isso, entendeu o significado da conversa sussurrada e do nome "Blake". Steiner havia feito os próprios planos e só precisava da morte de Gorston para implementá-los. A morte de Gorston e a derrota das mulheres. Mas ele acreditava que as mulheres já estavam derrotadas.

Ela atravessou a sala, vendo a figura imóvel do padre esperando com suas palavras prontas de perdão e absolvição; vendo Werner, junto de Mary, apressar-se à sua frente para realizar os pequenos e ineficazes rituais ao lado de seu paciente; e sentindo Steiner seguindo-a.

A cama era tão grande para a figura frágil que repousava nela. Durante toda sua vida adulta, Sarah havia planejado destruir esse homem. Ela examinou o rosto lívido, procurando algo para reconhecer.

– Senhor presidente. – As pálpebras se agitaram em resposta à voz suave de Steiner, mas os olhos não se abriram. – Senhor presidente, identificamos o grupo que produziu o jornal. Tenho a liderança sob custódia.

Finalmente, os olhos se abriram, tateando em direção ao som da voz, tentando se concentrar no rosto de Steiner.

– Bom, muito bom. – As palavras eram quase inaudíveis, os olhos ainda ligeiramente desfocados. – Eu sabia que não demoraria muito. – Ele tentava recuperar sua força anterior, mas o esforço era inútil.

– Senhor presidente – Steiner insistiu –, a trama era maior do que pensávamos originalmente. Planejavam assassiná-lo.

Sarah viu o repentino arregalar de olhos do homem e soube que Steiner a estava usando. Ele a estava usando para matar Gorston.

– A líder está aqui, senhor presidente.

Steiner empurrou Sarah para a frente, na direção dos olhos interrogativos. Ela viu os lábios do homem se moverem, mas nenhuma palavra saiu deles; viu a mão puxando as cobertas, e, de repente, toda a raiva que sentia dele morreu ao encarar os olhos desbotados e assustados. Ele havia cumprido seu curso. Seu reinado de terror havia terminado, e logo ele seria capaz de deixar para trás o inferno particular em que vivera por tanto tempo. Ela observou o rosto marcado, uma paródia dos cartazes, e não sentiu raiva nem pena. A relevância daquele homem havia morrido antes de seu corpo. Ela não deveria perder mais tempo com ele. Ele não poderia mais prejudicar as mulheres. A destruição terminaria hoje, se ela fosse forte o suficiente.

Quando se virou para Steiner, viu a intensidade com que ele observava os movimentos fracos do homem acamado. Ele havia se esquecido de sua existência enquanto esperava impacientemente pela morte de seu líder. Ele a havia usado, e a usaria outra vez para obter informações sobre as mulheres. Mas, enquanto isso, ela era insignificante.

Sarah olhou outra vez para a cama, vagamente ciente de Werner curvado sobre o homem moribundo, e lembrou-se dos olhos cansados e assustados que a haviam olhado por um breve momento. A imagem que tinha de Gorston fora completamente destruída quando olhou naqueles olhos, mas ela já tinha começado a perdê-la quando sua raiva explodiu diante do sofrimento pessoal de Mary, e esse ato lhe dera forças. Steiner, por outro lado, estava preso à imagem que construíra dela. Destruir essa imagem seria destruir Steiner. Se sua marionete cuidadosamente fabricada desenvolvesse uma vida própria, rebelde e imprevisível, ele não seria capaz de se recuperar.

De repente, ela visualizou claramente Joan, Ann e os ministros. Claro, ela deveria ter percebido isso antes. Não havia dúvida quanto ao sucesso de suas negociações. Ela havia confiado na força industrial das mulheres, na capacidade delas de paralisar toda a economia imediatamente após o sinal. No entanto, havia se esquecido do impacto psicológico nos ministros quando a imagem que a sociedade havia formado a respeito das mulheres se desintegrasse e desmoronasse, deixando-os sem nada em que se apoiar. Uma confiança jubilosa a invadiu. Steiner era o único obstáculo. Ele ainda poderia derrotá-las se estivesse livre para rastreá-las. Ele descobriria sobre os ministros desaparecidos a qualquer momento, e então obteria as informações que queria tirar dela na sede da polícia.

Sua mente voltou ao presente momento e ela olhou por cima da cama, para os olhos perturbados de Mary. A mulher estava com medo por ela, mas Sarah não temia mais por si mesma. Sabia o que precisava fazer. Ela alcançou os cabelos, puxou o pedaço de esparadrapo escondido e o deixou cair silenciosamente no carpete. Essa não era a solução agora. Precisava haver uma luta entre ela e Steiner – e ela sabia que esse era o resultado lógico de todo o seu planejamento.

Sorriu gentilmente para Mary. A amiga estaria segura; Steiner a havia ignorado completamente, vendo apenas uma Cinzenta anônima ajudando o velho médico. Quando se virou para Steiner, seu rosto estava novamente inexpressivo.

– Já vi o suficiente – ela disse.

Vinte e três

Marsham havia recuperado o controle de suas emoções e conseguia até ver um brilho de ironia amarga em sua situação. Justo na primeira vez que concordara em usar um carro oficial com motorista, com risco de ser grampeado, isso aconteceu.

Ele não havia observado a pessoa no assento do motorista ao sair apressadamente de casa e entrar no carro a caminho da inauguração do Hall do Povo. Estava muito ocupado pensando no tédio de mais um espetáculo de Gorston para prestar atenção quando o carro diminuiu a velocidade no final da rua. Mas seu humor mudou abruptamente ao ver uma Cinzenta entrando discretamente no banco de trás do carro ao lado, com uma arma na mão. Ele começou a protestar, mas ela moveu a arma levemente e ele a encarou. De repente, os olhos familiares e inexpressivos das operárias haviam se tornado assustadores. Ele não conseguia ler suas intenções, não conseguia ver nenhuma emoção em seu olhar. Espremeu-se no canto do assento, olhando para ela, esperando o som ensurdecedor e a dor lancinante que pareciam inevitáveis.

Mas o carro virou suavemente em direção ao pátio de paralelepípedos da Prefeitura e parou em uma pequena porta lateral. Se ela fosse matá-lo, já o teria feito. Mas talvez o matassem em algum lugar no labirinto de vielas que conectavam os numerosos edifícios antigos que formavam o coração cívico da cidade. Forçou-se a falar quando ela abriu a porta para ele sair, ouvindo a própria voz ofegante, incapaz de controlar a respiração.

– Você pretende me matar?

A motorista havia se juntado à mulher armada, e os dois pares de olhos o fitaram inexpressivamente. Meu Deus, pensou ele, parecem robôs. Não conseguia estabelecer nenhuma conexão com elas. Estranho que sentisse isso agora. Nunca sentira qualquer conexão com as operárias, mas até então nunca houvera necessidade – eram criaturas anônimas, treinadas para obedecer ordens sem pensar. Essas duas estavam apenas obedecendo ordens? E ordens de quem? Steiner não usaria mulheres, tinha homens treinados para esse tipo de trabalho. Mas quem mais poderia ser?

Ele obedeceu ao comando tácito e seguiu a motorista pela pequena porta, depois por corredores e escadas intermináveis, sempre ciente da mulher armada atrás dele. Por que elas não diziam nada?

Crescia a convicção de que elas não pretendiam matá-lo – não naquele ponto, pelo menos – e que estavam agindo sob ordens de outra pessoa. Sua mente voltara a funcionar, e os processos lógicos de sempre acalmaram seu estômago embrulhado. Listou cada ministro mentalmente, descartando possibilidades. Não, os ministros não eram os responsáveis por isso. Seriam os intelectuais, então? Steiner os estava prendendo para seus interrogatórios infernais, e corriam rumores de que teria havido algumas mortes. Talvez um grupo tivesse decidido mantê-lo refém. Mas por que usar operárias? Nada fazia sentido.

Sua escolta parou diante de uma porta, e ele percebeu um murmúrio de vozes rompendo o silêncio desolador do prédio vazio. Sua mente voltou a divagar, detendo-se, pela primeira vez, no motivo de o prédio estar vazio. Claro, o amor de Gorston pelo espetáculo. Os funcionários públicos sempre ganhavam folga quando o presidente fazia uma de suas aparições públicas. Isso garantia uma plateia numerosa e impressionante.

O som das vozes morreu quando a mulher abriu a porta e gesticulou para que Marsham entrasse. Ele olhou para os homens repentinamente silenciosos sentados no extremo de uma grande mesa. Todos os ministros estavam ali, sentados em um grupo apertado na ponta daquela mesa brilhante, seus rostos revelando incerteza, perplexidade, medo. Ele ouviu a porta se fechar às suas costas e percebeu que as mulheres não o haviam seguido para dentro da sala. Meu Deus, elas estavam confiantes em si mesmas.

A visão do rosto de Blake, pálido de um terror incontrolável, brilhando de suor, causou-lhe uma repentina onda de raiva, seu desprezo permanente pelo homem servindo como uma válvula de escape para suas emoções.

– Que diabos está acontecendo aqui? – exigiu saber.

Marsham caminhou até a mesa, confrontando o grupo silencioso, subitamente sentindo a autoconfiança retornar na presença dos colegas. Sabia como lidar com esses homens; ele os conhecia. Os ministros expressavam diferentes graus de tensão e medo, mas Marsham já os havia visto assim muitas vezes antes, quando estavam na presença de Gorston. A familiaridade de suas emoções lhe devolveu a confiança.

– Martin, me diga você. – Ele olhou para o amigo de muitos anos e viu a tensão em seu rosto, mas nenhum medo. Graças a Deus, nenhum medo.

– Atrás de você, Marsham. Nossas anfitriãs estão atrás de você. – Martin conseguiu extrair um pequeno sorriso da própria fraqueza ao apontar para a grande janela às costas de Marsham. Ele se virou e olhou para as figuras paradas sob a luz do sol que entrava pela janela de chumbo. Duas Cinzentas, imóveis e silenciosas, observando os homens, seus rostos inexpressivos.

Ele se voltou bruscamente para Martin.

– Mas só há duas delas, e são apenas operárias. Por que ainda estão aqui?

– Sr. Marsham, fico feliz que tenha chegado. Estávamos esperando por você. – Uma voz fria e confiante cortou suas palavras, e ele observou enquanto as duas mulheres sentavam-se à mesa. – Se quiser se sentar, Sr. Marsham, poderemos começar.

Ele pensou ter visto um lampejo de expressão nos olhos vazios por trás dos óculos, mas desaparecera antes que pudesse identificá-lo. Indiferente às mulheres, ele se voltou para os homens.

– Algum de vocês vai me dizer o que estamos fazendo aqui? – insistiu novamente. – E por que vocês estão sentados como um bando de idiotas olhando para essas mulheres? São apenas operárias, e só há duas delas. Elas nem estão armadas.

– Sr. Marsham – a voz fria interrompeu suas palavras mais uma vez –, cada ministro foi trazido aqui por duas mulheres armadas. Elas estão ali fora, caso precisemos delas. No entanto, se o senhor fizer a gentileza de se sentar, explicaremos os motivos de tê-lo trazido aqui. Depois de ouvir o que temos a dizer, tenho certeza de que não vai querer precipitar nenhuma ação física.

A voz o perturbou. Carregava uma certeza, um senso de comando que desmentia a familiar inexpressividade do rosto. Ele olhou para as mãos dela, relaxadas sobre a mesa, e depois para as dos ministros, que se moviam nervosamente, refletindo as diferentes personalidades daqueles homens. Operária ou não, ela estava no comando ali – pelo menos por enquanto.

Marsham descontraiu com o charme que sempre fora sua principal defesa e sua principal arma de ataque. Ouviria o que ela tinha a dizer e então lidaria com a situação à medida que se tornasse mais clara. Ele fez uma leve reverência à figura sentada, seu habitual sorriso desarmador agora firme no lugar.

– Por favor, me perdoe – ele disse suavemente. – Entenda, foi uma experiência e tanto ser trazido aqui dessa maneira. – Ele se sentou na cadeira à sua frente, as mãos sobre a mesa brilhante tão relaxadas quanto as dela.

Ela lançou um breve olhar pela mesa, detendo-se por um momento em sua companheira, que calmamente organizava pilhas de papel à sua frente.

– Cavalheiros – ela disse finalmente –, hoje marca o fim do governo de Gorston.

Marsham já esperava algo assim, mas as palavras calmas o chocaram. Deveriam ter soado ridículas, melodramáticas, mas não foi o caso. Soaram factuais. Ela as usara como um preâmbulo ao que tinha a dizer, não como uma declaração por si só. Ela prosseguiu suavemente, sem parar para avaliar o impacto de suas palavras.

– Esta reunião decidirá o que vai acontecer com o país e com as pessoas que nele vivem. Nós, isto é, as operárias, estamos determinadas a que este país retorne à democracia; que as injustiças sociais sejam eliminadas; que cada cidadão seja igual perante a lei e na prática.

Marsham lembrou-se dos artigos no jornal. Utopia. Elas buscavam uma utopia. Era disso que aquilo tudo se tratava, fantasias inebriantes de sonhadoras? Sua confiança cresceu, e ele se inclinou ligeiramente para interrompê-la.

– Desculpe, você está na dianteira aqui. Não sei seu nome.

– Bartlett – ela respondeu. – Meu nome é Bartlett. Por quê? Quer me dizer algo?

A franqueza da resposta fez Marsham perder sua vantagem, e ele reconheceu o fato com um sorrisinho irônico.

– Quero, sim – respondeu o ministro. – Você disse que o presidente Gorston não está mais no poder. É uma afirmação fácil de fazer, mas pode comprová-la?

– Não posso, Sr. Marsham. Não neste momento. Posso demonstrar outras coisas ao senhor, mas a prova da queda de Gorston só será dada mais tarde, ainda esta manhã. – Ela levantou a mão quando Marsham fez menção de interromper novamente, e desta vez ele teve certeza do pequeno sorriso que brilhou em seu rosto. – É por isso, Sr. Marsham, que as mulheres ainda estão armadas do lado de fora: para garantir que o senhor ouça o que temos a dizer e espere pela prova que pediu.

Ela parou de focar nele e falou ao grupo:

– Temos aqui planos detalhados para a reestruturação do governo: cronogramas para a implementação de novas leis e a revogação de algumas leis antigas. Também fizemos uma análise de custos da transição para o novo sistema educacional nos próximos três anos... Mas estou divagando aqui. Aceitem, cavalheiros, que detalhamos todas as mudanças que precisam ser implementadas nesse período. Muito resumidamente, as mudanças são as seguintes: eleições livres serão realizadas ao cabo de um ano. Nesse ínterim, o governo parecerá operar como agora, mas teremos reformulado os cargos dentro do Gabinete. Cada ministro será apoiado por uma equipe de mulheres, que o ajudará a implementar as mudanças pelas quais seu departamento é responsável. A polícia secreta será desmantelada nos próximos seis meses, mas certos homens serão destituídos ainda hoje. Eles ficarão presos enquanto aguardam julgamento, a serem realizados após as eleições livres. Todas as leis discriminatórias às mulheres serão revogadas dentro de seis meses, e algumas decisões serão abolidas a partir de hoje.

– Bartlett, Bartlett – Marsham a interrompeu, usando seu tom mais charmoso. – Como pode esperar que a levemos a sério? A senhora nos diz que Gorston foi deposto, mas não temos nenhuma prova. A senhora exige que concordemos com todas essas mudanças, mas não nos deu nem uma razão sequer para considerar fazê-lo.

– Ah, Sr. Marsham, perdoe-me – ela o interrompeu, e ele não conseguiu ver nenhum sinal de escárnio em seu rosto. – Ainda não lhe contei a alternativa. – Novamente, seu olhar percorreu a mesa. – Se não concordarem com nossas condições até as três horas desta tarde, paralisaremos o país. Não somos o pequeno grupo de mulheres que o senhor certamente pensou que fôssemos. Todas as operárias estão unidas, e parte das esposas também. As operárias compõem oitenta por cento da mão de obra do varejo, oitenta e um por cento das equipes bancárias, quarenta por cento de todos os trabalhadores de fábricas, setenta por cento dos funcionários de hospitais. Também fornecemos mão de obra para o transporte público e a telefonia. Se o senhor não aceitar nossas exigências até as três horas, todas as operárias vão parar. O país se tornará um caos sem comunicações, sem transporte público, sem bancos nem lojas. As repartições públicas serão incapazes de funcionar e os hospitais não terão estrutura para lidar com a demanda. Para garantir que o caos seja completo, todas as centrais de energia serão destruídas juntamente com outros pontos estratégicos.

A sala ficou em silêncio quando ela fez uma pausa, seus olhos passando pelos rostos dos homens como se avaliasse o efeito de suas palavras, até se deterem em Marsham. Era como se esperasse para ver o que ele pretendia falar, e então retomou suavemente.

– Como veem, cavalheiros, o país será completamente paralisado em poucas horas.

Os olhos de Marsham encontraram os de Martin, lendo neles a aceitação daquelas palavras. Ela falava sério. Não era um blefe. Era verdade o que ela dissera sobre as operárias formarem a maior parte da força de trabalho em todas as áreas importantes. Mas certamente as mulheres não podiam estar tão bem-organizadas. Seria necessária uma enorme capacidade de planejamento e administração para controlar um grupo tão grande e coordenar seus movimentos com tanta precisão.

– Bartlett, está nos dizendo que as operárias estão tão organizadas que podem implementar suas ameaças num instante? – Ele se esforçou para soar levemente divertido, esperando provocar alguma reação no rosto passivo. Não conseguia se conectar com essa mulher; não conseguia ler nenhuma reação dela a ele.

– Nós sabíamos, é claro, que vocês precisariam de provas do que dizemos, então organizamos algumas demonstrações. – Ela pegou o telefone da mesa e o empurrou para Marsham. – Talvez o senhor queira fazer uma ligação para alguma parte do país, qualquer uma.

Ela havia começado a dar as provas que exigira, e, de repente, ele não quis mais testá-la. Sua mão pairou sobre o telefone enquanto tentava ler o rosto dela, e então, num movimento repentino e agressivo, ele o pegou e discou rapidamente, até que a voz de uma operadora interveio.

– Pois não, qual número deseja? – O tom era frio e impessoal, o habitual das operadoras.

– Estou discando um número do West Side, operadora – ele respondeu com aspereza.

– Sinto muito, senhor, todos os números do West Side estão fora de serviço no momento. Estamos fazendo o nosso melhor para corrigir a falha.

Ele sentiu os olhos dos outros homens o observando atentamente, e tentou reprimir o aborrecimento na própria voz.

– Tudo bem, operadora. Pode me transferir para o Palácio Presidencial então, por favor.

Ele sabia a resposta antes que fosse dita.

– Sinto muito, senhor. Esses números também foram afetados.

A voz de Bartlett interveio.

– O senhor receberá a mesma resposta para qualquer número que ligar, mas fique à vontade para tentar outros, se desejar.

Ela não esperou por resposta, atravessando a sala e ligando a televisão. Todos observavam, vidrados, as imagens que apareciam na tela: as multidões se empurrando, as bandeiras, os engarrafamentos da mais recente produção espetacular de Gorston. Tudo parecia normal. O que eles deveriam apreender daquela cena?

Bartlett pegou o telefone e falou brevemente.

– Eli, estamos prontos.

A tela de repente ficou escura, e então os olhos vazios de uma Cinzenta os encararam. Uma Cinzenta nunca havia sido vista na televisão antes.

– Interrompemos esta programação para um plantão de notícias – disse a mulher. – Acaba de ser anunciado no Palácio que uma declaração de importância nacional será feita às três horas desta tarde. Estaremos no Palácio nesse horário para informá-la a vocês. – O rosto inexpressivo fez uma pausa. – Agora retornamos à cobertura da abertura oficial do Hall do Povo.

As cenas familiares voltaram à tela e Bartlett desligou o aparelho.

– Notem que podemos derrubar a Companhia Nacional de Televisão a qualquer momento e transmitir nossos próprios programas. Não programas de entretenimento, receio informar, apenas notícias. Vocês também devem ter notado que as câmeras de televisão ainda estavam cobrindo a multidão do lado de fora do Hall do Povo, embora a abertura oficial estivesse marcada para meia hora atrás.

Ela acenou para a outra mulher que havia permanecido sentada e em silêncio durante todo o processo.

– Se quiserem mais provas de nossa capacidade de cumprir nossas ameaças, podemos fornecê-las. No entanto, como temos muito a fazer antes do prazo desta tarde, sugiro considerarem as propostas detalhadas nos documentos à sua frente. – A mulher silenciosa havia discretamente colocado um arquivo diante de cada ministro antes de voltar para seu lugar.

Marsham abriu o documento com desinteresse, mal registrando seu nome impresso com nitidez na capa. Elas haviam dado provas suficientes de que podiam cumprir as ameaças. Se tinham sido capazes de derrubar a transmissão da Companhia Nacional de Televisão daquela forma, certamente não teriam dificuldade alguma em contatar as outras mulheres. Começou a ler no automático, até que gradualmente sua atenção foi se fixando no conteúdo. Quem quer que tivesse compilado esses relatórios sabia o que estava fazendo. Ele não podia falar por outros departamentos, mas as informações, os dados estatísticos e as previsões do seu setor eram absolutamente precisos e abrangentes. De onde diabos elas haviam tirado essas informações? Passou a mão pelos cabelos em um gesto habitual. Claro, era como ela havia dito: todas as datilógrafas e assistentes administrativas eram operárias. E agora ele precisava aceitar que elas não eram os robôs anônimos que todos imaginavam. Elas haviam trabalhado de forma eficiente e, o tempo todo, transmitiam as informações para algum órgão central. Meu Deus. Ela não havia superestimado a própria força nem um pouco.

Marsham virou as páginas rapidamente para ver as mudanças propostas no governo e na legislação. Estava convencido de que elas tinham a organização necessária para cumprir as ameaças. Agora, precisava ver o que propunham.

– Vocês são loucas. Não podem se safar dessa. – A voz de Blake quebrou o silêncio, e Marsham viu o brilho na testa do pequeno homem, a contração incontrolável de suas mãos. Ele ia colapsar. Blake estava de pé, seu medo o impulsionando além de todos os limites. – Por que estão dando atenção a esses papéis? Elas não podem se safar. Deixem-nas entrar em greve. O que isso vai lhes trazer? Steiner as fará voltar ao trabalho. Já deve ter sentido nossa falta. Seus homens chegarão aqui a qualquer minuto e prenderão essas mulheres.

Marsham não havia notado, mas Blake estava certo: Steiner não estava lá, e, a menos que as mulheres o tivessem capturado, a rebelião não duraria muito mais. E então, que Deus ajudasse as mulheres. Percebeu que estava arrependido. Era verdade que só tivera a chance de olhar muito brevemente as exigências das mulheres, mas elas não pareciam tão absurdas assim. Algumas até coincidiam com seus próprios planos. Teria lhe servido enormemente que as mulheres derrubassem Gorston. Sua mente estava a todo vapor, alternando entre repassar seus planos e aproveitar os eventos do dia. As mulheres estavam fortes agora, mas sua força vinha do desespero. Elas não conseguiriam permanecer unidas por muito tempo. Destruído o inimigo declarado – Gorston – e concedidas algumas de suas exigências, sua unidade desmoronaria, deixando o país nas mãos de quem o merecia: as dele. Mas havia Steiner. Ele observou o rosto de Bartlett intensamente, tentando detectar qualquer incerteza.

– Sinto muito, Sr. Blake – ela disse, sua voz inexpressiva como sempre. – O senhor não deve confiar no chefe de polícia para resgatá-lo. Ele também está sob nossa custódia.

Marsham sentiu alívio. Só precisava lidar com as mulheres corretamente e seus planos se concretizariam. Bartlett continuou:

– Devo enfatizar, cavalheiros, que se vocês não concordarem com essas exigências e o próximo chefe de estado não anunciar as mudanças imediatas às três horas, as operárias implementarão as ações descritas. Além disso, se estiverem pensando que, mesmo que tomemos essa atitude, poderemos ser forçadas a voltar ao trabalho pela polícia secreta, ainda que sem Steiner à frente, devo corrigi-los novamente. As operárias estão bastante determinadas. Se nos forçarem à ação descrita, nós a levaremos adiante, quaisquer que sejam as consequências. Se tentarem responder com força, destruirão o país e morreremos todos. Estamos preparadas para essa contingência. Deixem-me ser mais direta: se forçarem as operárias a deixarem seu trabalho esta tarde, elas nunca mais voltarão. Elas formarão um exército paramilitar e este país entrará em estado de guerra civil.

Blake desabou na cadeira enquanto os outros homens se entreolhavam em aceitação. Eles acreditavam em cada palavra que ela havia dito. Marsham voltou à sua análise das exigências das mulheres. Elas pareciam ter pensado em tudo. Hoje, sua força era suprema, mas isso não duraria. A beleza da situação estava justamente nisso: ele usaria a força delas hoje e a fraqueza, amanhã. Tinham até se livrado de Steiner para ele.

Vinte e quatro

Steiner olhava pela janela do carro, mas sem prestar atenção. Havia subestimado gravemente Hillard e seu grupo. Primeiro, pensou estar lidando com um bando de descontentes que se limitava a publicar tolices subversivas, e então percebeu que elas planejavam matar o presidente. Agora, descobrira que haviam sequestrado os ministros. Uma raiva fria o dominava. O que elas esperavam alcançar? Achavam mesmo que conseguiriam se safar? Seus dedos tamborilaram com impaciência, e ele rapidamente conteve o movimento. Tinha mandado Hillard para a sede da polícia depois de receber a mensagem no Palácio. Ela o esperaria lá. Ele descobriria onde os ministros estavam sendo mantidos e teria todas as mulheres sob custódia em questão de horas. Precisava acabar com Hillard rapidamente. Haveria tempo de sobra para todo o processo lento definitivo depois que ele resolvesse esse assunto e tivesse emplacado Blake como sucessor de Gorston. Este não era o momento para sutilezas.

Erling estava de pé na recepção, esperando por ele.

– Ela está na sala de detenção principal, senhor. Quer que a tragam para cá?

– Não. Levem-na para uma cela de interrogatório e mande Steadman para lá. Diga a ele para não começar antes de eu chegar. – Ele entrou no escritório estéril e familiar e sentou-se à mesa, puxando um documento de sua pasta e abrindo-o lentamente para saborear a leitura outra vez. Estava ali, com a assinatura de Gorston. Blake seria o próximo presidente, e seria ainda mais suscetível ao seu controle depois que o resgatasse hoje. Os dedos de

Steiner fizeram um gesto inconsciente de desgosto. Que homem tolo. Conseguia imaginá-lo aterrorizado pelas Cinzentas que o mantinham cativo. Blake tinha medo de tudo. Steiner guardou o documento na gaveta, trancou-a e caminhou até o elevador. Velocidade era essencial agora. Blake precisava ser apresentado ao povo como sucessor de Gorston nas próximas horas.

A luz forte refletia-se nos azulejos brancos que cobriam as paredes e o chão. Naquela sala árida, ela parecia uma figura pequena e insignificante. Steiner olhou pela janela de observação oculta, notando as mãos dela repousando sobre o colo, a passividade de sua postura, e se perguntou novamente como ela havia encontrado a iniciativa e a força para instigar as mulheres a seus atos insanos.

– Você já falou com ela? – ele perguntou a Steadman, parado ao seu lado.

– Não, só a fiz suar um pouco. – O físico grande e musculoso de Steadman se erguia imponente ao lado da figura concisa de Steiner. – Como quer que eu acabe com ela?

Steiner aceitou a informalidade das palavras. Steadman era seu melhor interrogador, habilidoso e preciso como uma máquina programada.

– Com agilidade. Preciso das informações em meia hora, e preciso das informações certas. Não quero que ela ganhe tempo. – Ele pressionou um botão no console à sua frente. – Hillard. – Sua voz soou fria e sem emoção na pequena cela de luz antisséptica. – Não temos tempo para conversar agora. Terá que esperar até mais tarde. Tudo o que quero saber de você é onde estão os ministros. – Ela não deu sinais de tê-lo ouvido, mas ele continuou suavemente. – Você deve estar pensando que pode ficar em silêncio, mas acredite em mim, não pode. Em pouco tempo estará me implorando para ouvir tudo o que tem a dizer sobre seu pequeno grupo. Mas não tenho tempo para isso agora. Só quero saber onde estão os ministros.

Ele acenou para Steadman e observou com atenção enquanto o homem entrava silenciosamente na pequena cela por uma porta logo atrás da figura impassível. Ele pressionou o botão do interfone outra vez.

– Olhe para cima, Hillard. Quero ver seu rosto. – Ela obedeceu, e Steiner viu seus olhos procurando por ele. Mas o olhar dela ainda estava vazio; ele não conseguiu ver nenhum traço de emoção, nenhum medo, nenhum indício da verdadeira personalidade daquela mulher. Observou Steadman caminhar silenciosamente até ela e viu um lampejo de algo nos olhos cinzentos quando o brutamontes a agarrou pelos ombros e sussurrou em seu ouvido. Ela tentou se virar para encará-lo, mas ele a ergueu e a jogou contra a parede em uma explosão de violência brutal e silenciosa. As mãos dele a mantinham no alto enquanto o impacto com a parede forçava o ar para fora do corpo dela. A figura musculosa de Steadman a ocultava quase completamente, mas Steiner viu quando uma das mãos do homem se moveu atrás do pescoço dela, fazendo com que o cabelo grisalho, agora solto do coque, caísse sobre os ombros. Também viu quando o pequeno bisturi apareceu de repente na mão morena e musculosa, movendo-se lenta e suavemente pelo braço dela, quase como um carinho de amante, até que a lâmina metálica revelou uma fina linha vermelha que rapidamente engrossou em um fluxo urgente. Steadman se afastou por um momento e Steiner pôde ver Hillard de pé, apoiada na parede, as mãos esticadas sobre os azulejos frios, os olhos cinzentos seguindo Steadman enquanto gotas vermelhas perseguiam umas às outras ao longo de seus dedos. Seu rosto havia se transformado em uma máscara branca e amedrontada, os olhos vigilantes clamando para se expressar. Steadman se aproximou outra vez e ela de repente saiu da inércia, contorcendo-se sob as mãos dele e correndo para a cadeira no centro da pequena sala. Steiner observava a dança silenciosa e macabra. As defesas de Hillard estavam cedendo. Ela tentava revidar com o desespero de um animal encurralado. Steiner não esperava que ela desmoronasse de imediato; teria suspeitado se o fizesse. Steadman moveu-se casualmente em direção a ela, dominando-a com sua força e parando com facilidade a cadeira que Hillard tentava arremessar, arrancando-a dela com uma mão enquanto agarrava os longos cabelos soltos com a outra. Steiner ouviu um sussurro quando Steadman puxou a cabeça dela para perto da própria boca antes de empurrá-la de volta para a cadeira num só golpe.

De repente, ela pareceu desistir de lutar, como se aceitasse a inutilidade da resistência. Sentou-se, passiva e imóvel, enquanto Steadman pegava seu braço ensanguentado, estendendo-o em um movimento curiosamente gentil. A ferida era visível, abrindo-se acima do cotovelo e correndo pela parte interna do braço até o pulso, com filetes vermelhos se espalhando a partir da corrente principal. A respiração vinha em golfadas curtas e bruscas enquanto os olhos cinzentos observavam, vidrados e hipnotizados, o bisturi brilhante descer sobre o corte. O primeiro grito veio – curto, contido, áspero – quando a lâmina afundou na carne vermelha acima do cotovelo. Ela sacudia a cabeça, os olhos bem fechados, como se para afastar o horror e a dor. Steiner pressionou o botão do interfone.

– Poupe-se de mais dor, Hillard. Diga-me: onde estão os ministros? – Ele viu os olhos cinzentos se arregalarem ao som de sua voz.

– Hillard.

Steiner mal captou a resposta, incerto se havia ouvido corretamente. Por que ela diria o próprio nome? A lâmina desceu outra vez, lenta, precisa, e todo o corpo dela se contraiu, tentando se afastar do braço ensanguentado, lutando para conter o grito que finalmente encontrou voz quando a ponta do bisturi penetrou mais fundo. Steiner esperou alguns segundos, observando a pequena figura cinzenta tremer incontrolavelmente, e então falou:

– Steadman é um artista, Hillard. Ele sabe exatamente onde colocar essa lâmina para lhe causar a maior dor possível. Vamos lá, para que resistir mais? Diga-me agora: onde estão os ministros?

Ele olhou para o relógio fixado no alto da parede da cela. Steadman só havia levado dez minutos, e ela estava perto de ceder. Sua voz soou novamente pela cela branca, ecoando nas paredes brilhantes.

– Olhe para cima, Hillard. No alto da parede à sua frente. – Ele viu, com satisfação, a cabeça se erguer obediente. – O relógio, Hillard. Observe-o. A cada trinta segundos, essa lâmina sondará seu braço, encontrando um nervo que enviará uma dor lancinante até seu cérebro. Observe o relógio, Hillard, e então me diga onde estão os ministros.

Steiner estendeu a mão e desligou o alto-falante que lhe permitia ouvir os sons da cela. Os olhos dela estavam fixos, terrivelmente concentrados no relógio. A antecipação da dor a destruiria mais rápido do que a dor em si, e ele não sentia prazer nos gritos ásperos que lhe irritavam os ouvidos. Detestava intensamente a brutalidade desses interrogatórios.

Ele mudou levemente de posição para visualizar melhor o rosto dela. Não tivera tempo de estudá-la desde a prisão naquela manhã. Devia ter uns trinta anos. Uma das primeiras a passar por todo o processo de reprogramação. Seria interessante descobrir como ela havia conseguido resistir à lavagem cerebral. Ele encarou os olhos cinzentos, nublados de dor, e lembrou-se do primeiro encontro dos dois, quando ela fora ao seu escritório com aquele sujeito, Nesbitt. À época, pensara que aqueles olhos eram bastante notáveis, muito grandes e de um cinza quase translúcido. O que se passava por trás daquela inexpressividade? Ela havia sido esperta, dando-lhe pistas que sabia que ele seguiria, mas também o havia subestimado com aquela manobra de quebrar a fechadura da porta lateral para invadir o Hall do Povo. Foi isso que finalmente o fez perceber que seria Hillard esperando na longa galeria. De início, ele havia presumido que ela não conhecia o prédio, que não tinha acesso a ele, mas quando a nova encarregada pelo banheiro público lhe contou sobre a manchete do jornal, ele reviu seu raciocínio, como sempre fazia. Foi então que as folhas mortas na galeria ganharam um novo significado, e ele precisou considerar a possibilidade de que a fechadura quebrada fosse uma distração. Se fosse, só poderia significar que a mulher tinha acesso à chave da nova fechadura. Uma verificação de todas as operárias com tal acesso revelou apenas três nomes, e, ao encarar a pequena lista, ele teve certeza de que encontraria Hillard na galeria.

Steiner sempre sentia profunda satisfação ao final de uma investigação – e esta terminaria em questão de minutos. Ele olhou para o relógio e sentiu um choque de surpresa. Havia se perdido nos próprios pensamentos por quase dez minutos. Certamente, Hillard não fizera o mesmo. Ele olhou de volta para a cena silenciosa enquanto ligava o alto-falante. Era como se os últimos quinze minutos não tivessem existido, e ele verificou o relógio novamente para confirmar a hora. Os olhos dela ainda estavam fixos nos ponteiros que se moviam lentamente, os cabelos úmidos grudados na máscara branca de dor em que seu rosto havia se transformado. Por que ela não havia cedido? Era muito mais forte do que ele imaginara. Ele aumentou o volume do alto-falante a tempo de ouvir a voz calma de Steadman contando os segundos.

– Vinte e sete, vinte e oito...

De repente, o corpo de Hillard ficou rígido. Ela sacudiu a cabeça para encarar Steadman e um pequeno gemido escapou, cortando a contagem implacável. Steiner continuava observando. Era isso. Ela ia ceder.

– Não, não! Chega!

As palavras eram quase inaudíveis, e ele se inclinou para falar no interfone.

– Hillard, onde estão os ministros?

Steadman torceu a cabeça dela para que ficasse de frente para o Steiner invisível, e o comissário pôde ver os lábios pálidos começando a formar as palavras, os olhos bem fechados.

– Não consigo ouvi-la, Hillard – disse ele.

– Na Prefeitura. – A voz era fraca, derrotada, e Steiner sentiu uma onda de triunfo. Ela estava acabada. Ele a havia destruído.

– A Prefeitura é um grande complexo. Diga onde – ele insistiu.

Hillard balançou ligeiramente a cabeça, sua mão livre fazendo gestos vagos no ar.

– Eu não sei. – Ela se encolheu quando Steadman colocou a lâmina em seu braço, como num aviso silencioso, e as palavras saíram em cascata. – Não conheço os prédios. Só estive lá uma vez, à noite. Eu... eu posso levá-lo até lá... mas não sei como descrever o local.

Ainda melhor, ele pensou. Seria apropriado que as mulheres vissem o ato de traição de sua líder.

– Quantas mulheres estão lá? – perguntou Steiner.

– Duas. – A cabeça dela teria caído sobre o peito se não fosse a mão firme e restritiva de Steadman sob seu queixo.

– Duas? – ele repetiu, incrédulo. – Duas mulheres para sequestrar nove ministros?

– Sim – ela confirmou rapidamente. – Estão armadas, mas não têm munição. Os ministros não sabem disso!

Um blefe. Aqueles ministros idiotas, aterrorizados por duas Cinzentas, covardes demais para desafiar a ameaça de armas vazias. As ações das mulheres não eram consistentes, não passavam de um blefe. Descobriria mais tarde o que elas pretendiam alcançar. Ele falou no interfone outra vez.

– Steadman, limpe-a e traga-a para a recepção em dez minutos. Você fez um bom trabalho. – Ele então pegou o telefone. – Erling, quero meu carro e outros três veículos na porta em dez minutos.

– Sim, senhor – veio a voz em resposta. – E o senhor quer mais homens?

Steiner olhou mais uma vez para a pequena figura em frangalhos e pensou nas outras duas mulheres com suas armas inúteis. Estava confiante de que nenhuma delas conseguiria escapar de seu controle.

– Não, Erling. Quatro homens são suficientes.

Vinte e cinco

A pequena procissão de carros movia-se discretamente pela multidão presente nas estradas que levavam ao Hall do Povo. As pessoas ainda esperavam pela aparição de Gorston, embora Steiner já visse sinais de impaciência e dúvida nos gestos inquietos e nos movimentos incessantes das cabeças. Ele poderia levar os ministros ao Hall do Povo em quinze minutos, e o anúncio da morte de Gorston e a nomeação de Blake como seu sucessor poderiam ser feitos no palanque ornamentado. Steiner já havia providenciado para que o discurso de agradecimento de Blake fosse escrito e entregue diretamente no Hall. Sua mente evocou a pequena figura rotunda do ministro, o rosto pálido de medo por sua recente provação, tropeçando nas palavras. A apresentação seria bem aceita pelo povo, que atribuiria sua emoção ao luto pela morte do amado líder.

Steiner desviou o olhar da multidão agitada para focar toda a atenção no rosto branco da mulher ao seu lado. Ela fora limpa com eficiência, e o cabelo grisalho estava novamente preso em um nó apertado. Tinha o olhar fixo à frente, sem nenhum traço da emoção recente em seu rosto. A única evidência de sua provação era a palidez e uma mão cuidadosamente escondida no bolso do casaco disforme. Por que ela havia embarcado nessa trilha insana? Alcançara conquistas surpreendentes para uma mulher, mas será que ela realmente acreditara que teria sucesso nessa loucura? Steiner começaria a investigá-la no dia seguinte, sondando o que havia por trás da inexpressividade, descobrindo seus objetivos e ambições.

Foi então que, lentamente, ela virou a cabeça e o encarou pela primeira vez. Ele sentiu um choque ao encontrar o olhar calmo. A expressão dela o perturbou; não demonstrava nenhuma memória de dor, choque ou culpa por trair suas parceiras. Encarava-o com olhos mortos, mas ele sentiu que ela estava lendo sua mente. Ele quebrou o contato visual com uma virada abrupta de cabeça.

O carro subiu a colina íngreme que levava ao complexo da Prefeitura. Era um bom lugar para manter os ministros, Steiner admitiu enquanto viravam entre os grandes pilares de pedra e adentravam o enorme pátio de paralelepípedos. Eram o único sinal de vida naquele espaço fechado, e, quando os carros desligaram os motores, fez-se um pesado silêncio. Steiner saiu do carro, dando ordens secas e concisas aos quatro homens reunidos ao seu redor. Abriu a outra porta em seguida e, com um gesto exagerado de cortesia, sinalizou para que Hillard saísse do carro. Ele logo teria as mulheres nas mãos, e então as observaria enquanto testemunhavam Hillard traí-las.

Ela estava ao seu lado, pálida, silenciosa, diminuída pelos homens que a cercavam.

– Certo, Hillard, lidere o caminho – ele instruiu. – E não tente gritar um alerta: isso só fará com que as mulheres sejam mortas. – Seu sentimento de triunfo aumentou quando ela se virou, submissa, e caminhou em direção ao canto mais distante do pátio, guiando-os por uma passagem estreita que contornava os edifícios principais e levava aos edifícios originais do complexo do governo. Ela abriu silenciosamente uma porta lateral, ladeada por latas de lixo, e entrou em um corredor longo e estreito. Ele a parou com um toque, sentindo-a se encolher levemente sob sua mão. – Quão longe? – perguntou Steiner.

Ela não se virou para ele, os olhos fixos à frente, os ombros caídos e derrotados.

– Alguns andares acima, precisamos passar por mais alguns corredores. Eu me lembro do caminho. – Sua voz era sem vida, combinando com seus olhos. Ela liderou a pequena procissão de homens pelo corredor ressoante, subindo com firmeza os degraus de concreto, uma mão ainda enfiada no fundo do bolso do casaco enquanto evitava roçar as paredes com o braço machucado. Parou no topo do segundo lance e encarou o longo corredor, uma réplica dos dois anteriores, até que apontou para um pequeno arco. – Por ali. Acho que é a terceira porta.

Steiner acenou discretamente para os homens alertas e eles sacaram os revólveres em silêncio.

– Vocês não precisarão dessas armas – falou o comissário. – Ela disse que as mulheres não têm munição, e estou inclinado a acreditar. Se as usarem, certifiquem-se de não matar as mulheres. Eu as quero vivas. – Ele sacou um pequeno e elegante Colt do bolso e o destravou com discrição antes de se virar para Hillard. – Você nos guiará em silêncio e se certificará de qual é a sala certa. – Ela o encarou outra vez e ele viu o vazio naqueles olhos desconcertantes. Ela não causaria problemas. Toda sua força havia desaparecido na pequena cela branca.

– Há duas salas – disse a voz sem vida. – Uma leva à outra. As mulheres estão na sala interna.

Steiner recuou e ela caminhou lentamente pelo corredor, virando sob o arco e parando diante de uma porta pesada e polida. O comissário viu seus homens ficarem imóveis. Não houve som quando ele gesticulou para um deles abrir a porta. O silêncio do prédio os oprimia. A maçaneta girou suavemente e a porta pesada se abriu em silêncio enquanto dois homens se posicionavam na entrada. A sala estava vazia. Ele se virou para Hillard, que apontou para o lado oposto da sala antes de atravessá-la rapidamente, escancarando a outra porta e revelando um grupo de figuras masculinas enquanto Steiner e seus homens corriam para alcançá-la. Ela se virou para encarar o comissário quando ele passou pela porta, seguido de perto por seus homens armados. Ele viu a forma escura e letal de uma metralhadora Sten nas mãos da mulher que surgira ao lado de Hillard, apontada diretamente para ele. Sua mente divagou, evocando imagens de Hillard sob o brilho das luzes da sala de interrogatório, o sangue escorrendo do braço, a voz conformada e derrotada lhe dizendo que as mulheres não tinham munição. Ele deu um passo na direção delas.

– Não, Steiner. Nem mais um passo – Hillard ordenou.

Um choque o atingiu ao ouvir o tom calmo e autoritário da voz dela, e ele lançou um olhar rápido para seus homens. Era uma armadilha! Os homens estavam parados, braços erguidos, olhando com absoluta descrença para a meia dúzia de mulheres armadas que havia surgido atrás deles.

– Idiotas! – ele gritou. – Não há balas nessas armas!

Os homens ainda estavam hesitantes, e ele se virou para encarar Hillard, erguendo a pistola devagar até apontar diretamente para ela.

– Vou ter que atirar em você para provar aos meus homens que suas armas são inúteis?

Mais duas mulheres posicionaram-se ao lado de Hillard, e ela deu um pequeno passo à frente, isolando-se, desafiando-o.

– O que faz você pensar que nossas armas são inúteis? – ela perguntou com um olhar zombeteiro. – Lembre-se que eu também disse que havia apenas duas mulheres aqui. Se quiser contar, há doze. Receio que, se você puxar esse gatilho, nunca saberá se me atingiu ou não. Está vendo Eli aqui ao meu lado? Ela sonha em matá-lo há anos.

Os olhos de Steiner voltaram-se para a enorme mulher, e ele percebeu a familiaridade com que ela segurava a arma. Observou as mãos dela, firmes, frias, o dedo curvado no gatilho. Encarou seus olhos em busca de medo ou incerteza, mas tudo o que viu foi ódio.

– Steiner, não faça nada, por favor! – A voz aguda de Blake ecoou pela sala. – Elas estão falando sério. Essas outras mulheres chegaram agora há pouco, e eu as ouvi conversando. Essa com a metralhadora estava falando em matá-lo! Se você atirar, todos morreremos! – O ministro gritou em crescente histeria.

Um denso silêncio se instalou enquanto Steiner virava-se para encarar Hillard. Já não via nenhum traço da Cinzenta derrotada que o havia levado àquela sala. A inexpressividade havia desaparecido, e houve uma mudança sutil na maneira como ela se portava. Não era a mesma pessoa. Ele olhou profundamente nos olhos cinzentos e ela o encarou de volta, desafiando-o. Não havia medo ali, apenas uma força profunda. De repente, Steiner sentiu medo. Ele desviou o olhar e ouviu a voz dela, nítida, assertiva.

– Pegue a arma dele, Eli.

Sua mente se recusou a funcionar enquanto ele permitia que a arma fosse retirada de sua mão. Ela o havia enganado completamente. Não só havia mentido sobre o número de mulheres e a munição, mas também sobre a própria essência.

– Isso mesmo, Steiner. – Era como se ela lesse seus pensamentos. Ela se aproximou, prendendo-o com aqueles olhos dominadores. – Acabou. – Sua voz era baixa, mas ele não conseguia desviar o olhar daqueles olhos. – Você não podia vencer porque não conhecia seu inimigo. Tudo o que via eram seres anônimos e reprimidos, sem iniciativa, sem inteligência, sem raciocínio, que chamava de "operárias". Mas o único lugar em que essas operárias existem é na sua cabeça, na imaginação dos homens. Elas não são reais. Você perdeu tempo e esforço lutando contra suas próprias projeções e nunca enxergou seu verdadeiro adversário. É por isso que eles concordarão com as nossas exigências. – Ela gesticulou em direção aos ministros calados ao redor da mesa, que observavam a tudo com diferentes níveis de confusão e medo no rosto. – Esses homens não são capazes de resistir às nossas exigências porque a ideia que tinham das mulheres foi tirada deles, e eles não conseguem lidar com mudanças. – Sua voz era dura, carregada de um desprezo amargo.

Ele tentou se livrar daquela fantasia.

– Mas vocês não vão se safar disso. Meus homens sentirão minha falta em breve. Erling sabe que estou aqui. Só há um punhado de vocês. Vocês não podem enfrentar todo o Estado. – Ele ouvia a própria voz desconexa, confusa.

– Não tente lutar, Steiner. – A pequena figura cinzenta dominou a sala, atraindo todos os olhares. Mais uma vez, era como se ela lesse seus pensamentos. – Você ainda está rejeitando a verdade, mas não adianta resistir. Sua realidade não existe. As mulheres não são o que você sempre pensou que fossem, e não somos apenas um punhado: somos metade da população adulta. Já provamos a eles – seus olhos percorreram os ministros – que podemos paralisar toda a economia. Podemos interromper todas as comunicações telefônicas, assumir o controle do rádio e da televisão, paralisar setenta e cinco por cento das empresas. Podemos fechar os bancos, impedir que os departamentos governamentais funcionem, proibir que qualquer loja abra. – Ela sorriu, confiante. – Somos o exército que sustentou sua sociedade sem que você sequer percebesse. Nós mesmas levamos muito tempo para perceber, porque acreditávamos na sua lavagem cerebral. Mas isso também acabou, da mesma forma que você e Gorston. – Ela se virou abruptamente para uma das mulheres à mesa. – Que horas são, Joan?

– Quase meio-dia.

– Presumo que eles já tenham uma resposta. – Ela sequer olhou para os homens a quem se referia.

– Sim, eles aceitaram. Estamos discutindo os detalhes das propostas.

Hillard tocou brevemente o braço de Eli.

– Fico feliz que você seja rápida no gatilho. – Ela sorriu. – Sei que Mary não sabia do que eu estava falando.

Steiner notou a familiaridade com que conversavam ao ver Eli sorrir de volta.

– O quê? Depois de todas as brigas que eu e você tivemos sobre a "tática masculina"? – Eli ficou séria de repente. – Eu sabia o que você queria que eu fizesse, só não sabia como faria para trazê-lo aqui. Mary estava convencida de que você havia sido levada para uma câmara de tortura. Íamos lhe dar mais dez minutos e então atacaríamos a sede.

– Eli, sua tonta, você teria arruinado tudo! – O tom era afetuoso. As outras mulheres se juntaram a elas, preocupadas e ansiosas por Hillard. Pelo menos Steiner havia acertado em uma coisa: ela era a líder das mulheres. Estava claro por suas atitudes e palavras. E a liderança lhe caía bem. Ele conseguia entender como ela havia guiado as mulheres até aquele dia.

Hillard tranquilizou o grupo, calma e reconfortante.

– Vamos, ainda há muito trabalho a fazer. Temos três horas para finalizar as negociações.

Steiner observou, fascinado, quando ela ocupou o assento principal à mesa com naturalidade. Não havia nenhum traço da Cinzenta que ele havia estudado, rastreado e por fim torturado. Hillard mediou as discussões com uma autoridade desenvolta. Suas palavras envolveram o comissário, que permanecia esquecido e ignorado. Ele observou os ministros. Até Blake, pálido e nervoso, evitava encará-lo desde seu acesso de fúria, e agora assentia com a cabeça de forma veemente e patética, concordando com tudo o que ela dizia. Ele observou Eli, que ainda empunhava a metralhadora, mas agora despreocupada, relaxada, a arma casualmente pousada nas mãos. Percebeu, também, que ela era a única na sala olhando para ele. E estava zombando dele. Via isso nos olhos da mulher. Ela caminhou em direção a ele, gesticulando para a porta.

– Venha, vou trancá-lo com os outros. – Ela esperou enquanto ele olhava para Hillard pela última vez antes de se virar e passar pela porta.

Em silêncio, ele refez seus passos de pouco tempo atrás. Ainda não conseguia aceitar o que havia acontecido. Olhou para a mulher ao seu lado: ela vestia cinza e tinha cabelos grisalhos, mas não se parecia nem um pouco com as Cinzentas que ele havia criado e moldado ao longo dos anos, as Cinzentas que julgava conhecer. Ele se assustou quando ela soltou uma risada, a mão segurando a maçaneta da porta.

– Sarah estava certa – disse a mulher.

– Sarah?

O divertimento era nítido na voz dela.

– Você a conhece como Hillard. Ela sempre disse que a violência é uma tática masculina para resolver os problemas, que homens são especialistas nisso. Também disse que seríamos loucas se usássemos as mesmas armas: a única maneira de vencer seria usando armas com as quais os homens não têm experiência. E ela estava certa!

Sarah. O nome dela era Sarah. Ele repassou novamente a cena na cela branca, o cabelo grisalho e úmido grudado no rosto enquanto ela sussurrava o próprio nome. Não, não o próprio nome: o nome que ele lhe dera. Estava começando a entender o que ela havia dito sobre projeções.

– E que armas ela disse que vocês deveriam usar? – ele perguntou, a voz fraca.

– Ora, a nossa: o anonimato!

Ela ria abertamente agora. Ninguém nunca havia rido dele. Ele lutou para recuperar alguma coisa, qualquer coisa, naquele pesadelo. Por fim, apontou para a arma na mão da mulher enquanto ela abria a porta e gesticulava para que ele entrasse.

– Vocês tiveram que recorrer à violência no final – disse Steiner.

– Ah, isto? – Ela casualmente apoiou a metralhadora na parede enquanto segurava a porta aberta. – Não tem balas. As únicas armas com munição são as que tiramos de você e de seus homens.

Vinte e seis

Sarah desceu os degraus do Palácio Presidencial, passou pelos guardas em posição de sentido e seguiu para o parque tranquilo que cercava a residência oficial do líder do país.

Estava feito.

Os ministros de Gorston haviam aceitado as propostas. O comunicado foi feito às três horas, informando às demais mulheres envolvidas no Levante de que não haveria uma revolta aberta nem um inevitável banho de sangue. Sarah havia se surpreendido com a postura adotada por Marsham durante as negociações, depois que Steiner foi retirado da sala. Ela não esperava que ele ativamente encorajasse os outros a aceitar as propostas das mulheres. Lembrou-se da reunião com a clareza cristalina de um sonho, cada detalhe trivial sendo registrado apenas para destacar os pontos importantes, como se seus sentidos estivessem estranhamente despertos. Ela havia se sentado em silêncio, ouvindo o discurso fluido de Marsham, observando-o convencer os poucos homens que ainda defendiam o derramamento de sangue, e perguntou-se o porquê. Por fim, munida de sua nova autoconfiança, ela o questionara: se ele concordava com as exigências das mulheres, se acreditava que eram justas e razoáveis, por que havia aceitado servir Gorston sem objeção? Ela ouvira a resposta atentamente, os ouvidos assimilando as palavras enquanto os olhos analisavam os gestos e as atitudes dele. Lembrou-se de quando Stephanie lhe contou da agitação entre os homens, do sindicato que haviam formado, e soube que Marsham era o responsável. Ele as estava usando.

Via a força das mulheres como algo temporário, um recurso útil para realizar seus próprios planos, um ato desesperado que se concretizara em um momento de poder, mas desprovido de qualquer estabilidade.

Por um momento, Sarah sentiu medo. Naquele dia, haviam destruído Gorston e sua falsa narrativa sobre as mulheres, e o plano era substituí-lo por Marsham até que as eleições livres pudessem ser realizadas. Mas Marsham tinha sua própria narrativa – menos extrema, mais sutil e, consequentemente, mais perigosa. Uma degradação sutil poderia ser aceita com gratidão ou até mesmo passar despercebida após o tsunami de terror do regime de Gorston. Sarah ouvira em silêncio as palavras polidas de Marsham, os elogios fáceis que, sem que ele percebesse, pintavam a imagem que tinha das mulheres. Também observara o olhar dele quando ela se inclinou para a frente e anunciou o nome do homem que as mulheres exigiam como sucessor de Gorston: Blake.

Naquele momento de contato, Marsham a viu com nitidez, sem os filtros das próprias projeções, e aceitou o desafio tácito. Ela havia atrapalhado seus planos, mas a confiança dele era grande. Sua experiência lhe dizia que as mulheres não permaneceriam unidas, que sua força era temporária. Sarah soube, então, que a longa e exaustiva luta que estava por vir exigiria uma força ainda maior do que a que haviam reunido antes.

Ela viu as luzes da cidade surgirem pálidas na penumbra da noite de verão enquanto caminhava pelo frescor das árvores, as tênues silhuetas dos cervos se misturando às sombras enquanto pastavam em paz, intocados. Joan, Eli e as outras deviam estar na casa de Stephanie agora, prontas para passar a noite toda debatendo seus planos e ideias, repassando novamente os eventos do dia. Havia prometido se juntar a elas, mas primeiro precisava ficar sozinha para absorver as mudanças que aquele dia provocara à sociedade, as mudanças que provocara nela mesma.

Atravessou os portões do parque e pegou a estrada que corria ao longo do rio, passando pelos tribunais que haviam autorizado tantas injustiças ao longo dos anos. Tudo parecia tão normal, sem nenhum sinal visível do que havia sido alcançado naquele dia. Apenas as bandeiras tremulando a meio-mastro e a dor latejante e silenciosa em seu braço confirmavam os fatos. Estranho, ela não havia se lembrado da dor durante as negociações na Prefeitura e as longas horas de discussão no Palácio Presidencial. O novo gabinete tinha sido formado – ainda todo masculino, ainda seguro e palatável para o povo. Mas, por trás de cada ministro, havia agora uma equipe de mulheres para implementar mudanças, eliminar injustiças, reestruturar o sistema educacional.

Em um ano haveria uma eleição geral – a primeira em mais de trinta anos. De início, ela presumira que algumas mulheres seriam eleitas, mesmo que apenas por outras mulheres. Agora, porém, sabia que a maior ameaça às suas esperanças estava nos próximos doze meses. Precisava manter as mulheres unidas, fazê-las enxergar quaisquer novos moldes impostos a elas, encorajá-las a manter o senso de identidade que tanto lutaram para conquistar. Se as mulheres fossem fortes, aos poucos, ao longo dos anos, as barreiras imaginárias desapareceriam à medida que as pessoas aprendessem que, acima de tudo, elas eram seres humanos, e que o feminino e o masculino eram os ingredientes que traziam o equilíbrio, que compunham o todo.

Ela parou na ponte larga e movimentada, observando a vastidão do Hall do Povo, que dominava o horizonte do centro da cidade, e só então começou a seguir firmemente em direção a ele. Muito de si estava naquele mausoléu sombrio.

Os cartazes e faixas haviam sumido. Apenas as bandeiras permaneciam, sem vida, penduradas a meio-mastro. As grandes portas estavam abertas, a van dos empreiteiros parada ao pé da escadaria, os operários desmontando o palanque não utilizado. Ela esgueirou-se em silêncio para dentro do vasto salão e esperou, curiosa, sem saber quais emoções a invadiriam ao olhar novamente para os pilares altíssimos e a galeria distante, quase indistinta. Tristeza. Mas por quê? O sentimento brotou dentro dela, irrompeu, a engoliu por completo. Uma tristeza pequena para um lugar tão imponente. Uma tristeza privada, íntima. Lembrou-se do dia em que estivera ali pela primeira vez e sentira medo, do dia em que vira as pinturas de Carl. Sabia o que tinha acontecido no centro de detenção masculino, como ele tinha sido ferido e, mesmo assim, conseguido enganar as autoridades até o anúncio das três horas. Mas então ele havia partido. As mulheres não sabiam onde ele estava. Ela percebeu, de repente, que gostaria de compartilhar um momento daquele dia com ele.

Atravessou o vasto espaço, pisando com cuidado no emaranhado de cabos de microfones e alto-falantes desplugados, até o salão interno. Estava muito escuro. A luz fraca da tarde não conseguia iluminar as imagens da vida que a ajudaram a superar sua própria fraqueza. Foi até a parede, tocando o mural com delicadeza, lembrando-se da extensão da montanha e do vento vergando as árvores flexíveis.

– Eu esperava que você viesse aqui, em algum momento.

Ele estava ao lado dela, o curativo branco na testa se destacando mesmo sob a luz fraca.

– Passei a tarde inteira tentando encontrá-la, tentando descobrir se você ainda estava viva. – Ela notou a tensão e o cansaço na voz dele. – Fui ao posto de primeiros socorros que vocês montaram, mas a mulher que estava lá não tinha notícias suas. Por fim, ela me disse que vocês planejavam transferir as negociações para o Palácio Presidencial. Mas aqueles guardas malditos não me deixaram entrar. Ninguém parecia saber o que estava acontecendo. Então eu vim pra cá. Pensei que... – Ele hesitou de repente. – Pensei que, se você estivesse bem, talvez viesse também.

Ela mal assimilava aquelas palavras, tomada por uma onda de alívio. Ele não estava gravemente ferido. Ela não conseguira acreditar nisso quando as mulheres lhe disseram, e agora estava ali, parada, olhando para ele, sem conseguir expressar seu contentamento.

– Hillard, você está bem, não está? – ele perguntou. – Ouvi um boato de que Steiner a havia capturado.

Ela instintivamente tocou o braço machucado.

– Sim – conseguiu dizer, por fim. – Estou bem. E Steiner está morto.

– Morto?

– Ele se matou.

Ela se lembrou do que sentira quando Eli se aproximou na saída da Prefeitura, afastando-a dos ministros, e disse que Steiner estava morto. O corpo do comissário estava tão impecável e alinhado quanto fora em vida. Ela mal conseguia acreditar que aquela figura imóvel sentada na cadeira estava morta, e encarou Eli com incredulidade.

– Ele já era, eu garanto. Se matou com aquilo. – Os olhos de Sarah seguiram o dedo da amiga, que apontava para uma agulha longa e fina caída no carpete, a poucos centímetros da mão dependurada de Steiner. Eli deu de ombros. – Ele era especialista. Sabia dessas coisas. Um de seus homens viu o que ele estava prestes a fazer e tentou impedi-lo, mas era tarde demais.

Sarah afastou as lembranças. Deveria ter desconfiado de que a estratégia dele seria a morte.

– Hillard – Carl interrompeu seus pensamentos –, vamos sair daqui. Está muito escuro, e acabaremos trancados aqui se demorarmos muito.

Ela riu baixinho, vendo a surpresa no rosto dele ao encará-la.

– Não seria um problema – ela explicou. – Ainda tenho a chave.

Ela caminhou à frente, atravessando os salões amplos e descendo os degraus até as calçadas que começavam a se esvaziar, virando-se para olhá-lo enquanto ele a seguia. Estava abatido, e ela notou que mancava de leve ao descer os degraus. Ela parou no pé da escada e o esperou se aproximar, os olhos dele examinando seu rosto.

– Você conseguiu – ele disse.

Um pequeno lampejo de medo e incerteza voltou por um instante, e ela o afastou com firmeza.

– Sim, mas isso é só o começo. Hoje foi o prenúncio, o trovão antes da tempestade. – Ela se virou para subir a rua de lojas vazias, seguindo em direção ao Green, de volta ao albergue, e ele acompanhou seus passos. – Hoje, precisamos destruir. Amanhã, começaremos a construir.

– E quanto a você? – ele perguntou. – Suponho que pretende voltar ao seu planejamento interminável, lógico e cuidadoso, certo?

Ele a zombava com gentileza, mas tinha razão. A tranquilidade do campo, com seus pássaros e flores, ainda não fazia parte da realidade dela – não até derrotar Marsham e todos que pensavam como ele.

Sarah parou de repente, encarando um ponto na rua vazia.

– Uma mulher morreu aqui – ela disse. – Não, não foi pelos homens de Steiner, mas por um carro. Ela morreu em um acidente. – Sarah foi até o trecho cinzento no asfalto, examinando-o como se procurasse algum vestígio daquela pequena tragédia pessoal. – Era uma mulher idosa, uma de nós. Sempre teve medo, muito medo de ser pega. Mas sua vontade de recuperar a própria identidade era ainda maior que seu medo. – Ela voltou para a calçada e continuou a caminhar em direção ao albergue. – Hoje, conquistamos a possibilidade de ser livres. A liberdade em si exigirá uma luta mais árdua.

– Para os homens também, assim como para as mulheres.

Ela o encarou, surpresa com aquelas palavras, e então pensou novamente nos murais no Hall do Povo.

– Eu devia ter percebido que você também enxergava isso – ela disse.

Os dois pararam na extensão árida de concreto que cercava o albergue, e ela se admirou ao ver luzes brilhando em todas as janelas, ao ouvir sons de conversa, risadas e música. Quando se voltou para encará-lo, seus olhos assumiram a expressão vazia de sempre, a defesa que usava para esconder suas incertezas, e viu a confusão nele ao tentar ler seu rosto.

– Aí está você! Estávamos te esperando. Tem certeza de que está bem? Não consegui acreditar quando disseram que você estava bem. – Stephanie havia surgido atrás dela, transbordando toda sua ternura maternal, borbulhando de felicidade e preocupação. – Você está pálida – ela continuou tagarelando. – Tenho certeza de que não está bem. Vamos subir, tem comida pronta. E eu tenho um presente para você, lembra? Prometi que estaria pronto até o dia do Levante.

Sarah ergueu as mãos, fingindo se defender da torrente de palavras da amiga, e então se inclinou num impulso para abraçar as mulheres sorridentes. Sua querida Steph já estava aproveitando o que o dia havia lhe trazido sem hesitação ou medo.

– Steph – disse Sarah –, este é Carl.

– Eu sei. Nos encontramos no posto de primeiros socorros. – Ela estendeu o sorriso para ele.

Sarah hesitou por um momento, e então tomou sua decisão.

– Eu queria convidá-lo a se juntar a nós para jantar. – Ela achou graça na súbita mudança de expressão no rosto dele. – É melhor eu fazer as devidas apresentações. Esta é Stephanie – disse ela, e então estendeu a própria mão para cumprimentá-lo – e eu sou Sarah.

Este livro foi composto com tipografia Adobe Garamond Pro e
impresso em papel Off-White 70 g/m² na Formato Artes Gráficas.